U0122643

序
天下第一件好事還是讀書

「文能知姓名」。這些年，我的這一點點名聲靠的是我的小說、詩歌和雜文寫作。但是這些年，我一直有個繁重的全職工作，用業餘時間寫作，只是努力寫得不業餘。

在過去 20 多年的全職工作中，我一直想有一套適合中國的通用管理書。最初幾年，我是想自己研修，「我注六經，六經注我」，一邊做管理，一邊看書，相互印證。後來，我開始帶大大小小的團隊，我想把這樣一套書給團隊成員，和他們講：「既然我是一把手，既然我覺得這套書很好，咱們人手一套，當成我們團隊的管理手冊，管理自己、管理團隊、管理項目。這樣，我們有共同的工作語言，有類似的工作三觀，我們的工作效率更高，我們的成事概率更高，我們能最大限度地用好我們這幾塊料。」

可惜，市面上並沒有這樣一套適合中國的通用管理書。

市面上有成功學，但是這種從結果反推當初所作所為都是對的，甚至推測未來依舊適用，在邏輯上立不住。殘酷的現實是，絕大多數成功人士早年靠運氣掙的錢，後來憑本事都輸了。市面上有商學院教授寫的各種 MBA 教科書，但是即使從最好的商學院的 MBA 畢業，如果沒有商業實踐，他的通用管理能力也是極其有限的。更殘酷的現實是，絕大多數商學院教授經營不好一家街邊的咖啡店。市面上也有歐美管理大師們的著作，有理論，有實踐。但是，中國實在特殊，歷史悠久，文化獨特，管理的一個重要方面是管理人，一方水土養一方人，人是社會和歷史的動物。殘酷的現實是，絕大多數歐美管理大師管理不好一家以中國員工為主的企業。

既然有持續剛需、缺有效供給，我秉承九字真言——不着急、不害怕、不要臉，決定自己慢慢寫一套這樣的通用管理書，我叫它「成事學」。成功不可複製，成事可以修行。

2018 年，成事學的第一本書《成事》出版，叫座又叫好，長期霸佔管理圖書暢銷榜，也沒有任何中外商學院教授跳出來罵，總體待遇比我第一本長篇小說《萬物生長》好多了。

2021 年，成事學的第二本書《馮唐成事心法》出版。如果說，《成事》類似經，那麼《馮唐成事心法》就類似經疏，是本成事的實踐指南。《馮唐成事心法》比《成事》更叫座叫好。從商 20 多年，我結交了不少非常不文藝的商界朋友，很多人一首唐詩不會背，一聽中國古文就頭痛，一聽我談文學理想就嘲笑我只是為了吸引女粉絲，他們竟然開始批量購買《馮唐成事心法》，分發給團隊。

2022 年，成事學的第三本書《了不起》來了。我堅信，管理學是人學，不了解自己和其他人類，做不好管理；不讀書，無法充份了解自己和其他人類。從這個角度看，閱讀一定數量的經典書籍是提升成事功力的必需，經典書籍也是管理學的一部份。

在《了不起》裏，我精講了三大類 50 本經典書籍，都是經典中的經典。一類是**文學經典**，文學是人學中的人學，管理中絕大多數核心問題都涉及人性問題。一類是**歷史經典**，歷史是大尺度時間維度上的興衰規律，從歷史學管理，嘗試擺脱興衰的輪迴。一類是**生活美學經典**，生命不只是工作，還有生活。陽光之下，力戰者未必能勝，快跑者未必能先達。如果只知道工作，完全不知道生活，在成事能力上還是有缺陷的。一味逐鹿中原，未必能得中原。

希望這本《了不起》成為你讀書的拐杖、成事的基石。世間數百年舊家無非積德，天下第一件好事還是讀書。

是為序。

目錄

Contents

第三篇　生而為人，慾望滿身

第四篇　很多了不起和錢沒關係

第五篇　了解他人和自己的天賦

第六篇　專心，才對得起美好之物

第七篇　留不住時光，還有詩、酒、花

找回你的野性和靈性

人是為了活着而活着嗎

了解 1940 年到 1980 年這幾十年的中國社會，你不得不讀《活着》。

余華之前作為一個先鋒作家，在小圈子裏得到了極大的名聲，有才氣、有常識，寫得漂亮。《活着》是余華的戰略轉型作品，成為一本暢銷書，被改編成電影，還得了獎。在戰略上，他做對了兩件事：一件是寫擅長寫的農村、小地主故事，有自身的競爭力；另一件就是這個故事夠慘、夠苦，非常催人淚下。男兒有淚不輕彈，但讀《活着》時，好多次我想哭。所以，這是以戰略眼光取勝的一部作品。

「一個人一輩子倒霉」的故事

《活着》講述了一個「一個人一輩子倒霉」的故事。儘管倒霉，他還活着，他身邊的人沒有他這麼倒霉，但很快就死了。

《活着》有兩條主線：一條主線是一個叫福貴的男人如何在歷史的洪流中起伏、倒霉；另一條主線是 1940 年到 1980 年這 40 年發生的社會大事。

吃苦不等於能寫好小説，好小説不一定吃苦才能寫出。如果一個時代，人吃過太多的苦，也不見得能出好作品。

余華的《活着》、王朔的《動物兇猛》是這種吃苦年代裏的鳳毛麟角，找不出太多。

一部十餘萬字的小説，寫了十幾個人的死亡，這是中國文學裏少見的「催淚彈」，也是少見的「死亡之書」。

不想當牙醫的作家

余華是一位不想當「牙醫」的作家。

余華 1960 年 4 月 3 日生於浙江杭州，父親是個醫生。余華稱中學畢業後當過牙醫，五年後棄醫從文。

我、余華、畢淑敏和之前的魯迅、郭沫若，都被稱為棄醫從文的典型。魯迅、郭沫若、畢淑敏我都認，畢竟他們上過正經的醫學院。我也是嚴格的科班出身，學了八年醫，然後棄醫從商，一邊從商，一邊寫文章。

但是，對於余華號稱自己棄醫從文這件事，我就有點不感冒。我小時候掉牙的時候，我媽偶爾也充當「牙醫」，拿根繩，一端拴在我那顆晃動着、死活不願意下來的牙上，一端拴在門上，讓我看窗外，說：「飛機！」我說：「不可能，咱家這邊沒飛機。」這時候，我媽一腳就把門給踹上了，我就變成血盆大口。我正要詛咒，我媽說：「瞧，我是一個牙醫，你看你的牙被我弄下來了。」

我的意思就是，幫人拔五年牙後從文，不算棄醫從文。

在《活着》的序言裏，有一些讓我有感觸的段落：

> 一位真正的作家永遠只為內心寫作，只有內心才會真實地告訴他，他的自私、他的高尚是多麼突出。內心讓他真實地了解自己，一旦了解了自己也就了解了世界。

這個原則我感同身受——只為自己內心寫作，不應該去迎合。最了不起的作家從來只對自己負責，不會為了市場而寫作。

經常有人指責我太自戀，但是一個作家如果不自戀，就成不了好作家。自戀不意味着他覺得自己有多好，而是把自己當成一個媒介去了解這個世界，除了自己之外，你別無他途。

> 正是在這樣的心態下，我聽到了一首美國民歌《老黑奴》，歌中那位老黑奴經歷了一生的苦難，家人都先他而去，而他依然友好地對待這個世界，沒有一句抱怨的話。這首歌深深地打動了我，我決定寫一篇這樣的小說，就是這篇《活着》，寫人對苦難的承受能力，對世界樂觀的態度。寫作過程讓我明白，人是為活着本身而活着的，而不是為了活着之外的任何事物而活着。我感到自己寫下了高尚的作品。

這是余華《活着》中文自序的最後一段。我感受到幾點：

第一點是一部好的小說往往會來自一個「情結」，來自一個揮之不去的「核」。它可能像《百年孤獨》那樣，對時間、歷史不清楚的困擾；它也可能像《活着》裏人對苦難的承受能力和對世界樂觀的態度。

第二點是我對《活着》的不贊同。「人是為活着本身而活着的，而不是為了活着之外的任何事物而活着」，這句話體現了在某些特定歷史環境中，多數底層人根深蒂固的生活哲學。我能理解**有些人是為了活着而活着，但是除了活着，人還要有一些精神，還要有些原則和風骨。如果人只是為了活着本身而活着，那就太像動物。**當然，遇上艱難困苦的時候，我們不得不像牲口一樣活着，但是這並不意味着我們只有一味地承受，不做任何的抗爭和改變。

一個好作家往往是敏感的。現實以及他通過眼、耳、鼻、舌、身、意接收到的信息，落到自己的身心靈裏，會產生比普通人更大的漣漪，感受到更多的痛苦和歡樂、光明和黑暗。所以，一個作家需要做的是接觸生活，甚至接觸一些極端的生活；閱讀、理解、長見識，增加自己身心靈這個「湖泊」，只有心裏這灘水越來越大，掉進來一塊小石頭，才會激起很大的漣漪；保持身心的開放，不要說「太陽底下無新鮮事」。要說我，依舊敏感，依舊可以受傷，依舊可以變得鮮血淋漓，這樣才是一個好作家好的寫作狀態。

作家雖然有辛苦的地方，過度敏感、過度焦慮、很多事情不能忘記，但作家也有自己幸福的地方，通過寫作好像又活了一遍，過去的歲月透過時間的迷霧慢慢地、一點點地清晰起來，感覺像坐上了時光機，回到了過去。

天賦都藏在細節裏

我很喜歡《活着》的開頭，有很多細節，把余華的寫作天賦彰顯無遺。

> 我比現在年輕十歲的時候，獲得了一個遊手好閒的職業，去鄉間收集民間歌謠。那一年的整個夏天，我如同一隻亂飛的麻雀，遊蕩在知了和陽光充斥的農村……我曾經和一位守着瓜田的老人聊了整整一個下午，這是我有生以來瓜吃得最多的一次，當我站起來告辭時，突然發現自己像個孕婦一樣步履艱難了。

「我如同一隻亂飛的麻雀，遊蕩在知了和陽光充斥的農村」，有一種飄着的又極其真實的感覺。「自己像個孕婦一樣步履艱難了」比喻用得真好。

作家的幽默不一定需要是相聲演員式的，他的幽默可以很「冷」、很「乾」、很「黑色」、很不直接，都可以。余華的幽默感，還來自獨特的看事物、描寫事物的角度。

這類角度、描寫，在王小波、王朔、阿城以及亨利·米勒等作家的作品裏都非常顯見，這也是我喜歡讀這些作家的小說的很大一部份原因。

「催淚炸彈」式的小說應該怎麼寫？憋着淚，咬緊牙，只做白描，不要過份渲染。福貴的老婆家珍在生命垂危的時候，對福貴説：

> 福貴，有慶、鳳霞是你送的葬，我想到你會親手埋掉我，就安心了。
>
> 這輩子也快過完了，你對我這麼好，我也心滿意足，我為你生了一雙兒女，也算是報答你了，下輩子我們還要在一起過。
>
> 鳳霞、有慶都死在我前頭，我心也定了，用不着再為他們操心，怎麼説我也是做娘的女人，兩個孩子活着時都孝順我，做人能做成這樣我該知足了。
>
> 你還得好好活下去，還有苦根和二喜，二喜其實也是自己的兒子了，苦根長大了會和有慶一樣對你好，會孝順你的。

這幾段沒有甚麼大道理，沒有甚麼形容，但是一股悲涼就在一個臨死的人的病牀上蔓延出來，讓我們想到可能要面對的死亡。

一寫死亡，讀者心裏就一「激靈」，情節就有了進一步推進的動力。把人寫死是能夠產生神奇能量的一種方式。看這些苦事，還是會讓我們對周圍親人、朋友產生很多依戀、思念和柔情。

情竇初開，動物兇猛

在我心目中，沒有「嚴肅文學」這種定義，只有好的文學和壞的文學。更嚴格地説，只有文學和非文學。

嚴肅文學（好的文學或文學）就像醫院，真的能幫你解決生理、心理上的問題；通俗文學（壞的文學或非文學）像按摩院，它讓你舒服一時，但不能幫你解決問題。從這個角度來看，《動物兇猛》是好的文學，是「嚴肅文學」。

我總覺得，人作為一個生物，有一部份是跟神相近的——我們有道德、有神聖感，甚至願意犧牲；有一部份是人本身，社會的人；還有一部份是動物性的。十二三歲的時候，我深刻體會到我肉身裏的動物性。我一直覺得我的身體裏有個大毛怪，你不叫它的時候它不出來，但是你的一些話、行動、情緒，總有這個大毛怪的影子在那裏。這種動物性，被王朔「咣嘰」抓住——《動物兇猛》。

為甚麼要讀王朔？回看 1949 年以來的中國漢語文學，如果你不讀王朔，當代文學史你就了解得不完整。在我看來，《動物兇猛》有三個特點。第一，了解那個時代、了解那段歷史最好的途徑，是看關於那段歷史最好的小説。如果沒有，散文、雜文、詩歌也可以，最好是生活在當時的人寫的，能真切地表達的。而在寫「文革」的文字裏，最直接、最好的還是《動物兇猛》。第二，為了了解一類人，一類渾不論的人，一類不着調的人，一類立志對社會有副作用的人。第三，回到閱讀的本源。王朔是個有意思的人，他的文字好玩、有意思、有閱讀快感，能讓你消磨時光。

這是推薦《動物兇猛》的第一個原因。

推薦《動物兇猛》的第二個原因，是幫助大家了解北京、了解大院文化。大院文化有歷史特點，王朔非常真誠地描述了真實的二代、三代的大院文化。

推薦《動物兇猛》的第三個原因，就是回憶最初的情慾。情慾，不是應該忌諱的事兒。情慾，發乎情，止乎非禮；發乎情，止乎後代；發乎情，止乎人類繁衍。《動物兇猛》非常生動、真切地描寫了小男生情慾萌發的美好狀態。

《動物兇猛》主要講述了主人公的青少年時代，他和玩伴之間的相互調侃、性幻想和打群架，也可以看作他們長大後頹廢與犯罪行為的雛形。《動物兇猛》用四個字概括，就是「打架、泡妞」；如果用八個字來概括，就是「打架、泡妞，泡妞、打架」。

那是男生女生更大程度上被激素控制的時候，特別是男生，情竇初開，「春水初生，春林初盛，春風十里不如你」這麼一種狀態。

我時常感慨，**人為了一口吃的，男人為了一個女的，女的為了一個男的，幹過的蠢事之多，真是人類的文字都不夠用啊。**

誰都純情愛過一個人，值不值得不重要

《動物兇猛》是非常少見的用情緒、回憶驅動的中篇小說。回憶跟現實產生衝突，用這種形式來推進小說的發展。這種感受到回憶裏的不真實，又跳出來講回憶本身，坦承回憶裏有誤解、有誇張，反而更真實。

王朔的《動物兇猛》是中文版的《了不起的蓋茨比》。一個小男生純潔地、百分之百地愛着一個女生，值不值得不知道，但

展現了男生——哪怕他將來變成男人，變成人渣——曾經最純情的一面。

小説講述「我」追求米蘭，先看到照片，之後才遇上人，有懸念和疏離感，以及層層推進的感覺。

> ……她在一幅銀框的有機玻璃相架內笑吟吟地望着我，香氣從她那個方向的某個角落裏逸放出來……

這幾句話為整篇小説定調。因為女體的照片，「我」在人生中第一次感到情慾萌發。也許那就是個普通女生，有着普通的毛病和弱點，但是不重要，她是長生天進化了多少萬年的結果，是老天爺用這麼多日子打磨出來的鬼斧天工。

按老天的設計，在她/他的一生中，在青春期裏，都會遇上這樣一個男生或女生。這主題多棒！

用菲茨傑拉德的《了不起的蓋茨比》開頭引用的一首詩來表示：

> Then wear the gold hat, if that will move her;
> If you can bounce high, bounce for her too,
> Till she cry "Lover, gold-hatted, high-bouncing lover,
> I must have you!"

翻譯成中文就是：

> 那就戴頂金燦燦的帽子，如果那能讓她心跳；
> 如果你能蹦得很高，那就為她蹦得很高，

直教她叫：「親，戴着金燦燦的帽子的親，
蹦得很高的親，我要好好要要你！」

這句話能解釋兩部小說中男主人公的驅動：我就是要表現，哪怕我很幼稚；我就是要吸引這個女生的注意；我就是希望她能跟我「有點兒甚麼」。雖然我不知道為甚麼要「有點兒甚麼」，也不知道之後會「有點兒甚麼」，但是我就想現在、一直跟她「有點兒甚麼」。

作家的法寶：故鄉、初戀、睡袍和好酒

我覺得作家有四個法寶：故鄉、初戀、睡袍，以及一杯好酒，最好是香檳。

說到故鄉，王朔在《動物兇猛》裏是這麼寫的：

我羡慕那些來自鄉村的孩子，他們的記憶裏總有一個回味無窮的故鄉……

我很小便離開出生地，來到這個大城市，從此再也沒有離開過，我把這個城市認作故鄉。

這個城市他講是北京。

沒有遺蹟，一切都被剝奪得乾乾淨淨。

我曾經把故鄉定義為：你在 20 歲之前，在一個地方連續待五年以上，這個就是你的故鄉。這是你怎麼都抹不去的記憶。從

這點上，我不同意王朔的説法，城市裹的孩子就一定不如農村裹的孩子，沒有故鄉。哪怕城市變得再快，你仔細觀察共同點和差異點，反而更有意思。

王朔、王小波、阿城三個人都是北京的，主要生活和寫作在北京，我也看到他們仨寫作的一些不足，但這不能改變他們曾經是我的文字英雄。這些英雄幫助我走出日常的迷霧，把一些縹緲的目標具體化。

王朔的語言是好的，是生動而有色彩的，是準確而簡潔的。

金線之上的語言至少要滿足“6C”——Concise：簡約；Clear：清澈；Complete：完整；Consistent：一致；Correct：正確；Colorful：生動。王朔基本做到了。

出奇和創新那是另外一回事。對多數作家來講，太出奇、創新、考究的語言不必要，可能會因文害意。

我從純個人的角度講王朔的問題。坦誠地説，老藝術家、當紅的藝術家周圍會盤踞一些莫名其妙的油膩的人，總在誇他、捧他，以及帶着他走不一定該走或想走的路。除了紅塵翻滾之外，我不覺得王朔做錯了。其實王朔是一個非常聰明的人，一直在嘗試不同的風格、題材，但寫一本換一個寫作方式，不能長期投入到一種寫作方式裹去，造成其中後期沒有特點。

我最可惜王朔的地方是他沒有堅持寫當下，寫他的生活，而不是他的臆想。王朔是 1958 年生人，還年富力強，真心希望他多用自己的天賦、肉身、精力，寫一寫當下，寫一寫生活，寫一寫他耳濡目染的東西，哪怕極其簡單。

直面真實而油膩的世界

《金瓶梅》號稱「天下第一奇書」，我覺得「奇」在人情，就是讓賈寶玉嘆氣搖頭的「世事洞明皆學問，人情練達即文章」這個「人情」。讀《金瓶梅》，你就了解了社會人腦子裏的彎彎繞繞，肚子裏的花花腸子。

《金瓶梅》是我在情色方面的一個啟蒙讀物。作為一個人，你需要知道情色到底是怎麼回事。

《金瓶梅》還有一情——「世情」，它非常真實地展示了資本主義萌芽、世風日下、民風浮誇的明代後期中國江南風貌。

《金瓶梅》的作者蘭陵笑笑生，大家都不知道他的真實身份。

我們幾部偉大的中文小説最初其實是以手抄本的形式流傳，比如《金瓶梅》、《紅樓夢》。因為有手抄的存在，才有自由的書寫。

《金瓶梅》作者的真實身份是文學界的「哥德巴赫猜想」。作為普通讀者，《金瓶梅》的作者究竟是甚麼人不重要，重要的是你能體會到其中的好處，能跳出來看大問題，看到這個時代、這些人到底是甚麼樣子，我們從何處來，要到何處去。

《金瓶梅》的作者，應該是山東南部、江蘇北部、安徽東部這些地方懷才不遇的某個人，跟書商聯繫緊密，甚至可能就是書商。

《金瓶梅》好玩的是，它是著名的「同人小説」。從《水滸傳》中西門慶與潘金蓮偷情的故事演繹而來。

魯迅在《中國小説史略》裏説：「同時説部，無以上之。」《金瓶梅》跟同時的小說比，沒有比它更好的。它擁有中國文學史上的許多「第一」：第一部由個人創作的長篇小說，第一部網狀結構的長篇小說，第一部描寫社會世情的長篇小說，第一部以寫家庭生活為主的長篇小說……《金瓶梅》描寫的當下有非常強的現實意義，是第一部偉大的現實主義小說。

真實而油膩的世界

我重讀《金瓶梅》，感覺一股油膩感撲面而來，太黑暗，太悲哀無奈了。原來我認為《金瓶梅》強於《紅樓夢》，但我這次再讀，覺得不如《紅樓夢》。

一個原因可能是我的年歲、智慧的增長。年少時對人情世故有一種好奇、渴望，以及想要掌握的心。初讀《金瓶梅》，驚嘆它把人情世故寫得那麼通透，每個人都帶着一股混江湖的街頭之氣。對於在書齋裏唸《詩經》、《史記》，唸唐詩宋詞元曲的不沾地氣的我來說，似乎打開了通向另外一個世界的門，非常震撼。而過去二三十年，**在知道了世態炎涼、人間冷暖、社會這點兒事後，我反而覺得人為甚麼不能在知道這些事的前提下，活得清爽一點。**

還有一個原因是，我發現《金瓶梅》情色描寫得不足，太獸性、太本能了，不高級，不乾淨，不如《肉蒲團》。《肉蒲團》是直接、歡樂地描寫性，非常像《十日談》裏瀰漫的歡樂的肉慾的氣氛。「食色，性也」，性作為人的原始大慾，涉及複雜的人性。複雜人性應該包括一部份神性、一部份人性和一部份動物性。《金瓶梅》的情色描寫在很大程度上只是圍繞着動物性，歡樂的人性很少，離地三尺、帶着翅膀的神性幾乎沒有。

我喜歡乾淨、純粹和有點兒精神勁的東西。情色不只是肉體，還能上升到靈魂。所以，我反對情色描寫的兩個取向。一個是談很多因果報應。色就是色，空就是空，只要你色談到極致，空談到極致，色、空自己會通的。另一個就是太肉慾。我們有人類的溫暖和神性的閃光。如果我們細細聽，能聽見一些超凡脱俗的、在肉體上蕩漾的聲音。如果只談肉慾，我覺得俗了。

「邪典作家」蘭陵笑笑生

寫《金瓶梅》這種整本書裏沒有甚麼好人的作家也是少見。英文裏叫“Cult Writer”——「邪典作家」，這類作家寫的東西不正常、不大眾，但絕對有價值。這些不正常的「邪典作家」往往能夠帶我們探索未知，衝破界限。任何人都是井底之蛙，閱讀、行路、學徒、做事，無非是成為井口更大的井底之蛙。「邪典作家」直接幫助我們打開「井口」。這包括《洛麗塔》的作者納博科夫，包括《金瓶梅》的作者蘭陵笑笑生。

「邪典作家」如果太邪，你會產生強烈的厭惡感。我對蘭陵笑笑生熱衷描寫的油膩人性並不是很喜歡。人的確有油膩的一面，但是作為萬物之靈，人也有像草木一樣豐美的地方，也能通過自身有意識的努力，避免成為中年油膩男或者中年油膩女。

《金瓶梅》為甚麼油膩？因為晚明的社會環境。物質文明、精神文明燦爛，儒學已經使官僚體系非常完善，有了一絲絲腐朽的味道。這是一個糜爛而開放的時代，在其他時代看是作惡的東西，在那個時候可能會被定義成風雅。明末江南夜夜笙歌幾十年，人們當是風流，到了清初就只能是下流，不道德、違法。有些人懷念明末，比如錢謙益娶柳如是，文人歌頌陳圓圓、董小宛，放在其他時代似乎會被人詬病，但在那個時代就理所當然。

所以，我不認可大篇幅去描寫油膩，作家需要稍稍跳出來，需要有一點惻隱之心，看一看沉淪在無盡輪迴中的人們。《紅樓夢》至少還有虛幻的、美好的成份，有情在，有「白茫茫一片大地真乾淨」的無意義、悲觀空洞之感。但是在《金瓶梅》這本書裏，你看到的幾乎是一鍋油膩，甚至沒有悲涼，更談不上涅槃。

另一種商業奇才

我從管理的角度讀《金瓶梅》，站在西門慶的角度想，地頭的生意怎麼做，開藥舖、放貸以及灰色邊緣的事如何去管理。

作者蘭陵笑笑生很有常識和經濟頭腦，熟悉商業活動的方方面面甚至意識超前。西門慶善於發女人財，更重要的是權錢交易，以權謀財，放高利貸。他似乎還明白如何搞股份制，結交十幾個爛仔兄弟，採取直銷模式。開舖子，不開則罷，要開就開專賣店、旗艦店，在最好的位置找到舖面扎根下來，這在現在都是先進的經營模式。

《金瓶梅》雖以北宋末年為時代背景，但它描繪的社會風貌有明顯的晚明特徵。西門慶是個暴發戶式的富商，是新興的市民階層中的顯赫人物。他依賴金錢的力量形成官商勾結，形成金錢和權力的循環：因為有錢，所以能有權；因為有權，才可以掙錢。

西門慶有這樣的豪言壯語：「咱聞那佛祖西天，也止不過要黃金鋪地。陰司十殿，也要些楮鏹營求。」楮鏹，燒給陰間的紙錢。西門慶想：只要有錢，我就可以做一切，我只想為所欲為。所以他恣意妄為，縱情享樂，想誰是誰，尤其在男女之慾方面追逐無盡無休的滿足。但是他肆濫宣洩的生命力，也導致了他最終縱慾身亡，也預示着他所代表的社會力量很難健康地成長。

《金瓶梅》的寫實力量是前所未有的。曹雪芹是「追憶似水年華」，寫了一個半童話的故事。但是《金瓶梅》徹底把讀者拉回現實境況，說這就是世界，這就是小城鎮，這就是人生。

找回你的野性和靈性

說到《查泰萊夫人的情人》，不得不提到「性」。勞倫斯的性描寫有非常獨到的地方，也有相當的革命性。勞倫斯大聲告訴世人，性是有力量的，但是不足也非常明顯。

勞倫斯作品的一個重要主題是人類現代化之路上的痛苦，另一個重要主題是兩性關係的光明、黑暗、複雜、糾纏。兩性之難，難於上青天。

勞倫斯：生命不息，寫作不止

D. H. 勞倫斯這個人大於他的所有單獨作品。他非常文藝，但對社會如何運轉又充滿興趣，一生遊走在社會的邊緣，試圖探索文筆和體驗的極限，是很有意思的一個人。

D. H. 勞倫斯，全名叫 David Herbert Lawrence，1885 年生人，1930 年去世，享年 45 歲。他是 20 世紀英美文學最有影響力的作家和詩人之一，非常多產，最重要的作品除了《查泰萊夫人的情人》，還有《兒子和情人》、《虹》、《戀愛中的女人》等。

勞倫斯的父親是個工人，母親有些文藝氣質。

勞倫斯跟母親的關係非常好，由此造成和情人之間的不和諧。母親去世讓勞倫斯備受打擊，因此寫出成名作《兒子和情人》。他當時的女朋友看了這本書，決定跟他分手，從此兩個人恩斷義絕。

勞倫斯可能因為長期生活在粉塵重的礦區，加上自己本身敏感、體弱，一直被肺病困擾。肺結核發病的時候看上去不太嚴重，平常就是敏感、乏力而已，並沒有甚麼特別明顯的症狀。但是，在免疫力低下的時候，肺結核會引起嚴重的肺炎和併發症。勞倫斯最後的死因就是肺炎引發的併發症。

國家不幸詩家幸，肉體不幸精神幸。體弱多病能夠幫助作家寫出好文章。肉體產生了病痛，病痛會讓精神相對敏感。所以，病、酒、藥，都是作家、藝術家的好朋友。但是很遺憾，D. H. 勞倫斯 45 歲就死了。

勞倫斯熱愛寫作。生命不停，寫作不止。他一直處於自我放逐狀態，和老師的妻子私奔、結婚，沒有穩定的工作，甚至很窮，一直沒得到社會的認同，還被英國政府多次懷疑是德國間諜，但這些都不能阻擋他寫作的熱情和產量。

他的一生是自我放逐的一生，他一直躲着這個社會的主流，一直保持着旁觀的冷靜和抽離。我想勞倫斯也有這樣的自覺。

自由書寫：公開審判獲得勝利

《查泰萊夫人的情人》最開始出版於 1928 年，是勞倫斯死前兩年在美國出的刪節版，全本在法國和意大利出版。在所謂「現代文明的發祥地」的英國，《查泰萊夫人的情人》被禁 30 餘年後才得以出版。其實我們現在看來沒有問題的事情，在不遙遠的過去，在很多國家、文化裏都還是禁忌。

1959 年在倫敦，對於《查泰萊夫人的情人》是不是淫穢書籍這件事，展開了一個大討論，甚至有一個社會影響非常大的審判。在這個審判上，當時有名的作家和文學評論家都被要求去做證，問他們怎麼看這本小說，是文學作品還是淫穢讀物。案子的訴訟人反覆問：你願意讓你太太、朋友、傭人去讀嗎？最終審判結果是，1960 年 11 月 2 日，法庭宣佈這本書「無淫穢內容」。

一個偉大的作家在他生前做了艱苦的努力，讓一本偉大的小説能夠在世界上出現。他不管生前是否能夠把它出版，是否能夠聽到掌聲；其實與之相反，這本書在他的家鄉長期受到非議，但他還是寫了。他並不強壯，相反他體弱多病，但他還是堅強地、勇敢地、有骨頭地去做了。掌聲送給 D. H. 勞倫斯，為他有勇氣寫下《查泰萊夫人的情人》。

《查泰萊夫人的情人》被宣佈「無淫穢內容」，是人類出版史上的一件大事，之後企鵝出版社為了紀念這件事，特別在新的版本裏鳴謝陪審團那十幾個正常人做了正確的抉擇。

我希望任何 18 歲以上心智健全的人都去讀這本書。性的確是隱私中的隱私，但是閱讀也是很私人的事，你可以不在街上朗讀這本書，你可以躲在房間裏，關上窗戶、拉上窗簾去讀這本書。

讀書無禁區，寫書也不應該有禁區。為甚麼人類的思想要被害怕？**一個人的表達應該被尊重，我們應該有傾聽的能力和胸懷。如果你不同意他的想法，你可以説出你的想法。如果我們不想聽，也可以不聽，但是我們不能剝奪其他人説話的權利。**寫是必須，自由地寫才能寫出好的東西。作為一個作者，我能做到的是寫作無禁區，也希望各位讀者做到讀書無禁區。

找回你的野性和靈性

歸納《查泰萊夫人的情人》這本書，我會用這個題目：性力和現代化之路。

性是有力量的，沒有性，沒你，沒我，沒他。勞倫斯一直在思考現代化的問題，他把現代化當成妖魔，至少是有妖魔氣質的事物。他自己多病，45 歲就去世了，這跟現代化工業的弊病也是相關的。勞倫斯在自我流放中，一直在思考：為甚麼人類衣食住行的條件好了，但是不開心的時候多了，對身體的理解少了？為甚麼會出現第一次世界大戰這種愚蠢的狀態，人和人還要往死裏廝殺，年輕人大批死去，現代化之路出了甚麼問題？

康妮，絕對女一號，是獨立女性的代表。她從懵懂女孩到擁有獨立人格的成熟女性的成長經歷，是所有女性成長的必由之路。她出生在一個中產階級家庭，對藝術、自然，對自己都有相當的興趣，特別是對自己的身體、對自己還殘存的獸性、心中模模糊糊的神性，有很多細緻敏感的體驗以及訴求。在機械工業的核心地帶，被自由思想包裹的康妮顯得格格不入。她堅持不被同化，繼續做自己，所以才會衝破這一切的桎梏，灑脱地放棄金錢、名利、社會地位等這些並不絕對必要的東西，找回自己的身體、靈性和神性，邁向新生。

康妮的蜕變、康妮和麥勒斯心靈契合、對愛情的追求和守護、新生命的來臨，讓勞倫斯用象徵的藝術手法給頑固的機械工業貴族以警告：過度的利益追求和環境破壞，徹底放棄人身上的獸性和神性，必將導致被遺棄和消亡。勞倫斯借用康妮説了他想向工業貴族表達的東西：現代化之路並不是一條盡善盡美之路。

麥勒斯，男一號，守林人。他熱愛自然，不修邊幅，紅臉膛，身着深綠色的棉絨衣，打着綁腿，身旁還跟着一條灰色的獵狗。這種不修邊幅讓人感覺到了他獨特的「自然氣息」，和英國破落貴族、新興貴族這些人相去甚遠。隨着康妮和麥勒斯交往的深入，康妮發現麥勒斯不只是自然，不只是體力勞動者，他其實讀書很多。麥勒斯自幼聰穎好學，中學畢業之後在巴特萊事務所當過職員，但是他不喜歡城市裏毫無生氣的生活，雖然那看上去光鮮無比。他選擇了打份工養活自己，獨居山林，跟自然生活在一起，遠離塵世喧囂。他沒有金錢和顯赫的地位，只把自己放諸山林間，把孤獨看作自己生命中最後也是唯一的自由，從這點看有點像中國的莊子。

勞倫斯描寫性非常細緻，涉及身體和心靈。他用優美的、抒情的、詩意的、花草的、小動物般的語言去描寫性，通靈、通神，有一定的宗教性。《查泰萊夫人的情人》很罕見地以查泰萊夫人和守林人幾次交歡作為整本書的主線，這是我所知的唯一以此為主線的小説。《金瓶梅》的性都是在一定程度上的簡單重複，以宣洩獸慾為主，寫得不高級。

愛情 = 愛 + 性

我同意這種説法：愛情 = 愛 + 性。

沒有大腦的互通、三觀的相對一致、感情上的依賴、習慣上的接近、靈魂上的契合，那可能就沒有愛，你可能就不想跟一個人花時間，耳鬢廝磨。所以，愛情第一個重要組成部份是愛。

光有愛是不夠的，還要有性。性是你跟對方親近之後，內心腫脹，你想要多走一步，想兩個身體合二為一，想要：1+1 = 無限 = 永遠。這就是性。

但是性的作用不能被無限放大，因為愛情之外還有生活。有些人的生活需要愛情，但有些人的生活不需要。愛情不是生活的全部，甚至不是生活的必需，否則哪有那麼多尼姑、和尚、教士……哪有那麼多沒有愛的婚姻？

生活 ≠ 婚姻，婚姻 ≠ 愛情，愛情 ≠ 性，但是所有的愛情如果你想持續，一定要有好的性關係。

勞倫斯在《查泰萊夫人的情人》裏告訴世人，性是有力量的，但是不足也非常明顯。在現代生活中，我承認性是被嚴重忽略的，甚至我們在很大程度上浪費着自己的身體。

人類現代化之路上的痛苦

《查泰萊夫人的情人》被禁了 30 多年，除性描寫的問題，還觸及了現代化之路的各種問題。

勞倫斯設定了三個主要人物：女一是個中產階級女性；男一是個下層無產者；男二是準男爵，是上流社會成功人士。當時在英國，讀書的主要群體是中產階級，而中產階級喜歡的、接受的社會正常規則，是一個中產階級應該往上流社會爬。他們可以接受上流社會的男性勾引中產階級女性，以中產階級女性嫁到上流社會為榮。但是他們不能接受中產階級女性往下和下等階層的男子去偷情。就是你可以往上胡搞，但不能向下胡搞。所以有一種説法，《查泰萊夫人的情人》這本書並不是因為情色描寫，而是因為它向下偷情的「墮落」激怒了很多人。

偷情不是不可以，但不可向下偷。查泰萊夫人已經完成了階層躍升，嫁給了一個貴族，之後僅僅因為性不滿足，就階層「墮落」。這被當時的社會所持續不容了三四十年。

英國有它美好的地方，也有它腐朽不堪的地方，它就是有這樣的傳統和文化。所以簡·愛才會喊出「我雖然窮，也不漂亮，但我也有愛的權利」。這句話反過來也體現了英國的風俗，就是你窮，你不漂亮，你就沒有愛的權利。你要講門當戶對，你要講錢，你要追求階層躍升的話，你就要靠漂亮、靠心機，這也是簡·奧斯汀作品的一個主題：如何把自己嫁上去，如果在階層躍升的過程中，還能隱隱約約地感受到愛情，那是最完美不過的事情。

飲食比男女重要

「食色，性也」，如果一定要挑出最重要的人性之愛，多數人還是要選美食，特別是當年歲變大之後，飲食比男女重要很多。

袁枚的《隨園食單》是講享樂的書。古往今來，勵志的書多，講苦難的書多，講打打殺殺的書一大堆，講養生的書一大堆，但是講享樂的書寥若晨星。

這還是本講述退休生活的書。袁枚 30 多歲棄官不做，去過自己的日子了。他一退 50 年，是士大夫中退休生活過得最精彩的一個。

風流妙人袁枚

袁枚是我見過的做得最好的士大夫，不僅提前退休，退休生活愉快，而且創造出了另外一片天。

袁枚不是沒有掙扎，而是很早就在掙扎。袁枚 23 歲金榜題名，高中進士，但 33 歲的時候，父親去世了，於是主動辭官。他的理由很清楚：我不會拍馬屁；做官，沒空讀書；不想過日復一日一眼能望到頭的生活。不想這麼花時間，不想委屈我的心靈，就這兩個原因。

33 歲辭職之後，袁枚有一陣混不下去了，為經濟所迫，又回去重新做官。做了小小一陣，他說再窮也不做官了，徹底回到家鄉南京。

很多人，包括我自己，對於大平台、大的做事機會，充滿了眷戀。有安全感、使命感，有時候不用動腦子，被前後左右、上上下下裹挾着就可以往前跑。那種日子對於腦子來説是簡單的、幸福的，是容易滿足的。退出大平台，退出主流，其實對人的內心和能力要求很高。

袁枚的退休生活管理可以説是「千古一人」， 會管理、會生活、會生財、會享受，即使沒有做到拿起成事，但是基本做到了放下。即使沒有放下成佛，他至少成了一個鮮活的、自在的人。

好吃、好財、好色、好書

袁枚有四大愛好：第一就是好吃，第二個是好財。他不能不好財，因為他好吃，但不像李漁粗茶淡飯就行了。袁枚不行，他每頓飯都不能辜負。好吃的基礎是好財，好財的動力是好吃。

他還有另外兩個愛好：一個是好色，一個是好書。所以，袁枚的「四大好」是好吃、好財、好色、好書。

袁枚號稱自己得了一種怪病，見到美色挪不動腿，所以娶了十幾房太太。袁枚甚至公開宣稱：「男女相悦，大欲所存，天地之心本來如此。」「人非聖人，安有見色而不動心者？」「人品高下，豈在好色與不好色？」

袁枚喜歡蘇小小，曾經刻過一枚私章「錢塘蘇小是鄉親」，意思是蘇小小是我們家鄉人。有個官員説：你太輕薄了。袁枚跟他説：你想多了，百年之後，有人會知道蘇小小，但是沒有人知道你是誰，哪怕你是某個知府。這就是「好色」的袁枚。

袁枚「第四好」是好書。滿園都有山，滿山都有書。為了讀書，可以忘掉美人。袁枚有首詩叫《寒夜》：

寒夜讀書忘卻眠，錦衾香盡爐無煙。

美人含怒奪燈去，問郎知是幾更天。

美食不敵美人，美人不敵好書卷。

飲食之道也是學問之道

《隨園食單》約兩萬字，成書於袁枚 76 歲時。其文字老辣，見識深刻，一看作者就是個「練家子」：既是吃東西的高手，也是一個寫文章的高手。結構非常強。每篇都非常短，一則幾十字到二三百字。

這裏就簡單解讀第一單《須知單》中的幾句，講的是餐飲最重要的事情——食材。

學問之道，先知而後行，飲食亦然。作《須知單》。

先知道做學問的道理，然後去奉行它，飲食也是一樣。高屋建瓴，沒有廢話，不拐彎抹角。

凡物各有先天，如人各有資稟。人性下愚，雖孔、孟教之，無益也。物性不良，雖易牙（指代名廚）烹之，亦無味也。

開篇明義地講，東西先天有不同，就像人的天賦不同。天賦不好，哪怕孔子、孟子來教他，也沒啥用；食材天生不好，哪怕名廚來烹飪它，也沒甚麼味道。

大抵一席佳餚，司廚之功居其六，買辦之功居其四。

一桌好菜，廚師的功勞只佔六分，採購的功勞佔四分。能把好的原材料按時、按量、按質買到廚房來，就居功至偉。

最「好吃」的還是人

人之大慾，「食色」二字，說到吃，我們到底吃的是甚麼？跟誰吃？怎麼吃？

最好吃的食物，還是要跟最喜歡的人一塊兒去吃。和煩的人一塊兒吃最好的東西，哪怕這個人整頓飯沒跟你說話，你還是不開心，那這頓飯不如不吃。佛家講「八苦」，其中「一苦」就是「怨憎會」。你看着不舒服的、特別想踹他的人，不得不見面吃飯，那就悶頭喝酒吧，把自己灌暈了，有些氣兒也就好消了。

另外一個情況是沒啥好吃的。一碟毛豆、一小碗花生米、一點魚乾，外邊是稀稀拉拉不大的雨，雨外邊是平靜的海，海外邊是平靜的雲天，我旁邊有個你，你旁邊有個我，你我心裏有不平靜的心情。在一個有雨、有海的夜晚，沒頭沒尾地分一瓶酒，哪怕沒吃的，都很美好。

我不確定，吟得一首好詩，燒得一手好飯，哪個對女生更有致命的吸引力。但是，在一個風雨交加的寒夜，他給你做了一碗麵，麵是手擀的，臥了兩雞蛋，加點葱花，還加了點蘑菇，加了一點香油，你能抵抗住這種誘惑嗎？

吃的是時間，是記憶

通過吃，我們能激發出一些記憶，生動地想起以前吃類似東西時的所看、所感、所想，就覺得人生特別豐富，時間似乎永遠不動，不是「逝者如斯夫」，孔子說得不對，時間根本就沒有走過，我們就像凍在時間裏的一個標本。

我第一次到泰國，當地人給我上盤蘸水，透明的醋裏放有紅紅的辣椒，擠一些青檸檬。拿春卷蘸着吃的第一口，我就想起我爸。我爸從印度尼西亞回國，娶了我媽，生了我們幾個，在我很小的時候他就做類似的蘸水。那時候北京沒有檸檬，他就拿米醋來代替，沒有小紅辣椒，他就用朝天椒、黃辣椒、青辣椒代替，味道好香。

別人老說「媽媽的味道」，讓我想，我就想起「爸爸的味道」。因為我媽很少做飯，她的心思都在家長里短、掙錢、自己怎麼厲害上，不在飯菜上。而我爸有一顆永遠在飯菜上的心，看甚麼都在想這個東西能不能吃。

這個時候，我就想起好久沒去看他了。

每個人都是隱藏的廚師

還有一點，我們「吃」的是自己。「食色」是人類最底層的本能，我們每一個人都可以成為過得去的廚師、過得去的情人，只要我們花心思。

老天把我們生下來，是讓我們具備一定生存能力的。「不會做」往往是藉口，是不願意做。做得好壞、能不能做熟是本事問題，做不做是態度問題。

我先是吃我爸做的飯，再是吃食堂，再往後是吃飛機餐、應酬飯。偶爾有些空閒，也是讓秘書給我買份盒飯，我從來就沒進過廚房。

到了倫敦，我不叫外賣，不去餐廳，也能把自己弄飽了，甚至有時候還會做一些變化和原創。比如在香檳杯裏扔一顆草莓；比如我創了一種飲料叫「相偎」，是三份香檳加一份威士忌調成的；比如一整顆黑松露扔到泥煤味不太重的威士忌裏慢慢喝，喝完半瓶威士忌之後，松露已經被威士忌浸泡一兩個小時了，一吃，人間美味啊。

有故事不如有生活

亨利‧米勒也是影響我寫作最多的人，是我的文學英雄。亨利‧米勒對我來說是一個獨特的存在。當我寫作出現瓶頸的時候，我讀得最多的是亨利‧米勒。他能讓我放鬆，打開我自己。

他元氣最足的一本書就是《北回歸線》。

亨利‧米勒的小說非常另類，沒有故事、沒開頭、沒結尾，你可以從任何一頁開始讀起，在任何一頁停止。他把回憶、事件、各種情緒就像石頭一樣扔進你心海，激起一圈圈漣漪。這類寫法非常少見，之所以能撐住，在很大程度上靠亨利‧米勒看問題獨特，敢於跟所有的傳統觀念對立，這確實讓很多人不舒服，但他的坦誠有價值。

在人間流浪，但又厭惡人間

亨利‧米勒先在紐約打各種雜工，後來或許覺得紐約沒文化，到了巴黎，用吃軟飯的方式在巴黎混了蠻久。《北回歸線》幾乎就是他真實生活的記錄。這讓我想起曾經看過的一本小說的開頭：

> 我在亞運村以北的小村裏租了一個房，每天讀書、思考、嫖娼。

亨利‧米勒筆下的巴黎生活大致也如此。巴黎之後，亨利‧米勒又回到了美國，沒有回到他的故鄉紐約，而是來到加利福尼亞海岸的大瑟爾，靠別人救濟，弄了一個風景很好的小破房，然後就這麼待下來了。他一待又是挺多年，最後死在洛杉磯北邊一點，活了 80 幾歲。

他的所有小說，都可以看成他某種形式的自傳。從《北回歸線》到《南回歸線》再到《黑色的春天》，他都是寫自己。

他把自己當成媒介，老天通過「我」想表達甚麼，那就表達甚麼；「我」這輩子看到甚麼、想到甚麼，就表達甚麼。這麼多年下來，他一直着重當下，着重自我。

轟動歐美的禁書

《北回歸線》是亨利・米勒的第一部小說。1934 年，他接近 40 歲的時候，《北回歸線》在巴黎問世。但近 30 年之後，1961 年才在他的祖國美國獲准發行。

《北回歸線》自傳性很強，以作者回憶錄的形式記錄了生活在巴黎的年輕藝術家的成長經歷。一個人在巴黎，從一個牀單滾到另一個牀單，從一個公寓滾到另一個公寓的故事。但它的主題是打破和毀滅，「向上帝、人類、命運、時間、愛情、美等一切事物的褲襠裏踹上一腳」，聽到它們一聲號叫。打破才能建立，打破才能看見真相。

小說用一些超現實主義和自然主義的誇張、變形來揭示人性，探究年輕人如何在特定的環境中一步一步從底層文藝青年成為藝術家。

我們談愛太多，談性太少

從內容上，我們就能看出《北回歸線》充滿了爭議和矛盾。

從女性讀者的角度看，對亨利・米勒最大的詬病可能是他毫不掩飾地物化女性。在小説裏，女性都沒有特別的面目，或許有不同的名字，但本質上沒有甚麼不同，都是偉大的肉體。

從另外一個角度看，亨利·米勒也毫不介意女性物化男性。男性也沒有甚麼個性、特點。他非常偏頗、絕對地強調了人生中重要的東西——性。性是人天生的能力、權利和責任。性無處不在，卻又容易被人低估、扭曲和忽略。

亨利·米勒的小説沒甚麼情節，沒甚麼人物性格塑造，但他有群像，有豐富濃郁的氣質、氣氛，靠一股純陽之氣，故事還能立住。

亨利·米勒對人世間所謂正常的三觀、規則、倫理、道德、一切看上去神聖的東西，都是反叛、不屑、厭惡的態度。他就像一個在人世間流浪的生活簡單、思想複雜的人，厭惡一切，破壞一切，站在世界的對立面，而不是站在自然的對立面。可能他是熱愛這個世界的，但又覺得這個世界的很多規則、規矩都是不對的，是需要認真考量的。

不一定要有故事，但一定要有生活

《北回歸線》裏沒有具體人物，但有群像，就是底層文藝青年。因為有文藝，世界才更美好。

在年輕的時候，在我也是底層文藝青年的時候，我覺得世界充滿了美好。我可以因為一句話、一個段落、一個篇章寫得好，而感受到簡單的快樂；可以跑到大街上找個副食店，買瓶啤酒，坐在馬路牙子上，面對着夕陽，或者面對着月光喝一口，再喝一口，然後拍一下馬路牙子説，其實我寫得還是不錯的。

底層文藝青年有美好的生活，理想比天還大，世界比夢還遠，

總能一步步朝向理想，總能一步步跟着夢想去看看世界。

北島在散文《波蘭來客》裏說：

> 那時我們有夢，關於文學，關於愛情，關於穿越世界的旅行。

底層文藝青年到後來或許混出來了，或許沒混出來，有一點是共同的：我們都老了，世界可能也變了；或者世界沒變，只是我們變了。

> 如今我們深夜飲酒，杯子碰到一起，都是夢破碎的聲音。

我們不必要有故事，但是一定要有生活。這種生活，性可能是其中很重要的部份。或許我們沒有在巴黎，我們在北京，在廣州，在深圳，在上海，在東莞，在某一個街道的角落，在某一個公寓的牀上，我們有性，有快樂，有無奈。這就是我們。

混亂而美好的盛宴

《北回歸線》的故事主要發生在巴黎，但對巴黎沒有任何具體的描寫，亨利·米勒不在乎這些。亨利·米勒在乎的只有兩件事：一、滾牀單；二、自己關於這個世界的想法。

亨利·米勒創造了混亂中帶着一種美好的巴黎氣氛、巴黎的盛宴，從一個肉身到另一個肉身，從一個女人到另一個女人，從一個牀單到另一個牀單，從一個髒亂差的房子到另一個髒亂差的房子。人就像動物一樣生存着，人就像「人 + 動物 + 神」一樣思考着。

每一扇門、每一個肉體、每一個靈魂，似乎都是地獄，但似乎也都是天堂，就是這種狀態和氣氛。這或許就是巴黎，是一個人成長必經的環節，是人類某種一定會長期存在的狀態。

把流氓都扔在了文字裏

亨利·米勒在日常生活中應該是一個有紳士風度、文雅的人，但在文字裏就不是。他把他的流氓，絕大多數扔在了文字裏。

在我看來，亨利·米勒既是「文化的暴徒」，也是飽學之士。他只是深深地感受到文化的基礎裏有非常愚蠢的地方。

亨利·米勒寫作以嘮叨為特點，不厭其煩地寫幻覺和夢想、現實與幻覺、夢想與虛構，難解難分，給讀者一種非理性的直覺感。

理性、結構、規矩，我們看得太多，但是非理性、直觀、直覺，我們看得太少。

> 人們現在明白，天堂的理想如何獨佔人類的意識，從根部被擊倒的所有精神支柱如何仍舊屹立。除這片沼澤之外一定還有一個世界，那兒的一切都是一團糟，很難設想這個人類朝思暮想的天堂是怎樣的。那兒無疑是一個青蛙的天堂，瘴氣、泡沫、睡蓮和不流動的水，它就坐在一片沒有人打擾的睡蓮葉子上呱呱叫一整天。我設想天堂大概就是這樣的。

亨利・米勒的嘮叨都充滿了神奇和魅力。沒有了人類與動物、現實與理想、大地和天堂的區別，沒有了未來，沒有了現實。未來的悲觀和現實的絕望並無差別。

亨利・米勒的文字既「喪」又樂觀，你會受到很多正能量的衝擊。

和好玩的人消磨時光

《黃金時代》是好小說的樣本，展露了王小波的兩個特點。第一個，真實。王小波在《黃金時代》以及他的多數文章裏，是個真實的人、真實的作家，敢於真實地寫他眼中看到的世界，非常了不起。第二個，有趣。王小波有獨特、有趣的氣質。**沒趣的人不見得不是一個好作家，但有趣的人無論怎麼寫、寫甚麼，都會是挺好的作家。**

王小波的三個階段

《黃金時代》是王小波的成名作。我問過銀河老師，王小波創作《黃金時代》的時候是甚麼狀態。銀河說，王小波在《黃金時代》上用功近十年，反反覆覆寫了幾十稿，到了 1984 年才基本定稿。過程中差不多想起啥就寫啥，而且經常會推翻重來，把段落調來調去。

我問《黃金時代》的起點是甚麼，銀河老師說是王小波對某個場景特別着迷，上面天，下邊地，周圍有各種草木禽獸。在這樣的天地間，王二和陳清揚幾十次交歡，這個場景讓王小波特別着迷。

王小波的文學創作大致分成三個階段：第一階段，《綠毛水怪》、《地久天長》以及《黃金時代》、《似水流年》、《革命時期的愛情》。這些作品貼近現實，但是已經露出了追求現代小說寫法的苗頭。

第二階段，《青銅時代》。多數是用古代的故事講現代的事情，讓古今中外的時空產生一種魔幻的組合。在這個階段，王小波嘗試了更多形式的表達。

到了第三階段，《白銀時代》、《黑鐵時代》。此時王小波的能量快耗完了，越表達離當下越遠。很遺憾王小波 1997 年心臟病發作，45 歲英年早逝。

王小波：我是一個一流半作家

我採訪銀河老師一些關於王小波的問題，總結如下，可以幫我們了解王小波。

王小波偶爾有些抑鬱，偶爾喜怒無常，但是心理非常正常。

王小波評價自己：我是一個一流半作家。他偶爾也會問銀河老師：我這輩子不成功怎麼辦？

王小波的閱讀速度是一般人的 6-8 倍，是個速讀的天才。他讀的書很雜，讀了幾千本的書，哲學、文學、歷史甚麼都有。

王小波喜歡的作家有馬克·吐溫、卡爾維諾、法國新小說派作家、杜拉斯等。他喜歡外國小說家遠遠多於中國小說家。

王小波不喜歡非寫作的一切專業，一直想全職寫作，所以在 1992 年徹底辭職，暢快地寫了五年。

最後我問：王小波的寫作有甚麼大的遺憾？

銀河老師說：最大的遺憾就是沒有一部長篇小說。

生活在邊緣的「流氓」

我們結合着原文來看《黃金時代》，就可以明白，一篇好小說應該是甚麼樣子。好文章的結構，開頭、中段和結尾就像鳳頭、豬肚、豹尾。

鳳頭：小説的第一句要有足夠的張力

> 我二十一歲時，正在雲南插隊。陳清揚當時二十六歲，就在我插隊的地方當醫生。我在山下十四隊，她在山上十五隊。有一天她從山上下來，和我討論她不是破鞋的問題。

這個句子，寫得好啊！一個男生，21 歲，正是荷爾蒙分泌最旺盛的時候，在彩雲之南美好的一塊土地上。陳清揚當時 26 歲，比這個男生大 5 歲，也正是好年紀。城市的年輕人帶着滿腔熱血，到了邊陲農村去插隊。有一天她從山上下來了，像雲彩一樣下來了，和我討論她不是破鞋的問題。一種張力撲面而來，這就是好小說的開頭。

豬肚：順暢、優美、內容充實

鳳頭之後是豬肚，我是這麼理解的：

一、要有獸性。因為人性的一部份就是獸性，人也是某種禽獸。

二、要有足夠的容量，要大。不是豹子、鳳凰的肚子，豬肚有足夠的容量。

三、要豐富，哪怕有些看似不潔，但本一不二的東西。有容乃大不僅是體積大，還要容納各種各樣的東西。

> 陳清揚找我證明她不是破鞋，起因是我找她打針。
>
> ……

陳清揚在我的草房裏時，裸臂赤腿穿一件白大褂，和她在山上那間醫務室裏裝束一樣。所不同的是披散的長髮用個手絹束住，腳上也多了一雙拖鞋。看了她的樣子，我就開始琢磨：她那件白大褂底下是穿了點甚麼呢，還是甚麼都沒穿？

王小波的語言順暢，談不上優美，但是乾淨清澈。句子裏隱藏着幽默的視角，並不是故意要笑，而是想哭的時候笑。生活如此慘，卻不只有淚水，還有抑制不住的激素在暗流湧動。

陳清揚裸臂赤腿，穿一件白大褂，長髮用手絹束住，腳上穿一雙拖鞋。你閉眼想想那是甚麼樣的場景？何況陳清揚還很有邏輯智慧。

至於大家為甚麼要説你是破鞋，照我看是這樣：大家都認為，結了婚的女人不偷漢，就該面色黝黑，乳房下垂。而你臉不黑而且白，乳房不下垂而且高聳，所以你是破鞋。假如你不想當破鞋，就要把臉弄黑，把乳房弄下垂，以後別人就不説你是破鞋。當然這樣很吃虧，假如你不想吃虧，就該去偷個漢來。這樣你自己也認為自己是個破鞋。別人沒有義務先弄明白你是否偷漢再決定是否管你叫破鞋。你倒有義務叫別人無法叫你破鞋。

王小波在邏輯上沒毛病。大眾看一個事物，有大眾判斷的標準，你如果不想讓大眾這麼判斷，要麼遵從大眾的心理預期，要麼你就遵從大眾的判斷去做大眾認為你該做的事。

開宗明義，沿着破鞋這條線講到了打耳光。後來陳清揚耳光也打了，王二也打了陳清揚的屁股。

破鞋這個視角，獨特而巧妙。為了跟破鞋形成邏輯上的對照，王小波用了個類比，「春天裏，隊長説我打瞎了他家母狗的左眼，使它老是偏過頭來看人，好像在跳芭蕾舞，從此後他總給我小鞋穿」，對比得又巧妙又好玩，這就是小説家的氣質。

豹尾：意料之外，理所應當

當豬肚巨大的時候，結尾就好難。

孤獨寂寞的兩個人從開始聊天，到像私奔一樣去了荒野，再到回去交代問題，兩個人就此失聯。兩個人後來又在城市裏相見，陳清揚又去見了一次王二，他們結了賬走出賓館，走到街上回憶過去。

> 陳清揚説她真實的罪孽，是指在清平山上。那時她被架在我的肩上，穿着緊裹住雙腿的筒裙，頭髮低垂下去，直到我的腰際。天上白雲匆匆，深山裏只有我們兩個人。我剛在她屁股上打了兩下，打得非常之重，火燒火燎的感覺正在飄散。打過之後我就不管別的事，繼續往山上攀登。
>
> 陳清揚説，那一刻她感到渾身無力，就癱軟下來，掛在我肩上。那一刻她覺得如春藤繞樹，小鳥依人，她再也不想理會別的事，而且在那一瞬間把一切都遺忘。在那一瞬間她愛上了我，而且這件事永遠不能改變。

這個豹尾太漂亮了，就一句：

> 陳清揚告訴我這件事以後，火車就開走了。以後我再也沒見過她。

《黃金時代》裏的性描寫簡單、坦誠、不髒。書中幾次提及陳清揚對王二的心動瞬間，他們對彼此當然是有愛的，但是這個愛是複雜的、包含慾望的。在小說中，王二數次宣稱自己是流氓。我倒覺得這個「流氓」是生活在邊緣的、與眾不同的，也是有相當個人主義色彩的。

做個真誠人 才有真自由

用三流的天賦修成一流的智慧

《論語》是最好的漢語，是人類核心智慧的重要組成部份，是成事修行者汲取力量、聞道解惑的最好書籍之一。半部《論語》安天下，一部《論語》安你心。

孔子：想要為社會做貢獻的長壽老人

孔子是春秋時期的人，活了 70 幾歲，在那個時候算長壽的，人生七十古來稀。他一生孜孜不倦地學習、修身、養性，希望社會變得更美好，人們都有道德仁義。

他對自己、對門徒，都是同一個希望，希望得志行天下，發揮能量讓世界變得更美好。他充滿入世的激情，但遺憾的是，世界沒有給他入世的機會。

從狹義上講，他的徒弟、徒弟的徒弟，直到孔子死後都沒有做出驚天動地的事。立功談不上，立德、立言卻做到了。

從廣義上講，任何一個官員都是孔子的學生，孔子通過後世的學生做了很多事功。

由於孔子的身世離現在太遠，並沒有太多的歷史記載，我就不做任何闡釋了，直接講《論語》。

《論語》不長，不複雜，從漢代開始就是入門的課本。孔子為甚麼不在生前構建出一個思想體系？他甚至只述而不作，只編書、講書。

《論語》是中國第一本金句集，幾乎都是他弟子摘錄的孔子的言行錄，記錄孔子上課、日常生活中說的話、做的事。

儒學的基本發展脈絡

孔子之後據說有孔門八派，但具體並不清晰，除了孟子和荀子這兩派。荀子之後，有李斯、韓非子，法家在某種程度上也是儒家演化出去的。之後，按「四書五經」來分，有些派講「四書五經」中的一本，有些派講另外一本，各門共存，和平共處，不是宗教教派那種有我沒你、我對你錯的爭法。

宋代理學是對儒學的改造，「二程」（程顥、程頤兄弟）和朱熹做了非常系統的工作。在朱熹手上，儒學形成體系，理學成了治國的標準，修身齊家治國平天下。當時也有一個背景，就是面對佛教龐大的理論體系，儒學感到某種壓力。在這種壓力下，「二程」和朱熹挺身而出，針對並參考了佛教理論體系，形成了儒學體系。

儒學的發展到了明朝就是王陽明的心學。王陽明直接參考了禪宗，可以說心學是儒學中的禪宗。舉個例子，禪宗講即生即佛，王陽明就說即生即聖，就是我覺得我已經是聖人了，那我就是聖人了，就像禪宗說我覺得我頓悟了，那我就悟了。

學、想、做結合才有真知灼見

《論語》一共 20 篇，〈學而〉第一。你知道《論語》是按甚麼排順序的嗎？沒順序。你知道，這些篇名是怎麼起的嗎？沒甚麼道理，就是取了最開始兩個字。因為第一個金句「學而時習之」，所以就叫〈學而篇〉。

子曰：「學而時習之，不亦說乎？有朋自遠方來，不亦樂乎？人不知而不慍，不亦君子乎？」

培養智慧的方式方法有四種：第一，讀書；第二，行動；第三，學徒，跟着師父練；第四，做事。讀書、行路、學徒、做事這四種，其中第一是讀書。

「學而時習之，不亦説乎」，人能夠經常去學習，把學到的東西用到自己的生活、工作當中，是很快樂的事。

「有朋自遠方來，不亦樂乎」，人是群居的動物，如果有好看、好玩，既好看又好玩的人從很遠的地方來找你，還給你帶好酒、好吃的，或者一起分享你的好酒，當然快樂了，想想都美。

「人不知而不慍，不亦君子乎」，別人不知道我有多牛、有多大的學問、有多少的能量、我幹過甚麼……但是我不生氣，並沒有不高興。我堅信我是有學問的，堅信是金子總會發光的，用福建方言説就是「是金子總會花光的」。

孔子想告訴你：別人不知道你，是很正常的，你不要生氣，他早晚有一天會知道；不着急，不害怕，不要臉，不亦君子乎？

子曰：「學而不思則罔，思而不學則殆。」

要學，要有東西進到你的心智、頭腦、肉身。如果只是進，不思考，相當於不消化，你就迷茫了。另外一個極端，你整天靜坐、沉思、面壁，就危險了，有可能會走火入魔。

你要保持學和思之間、人與我之間、外部的信息輸入和內部的信息消化之間的平衡。學和思兩手都要抓，六經注我，我注六經。要一直在書本中、環境中、老師身上、做事中學，邊學邊想邊做然後繼續學，這樣才是真知灼見。

子曰：「溫故而知新，可以為師矣。」

如果你溫習過去的東西，能夠獲得新的知識和智慧，你就可以當老師了。

「人之患在好為人師」，但是，如果讓周圍人特別是後進的晚輩少走一些彎路，少犯些錯誤，少掉進糞坑，我覺得是一種善，是該做的事。

那怎麼能知道我是不是當老師的料？我覺得像羅永浩，像我媽，都是有講話天賦的人，越講越興奮。雖然我不確定我說話是不是好玩，別人願不願意聽，但是看了孔子這句，頓生信心。重新讀經典，每本舊書都給我新的知識、體會、見識。

子曰：「《詩》三百，一言以蔽之，曰『思無邪』。」

《詩經》共 305 首，用一句話來總結：思無邪，沒有邪念，是純潔的、乾淨的、美好的。即使「有女懷春，吉士誘之」，「蒹葭蒼蒼，白露為霜」，無論說甚麼，也都是「無邪」，因為都是人真摯思想情感的詩意表達。人心是正常的，人性在陽光之下、陽光之外，都是一種客觀的存在。

所以應該像孔子一樣有一定的包容性，能夠欣賞七情六慾，能俗能雅，雅俗本一不二。

詩歌無禁區，寫的時候放開寫，讀的時候放開讀，想的時候放開想。

用三流的天賦修成一流的智慧

曾子曰：「吾日三省吾身：為人謀而不忠乎？與朋友交而不信乎？傳不習乎？」

「吾日三省吾身」，可以是多次反省自己，也可以是反省幾件事兒。**我一直有個習慣，每天花 5-10 分鐘想想明天、這週、下週要做的事，然後稍做準備。我想這也是三省吾身的一部份。**

如果是反省自己的三件事，那三件事是甚麼呢？

第一件事是「為人謀而不忠乎」，就是你給別人出主意、提供信息，是不是有一顆忠心，是對人家好的，說的是實話，是發自內心的。跟別人交往，不能總想着自己，總想着騙人，佔便宜。既然為別人謀，就要盡心盡力，盡職盡責。

第二件事是「與朋友交而不信乎」，和朋友交往，你有沒有誠信？吃飯有沒有遲到？答應還錢還上了嗎？答應幫人辦事辦了嗎？不輕易許諾別人，既然許諾了，就一定要做到。

第三件事是「傳不習乎」，老師辛辛苦苦教你點東西，你有沒有好好練習？

如果你一直這麼做，雖然你可能只有三流的天賦，卻可以做出一流的成績，獲得一流的智慧。

子曰：「弟子入則孝，出則弟，謹而信，泛愛眾，而親仁。行有餘力，則以學文。」

弟子們在家要講孝道，出門應老老實實幹活，言行要謹慎誠信。

多交一些朋友，不要見人就撩人，見誰都愛誰，跟其中有德行的人要多多接觸。父母開心了，大眾也滿意了，如果還有力氣沒使完，還不想睡覺，那就學學文藝，做個文藝男，做個文藝女。

對於「孝」有一大堆解釋，我說說我的「歪理」。我同意曾國藩的「養親以得歡心為本」。讓他們開心最重要，別老跟他們爭，掰扯那些理。他們的慾望也不見得都要滿足，該順着的時候順着，該打哈哈的打哈哈。他們就是老人，得歡心為本，他們開心最重要。他們是不是對，你是不是對，並不那麼重要。

子聞之曰：「成事不說，遂事不諫，既往不咎。」

「成事不說」，事已經成了，就不要再說了。有很多缺陷的時候可以複一次盤，一定要講的時候再說，但多數情況下不要說。

諫就是說，提不同意見。「遂事不諫」，已經開始做的、開始推進的事，不要提反對意見，提就要在做事之前提。

「既往不咎」，已經過去的事，不要太過內疚，也不必追究得太厲害了。意思是，要用一個變動的、積極的、面向未來的態度來看待管理。

子在川上曰：逝者如斯夫！

孔子因為這一句成了詩人。逝者如斯夫，過去的是流水，是光陰，是歲月，是心情，是那些美好和不美好的東西，是那些值得懷戀和不值得懷戀的東西。一切都留不住，一切還有可能再來。

古之學者為己，今之學者為人。

古代求學的人是為了自己高興，為了自己長智慧。現在做學問的人是為了別人，為了教別人，為了寫書、立作、立言。兩者的出發點不一樣。

我喜歡古人的出發點，讀書第一位是為了自己開心。

歲寒，然後知松柏之後凋也。

天氣冷，才知道松樹和柏樹是最後凋零的。人要經過一些事才知道甚麼是真的友誼，甚麼是真的感情，甚麼靠得住。沒有歲寒，只有嘴上說，見不到行動，沒有用。

朝聞道，夕死可矣。

早上我聽到了一個美妙的道理，晚上死了也不遺憾。明天如果還活着，那就賺了。所以我對川端康成、海明威是理解的。他們覺得該走了，然後就走了。

不學詩，無以言。

這個「詩」指《詩經》，現在可以把範圍擴大，包括所有的好詩。甚麼叫好詩？能讓你感覺內心腫脹的詩就是好詩。也就是說，多讀詩、多背詩，你就知道如何說漂亮話了，知道如何把話說得深情款款，動人動心。情詩在手，愛情我有。

吸取高質量智慧，享有高質量的人生

為甚麼先賢沒有高度總結歸納所謂的規律？比如《論語》、《沉思錄》沒有使勁歸納，說你記住多少條規律，就能活好一生。我想先賢一定是理解了人世間的複雜性，理解了普通人不會因為知道人世間有多少條規律就可以把自己的日子過好。

司馬光主編的《資治通鑒》是編年體的中國通史。時間像流水一樣，很多事發生在時間這條河流裏，由人生事。司馬光不考慮人，只談事，這樣讓後來的人更容易了解事情內含的規律。

不要重複過去的錯誤

《資治通鑒》共 294 卷，一言以蔽之：狗改不了吃屎，人實在是不長記性。你能深刻地體會到輪迴，就是在這萬般苦之間轉來轉去，就是跳不出來。

過去的事情歷歷在目，為甚麼人類就是不吸取教訓？個體的人也一樣。原來你愛上一個「人渣」，過了十年，你還可能愛上另外一個「人渣」；十年前是個「渣男」，十年之後同樣的「渣男」老了十歲，這就是人類的整體和人類的個體。

如果你能通讀《資治通鑒》，掌握其中 60% 的人類智慧，你就已經超過了大多數人，可能一輩子都比別人走得更順、更祥和、更幸福。

所以，讀《資治通鑒》可以少犯傻，擺脱「輪迴」，掌握人類智慧。如果能用追逐自身美貌、身材的決心和動力，去追逐一點智慧的進步，這個世界會更美好一點。

擁有高質量智慧，才會有高質量的人生

司馬光活了68歲，1019年生人，1086年去世。司馬光跟一般寫書的腐儒不一樣，他老成持重，是個骨子裏能幹、有膽有識的人。

司馬光小時候，一幫小孩在玩，有個小孩淘氣，掉到了一口大缸裏，眼看就要被淹死了。其他小孩都想各種方式，比如去叫大人，比如試圖推翻這口缸，比如拿個水杯，把水從缸內往外舀。司馬光知道按其他小朋友的方式，大缸裏的小朋友可能就淹死了。他找了一塊大石頭，「咣當」就把缸砸了。從此，司馬光聲名遠揚，別人一見他，就說這就是砸缸的司馬光。

這種危急時候表現出的智慧，不是讀書能賦予你的，需要天賦。司馬光有這種「帶頭大哥」的天賦，讀了很多書，還當宰相做了很多事，主編了《資治通鑒》。

《資治通鑒》原文300多萬字，加上胡三省的註釋，接近600萬字，充滿了高質量智慧和案例教學。中國歷史和西方歷史不一樣的地方就是，我們重視人和事的例子。《資治通鑒》從頭到尾貫徹了案例法的運用，用事來告訴你怎麼做事，用案例來教育你甚麼是常識。

一些道理反反覆覆說，大多數人就是不聽。過去的聖人、大師以及之後的商學院，用的都是案例法教學。

修煉個體智慧的四種方式

修煉個體智慧有四種方式，前兩種方式是讀書和行路，後兩種方式是我加的，學徒和做事。

學徒，你最好找到幾個對你真正有幫助的師父，讓他們手把

手地在現實生活的場景裏教你如何做人做事，管理自己和其他。

第四種方式是具體做事，「覺知此事要躬行」。有些事不做，有些苦難或歡喜不經歷，你永遠就像隔靴搔癢一樣，達不到開悟。多數人沒有頓悟的能力，需要漸修。

拜師和學徒需要機緣，自己做事，需要更多的機緣。行路相對容易，但如果只是機場、酒店、景點這樣的萬里路沒用；讀書有用，但也有很多人讀了書還是傻。所以，這四種修行個人智慧的方式，運用起來沒那麼一帆風順。

減少苦難，比增加幸福更重要

有人說我掙了很多錢，可能數都數不過來。如果你掙得的錢沒有給周圍人或更多人帶來美好，沒有降低未來的苦難，可能只會平添煩惱，增加風險。我認為，減少苦難還是比增加幸福更重要一些。

所謂「四大了不起」，即「為天地立心，為生民立命，為往聖繼絕學，為萬世開太平」。「為天地立心，為生民立命」，對我們現在來講似乎有點晚了，因為人世間的多數能用話說明白的道理，在過去 2,000 多年，特別是在孔子的那個年代，已經基本說清楚了，說明白了，後世很難不重複，很難再創新。但是「為往聖繼絕學，為萬世開太平」這兩件事，即使在現代還是能做的。司馬光在 1,000 來年前嘗試做，做到了，我想我們現在還可以再嘗試，還有可能再做到。

從《資治通鑒》裏學管理

如果你真想做大企業家，想做大官，想帶大團隊，你不得不讀《資治通鑒》。《資治通鑒》是幫你完成「世事洞明皆學問，人情練達即文章」的最好的一部書。如果你是中等資質之人，你學通《資治通鑒》，很有可能將來是個大企業家，甚至可能是個大官。對於一些只是想養活自己，輕輕鬆鬆過日子，只想有點風骨，別老跪着去掙錢的這種人，請跟着馮唐學《資治通鑒》，站着把錢賺。

希望大家最後都能自己成事，幫助周圍人成事，讓世界變得更美好一點。

做個真狠人，才能有職場自由

做事的人不能軟塌塌的，對自己狠才是真狠，長期對自己真狠，才能成為一個真的狠人，才能在事業上獲得真的自由。

如何把事做成？如何修煉成真的狠人？讀《曾文正公嘉言鈔》。

曾文正公就是曾國藩，晚清著名政治家、戰略家、理學家、文學家、書法家。「文正」是他的諡號。諡號是中國古代君臣死後，後人給他們帶有評價性質的稱號。「文正」的意思是「諡之極美，無以復加」，這個人已經做到人的極致了。有「文正」稱號的人都非常牛，比如宋朝的范仲淹、司馬光，明朝的方孝孺，清朝的劉統勳和曾國藩。

《曾文正公嘉言鈔》，顧名思義，就是曾國藩金句的集子。從曾國藩的文章中輯出這 200 多條金句的，就是歷史上鼎鼎大名的人物梁啟超。

成事的基礎是吃苦耐勞

一個人成事的基礎，不是高情商、高智商，而是吃苦耐勞。

吾屢教家人崇儉習勞，蓋艱苦則筋骨漸強，嬌養則精力愈弱也。

這是曾國藩家庭教育的箴言。他經常教導家裏人要吃苦耐勞。如果一個人經常幹苦活、動心忍性，筋骨會變得強壯。如果嬌養自己或被人嬌養，體力、精神會越來越弱。

我展開解讀就是三點：

第一點，自己的事情自己做。把自己的身心管理好，才能帶團隊，多做一些事情。我一個老哥做了 40 年投資，他說他的原則就是：一個人做不了的生意，他就不做了。帶團隊、做事情，起點其實是一個人自己能把事情做成。

第二點，堅持鍛煉，保持健康體重，少生病，時刻保持能幹活的狀態。這是成事人的另一個基本要求。我帶過大大小小的團隊，有些年輕成員生病的概率、嚴重程度要遠遠高於我，我就跟大家講，職業管理人並不是只要會做 PPT、數學模型、懂資產負債表就行，保持身心狀態良好也是不可或缺的職業素養。

第三點，糾正一個可能有的誤區——現在流行女孩子要「貴養」，我認為純屬胡扯，女孩子要像男孩子一樣「崇儉習勞」。原因有三個：第一個，男女在工作機會和上升空間上不平等，女孩子再「貴養」，進入社會如何競爭？第二個，是常識，誰更容易被錢誘惑，是習慣用別人的錢大花特花的女生，還是習慣自己掙錢自己花、量入為出的女生？答案是顯而易見的，一定是前者容易被錢誘惑。第三個，哪個男人不渣，不靠自己還能靠誰？

成事與內捲的本質區別

我們在職場裏會看到有些霸道總裁，但是，他們是不是真能成事的人？可能是，也可能是 PUA（編按：用情感操控）別人、讓他人內捲的假狠人。那如何判斷和區分？

強毅之氣決不可無，然強毅與剛愎有別。古語云：「自勝之謂強。」曰強制，曰強恕，曰強為善，皆自勝之義也。

做事一定要有強毅之氣，做事的人不能軟塌塌的。就怕別人覺得你是一個挺軟的人，實際上也真的軟，有些事就做不成了。

但強毅與剛愎自用不一樣，能戰勝自己的慾望，戰勝自己的人性弱點，這叫「強」。自己能夠勉強自己，寬容別人，做好事，做積德的事，這些強調的都是一個「自」，就是自己能夠戰勝自己。

其實成事和內捲、真狠人和假狠人，無非三方面的大差別。

其一，看他的狠是對自己，還是對他人。真的狠人對自己狠和嚴的程度，要永遠多於對其他人的。他要求你的，他都能做到。如果他的兇猛、強悍，是對他人的，你就要留個心眼兒。

其二，從事情來判斷。真的狠人，他的兇猛和決絕是對事的。在短時間內事大於人，先把仗打贏，再判斷是誰的功、誰的過。而假的狠人，不是對事，而是對自己爽不爽。這件事只要他爽，就認定別人必須按照他的想法去做。其實，這是把自己擱在了事之前。

其三，真的狠人和假的狠人追求不一樣。真的狠人都是說，他有多自律、嚴謹，多少年如一日，一直如臨深淵、如履薄冰。可假的狠人，你會聽見他說，他牛，他有多牛，他就比你牛。

如何做個真狠人

> 敬字、恆字二端，是徹始徹終工夫。鄙人生平欠此二字，至今老而無成，深自悔憾。

「敬」和「恆」是兩個最重要的修煉方法，但曾國藩評價自己，說今生欠這兩個字，所以老而無成，自己非常後悔。

其實這句話講的是讀書：「吾輩讀書唯敬字、恆字二端。」但是「敬」「恆」二字，不只適用於讀書，也適用於做事。總說「三不朽」——立言、立功、立德，而「敬」和「恆」，是隱在立言、立功背後的立德。你有了立德做基礎，再去立言、立功就有了根據地。

「敬」是敬天憫人，尊重常識和積累，尊重事，不走捷徑。「臨事靜對猛虎，事了閒看落花」，就是說，你遇上事應沉着冷靜，如臨深淵，如履薄冰，事完了就該看看花。「恆」是在對事上，堅持投入時間和精力，幾年甚至幾十年如一日，不求速效，不着急。

曾國藩對自己一生的功業頗有自我認識，說自己讀書沒有太多成就。他奔波於戰場、官場，沒有那麼多時間去仔仔細細做學問、做文章。但在曾國藩的家書、奏摺、閒散文章，包括日記等文字裏，我能清楚地看到他對東方管理智慧有非常好的總結。

如果立志不朽，就要拿出一輩子的時間。讀書、寫作、做人、做事，都是一輩子的事，而「敬」「恆」，就是抓手。

隨波逐流還是特立獨行

我們在生活和工作中，一直有一個選擇需要我們做——是隨波逐流，還是特立獨行？我個人的意見是，成事的人不甘流俗。

曾國藩說「人才高下，視其志趣」——這個人到底是不是一個人才，不看智商，不看情商，不看我們市面上流行的角度，而看他的志向。

「卑者安流俗庸陋之規，而日趨污下」，志趣比較低下的人才，永遠是安於世俗、油膩、潛規則的。一旦接受了這一套，人就會慢慢往下出溜。

志趣高的人才是甚麼樣的？「高者慕往哲盛隆之軌，而日即高明」，高級人才會嚮往過去的哲人、聖人，那些高尚的、美好的、更有意義的軌跡。他沿着這個軌跡去走，雖然很痛苦，但是每天都會比昨天好一點，比昨天高明一點。

看人才，你到底是看智商還是情商，如果都不看，那看甚麼？我非常認同曾國藩的説法——「視其志趣」，就是看這個人是一個俗人，還是一個脱俗的人。如果是俗人，他會越來越差，哪怕他智商、情商都特別高。智商、情商特別高的俗人，往往會變成更大的隱患。如果他志趣很高，不願意流俗，即使智商、情商都比較低，每天也能進步一點。

這句話出自曾國藩寫給晚輩的教育信。作為一個德高望重的長者，他教育晚輩，並沒有給出明確的答案，只是説，到底是做一個油膩的人，還是做一個不油膩、走自己路的人，你自己去選。

做管理，把時間用在正確的地方

領導整天到底在幹甚麼？把這件事想清楚了，即使你不是領導，也至少知道了領導在想甚麼，以及他們是不是在做正確的事情。

找人、找錢、定方向

曾國藩説：「為政之道，得人、治事二者並重。」做官之道，就兩件事——得人、治事，其實就是找人、幹活。

「得人不外四事，曰廣收、慎用、勤教、嚴繩。」得人要注意四點：廣泛招人、謹慎使用、辛勤教導、嚴格管理。曾國藩的言論跟現代人力資源管理的理論和實踐非常相符。現代人才管理有四方面：選、用、育、留，即選人、用人、培育人、留人。當然這個「留人」，也包括開除人。

「治事不外四端，曰經分、綸合、詳思、約守。」作為一個戰略專家，我可以很負責地講，這其實跟現代的戰略管理也非常契合。「治事」就是做項目。「經分」就是一定要分析到最細節、最扎實、最落地的地方，分析到地攤、街面、街頭，分析到你具體的客戶。「綸合」是通盤斟酌，可以沉到深深的海底，也要能拔到高高的山上，要想大局是甚麼。「詳思」、「約守」就是規劃周全，執行堅決。執行戰略的人，要非常清楚自己在甚麼時間幹甚麼事情，這樣大家一起做一個相對複雜的事情時，才能保證在相對合適的時間裏達到預期的效果。

執行堅決，看上去像是一句廢話，其實不是。病人沒被醫生治好，最大的原因是甚麼？是病人不遵醫囑。我做了這麼多年戰略，最煩的就是別人不聽話。

很多好的戰略落不了地，原因就是執行不堅決。一個沒想透、沒想好的戰略，如果堅決執行，會誤事，會死人；一個想透了、想好了的戰略，如果不堅決執行，也會死人，也會誤事。

一個管理者每天該幹甚麼？我的總結跟曾國藩説的類似，但更好記，三方面：找人、找錢、定方向。曾國藩講的得人、治事，就是我説的找人、定方向。他沒説找錢，因為他是個官員，找錢這事歸朝廷負責。但作為一個管理者，找錢有時候比找人更重要，比定方向更重要。因為沒錢就沒法找人，定了方向也沒法執行。

所以，管理者找人、找錢、定方向，之後適度玩耍，保持身心健康。

在關鍵時刻識人、用人

找人，有兩個重要的衍生問題：一是找甚麼樣的人，二是怎麼找到這些人。

曾國藩說：「專從危難之際，默察樸拙之人，則幾矣。」選擇在危難的時候，默默觀察哪些人能做到樸實厚道，這正是識別人才的好方法。

「老實和尚不老實」，這是我常說的古龍小說裏的一句話。貌似忠厚老實的人，其實內心雞賊得很。生活中這樣的人不在少數。

沒有誰會在腦門上寫一個大大的「渣」字。在確定一個人的基本素質，確信其靠譜程度之後，如何辨識他的心性修為？要等到重要節點，關鍵時刻。

我常說「寧用樸拙君子，不用聰明小人」，因為危難之際，樸拙之人最靠得住；聰明人會多想，會油膩，會撒謊，會逃跑，會給自己找藉口，也就是靠不住。剩下的樸拙之人，有可能站在你旁邊，一直陪你度過最艱難的時刻。

為甚麼要找關鍵時刻而不是平常？因為我們都是普通人。平常大家都可以做謙謙君子，都可以把事情做得漂亮，既然市場好，你分一點我分一點，大家都有飯吃。只有到了關鍵時刻，才能看出來，哪些人是富貴不能淫、貧賤不能移、威武不能屈的樸拙君子。

最後，關鍵時刻看樸拙的人，判斷標準是信任公式：

信任＝（可信度 × 可靠度 × 可親度）÷ 自私度

看這個人是不是萬事都從你的角度想，是不是在你倒霉的時候還能陪你抽根煙、喝杯酒，是不是能把自己的私利放在公司的利益、團隊的利益甚至你的利益之後。

如果你能找到在關鍵時刻富貴不能淫、貧賤不能移、威武不能屈的樸拙君子，而且這些人願意跟着你同甘共苦，恭喜你，請善待他們。

非天才的人如何自我成就

《老人與海》講的不僅是真的海，還有很多別的海；不僅是那個老人（桑提亞哥），還有其他很多老人，包括將來的你我。

《老人與海》是海明威的代表作，榮獲了 1953 年美國「普利策文學獎」和 1954 年的「諾貝爾文學獎」。

故事非常簡單。整部小說金句中的金句，也總結了海明威提倡的英雄主義：一個人從來不會被打敗，你可以毀滅他，但是你不能打敗他。硬漢！

小說其實只有兩個人物：一個是老人桑提亞哥，另一個是小孩馬諾林。小說通過孩子的眼光展示老人的孤獨無助，從孩子的視角開始了這部小說。到最後，小孩又回到了老人身邊，跟老人講：你身上還有很多我沒有學會的東西，我要繼續跟你學。這也表示孩子繼承了老人的精神，孩子就是老人的希望，代表人類樂觀的未來。

譯讀英文版《老人與海》

> He was an old man who fished alone in a skiff in the Gulf Stream and he had gone eighty-four days now without taking a fish.

這是《老人與海》的第一句，直接譯成中文就是：他是在灣流的一條小船裏孤獨地打魚的老者，他已經 84 天沒有打到一條魚了。

小說的第一句往往會提示這本小說的主題、矛盾、困擾、氣氛、張力，往往還會提示作家在這本小說裏的主要風格。海明威在《老人與海》的第一句裏體現了一條船、一個人、一個海灣、一條魚（還沒打到），突出了一種失敗感。

在桑提亞哥第 85 天出海之前，小孩過來看他，給他弄了口吃的。老人和小孩之間的對話是：

> "But remember how you went eighty-seven days without fish and then we caught big ones every day for three weeks."（小孩跟老人說：「你不要怕現在的運氣不好，你還記得嗎，你曾經有 87 天一條魚也沒有逮到，但後來我們連續三週每天都打到大魚。」）
>
> "I remember," the old man said, "I know you did not leave me because you doubted."（「我還記得，」老人說，「我知道你不是因為有懷疑而離開我。」）
>
> "It was papa made me leave. I am a boy and I must obey him."（「那是我爸讓我走的，我還是個孩子，我得聽我爸的。」）
>
> "I know," the old man said. "It is quite normal."（「我知道，」老人說，「這是很正常的。」）
>
> "He hasn't much faith."（「我爸沒有多少信念。」）
>
> "No," the old man said. "But we have. Haven't we?"（「是，你爸爸沒有多少信念，」老人說，「但是我們有，不是嗎？」）

簡單的一段對話裏藏着重要的信息：老人是非常有經驗的。他之前吃過更大的苦，遇過更大的不幸，他潛意識裏知道甚麼時候該堅持，甚麼時候該放棄，他有過往的經驗給他的智慧。

孩子問老人：

"But are you strong enough now for a truly big fish?"（「如果真來了一條特別大的魚，您幹得動它嗎？」）

這問得挺殘酷的。所有人都年輕過，那時候似乎有使不完的力氣，等到老了，力氣一定會往下坡路走。

老人是這麼回答的：

"I think so. And there are many tricks."（「我幹得動。我有挺多的竅門兒。」）

這個竅門，不是油膩，不是捷徑，不是詭計，不是陰謀，而是怎麼更好地用自己的力氣，怎麼更好地判斷方向，怎麼控制自己。

一個人如果長期做事、訓練、修行，雖然力氣、精力不如以前，但是他會有其他隨着歲月而增長的東西，比如見識、對情緒的控制能力，比如對成事作為一種修行的理解和掌握，比如一種戰略篤定。所以年輕有年輕的優點、優勢，老年有做事方面的優點、優勢。

But, he thought, I keep them with precision. Only I have no luck any more. But who knows? Maybe today.

Every day is a new day. It is better to be lucky. But I would rather be exact. Then when luck comes you are ready.（老人想：我還是把各種工具、魚線很精確地放在它們該在的位置。我只是運氣不好。但是誰知道呢？也可能是今天。每天都是新的一天，有運氣當然好。但是我希望準確。運氣來了，我就肯定準備好了。）

我體會到很多真的職業人——無論哪個職業——都會把自己的修煉當成很重要的事，把需要做的準備，一步一步做得精確無誤，然後等待奇蹟的發生。我有時候跟年輕團隊成員說：「您總是想做大事，想發大財、出大名，但是能不能保證基本的身體別掉鏈子，您兩星期得一次感冒，三星期得一次中耳炎，四星期得一次腮腺炎，那您這算甚麼專業人士？」

專業人士成事的第一個基本要素是別老生病；第二個基本要素是別老情緒化，別整天臊眉耷眼或愁眉苦臉或義憤填膺的。訓練有素的專業人士是能夠穩定、精確地管理自己的情緒的。

大魚上鉤了，海明威一步一步地描寫大魚上鉤前後的細節。這也是好作家了不起的地方，能把細節往深裏寫。比如茅盾，洗澡他能寫 2,000 字，穿衣服能寫 3,000 字。其實這是所謂作家的基本功。

His line was strong and made for heavy fish and he held it against his back until it was so taut that beads of water were jumping from it.（他的魚線是那麼強韌，那是給大魚用的，他用後背來持住它。線是那麼緊，你可以看到

水珠從線上跳下來。)

"I wish I had the boy. To help me and to see this."
(老人說：「我真希望小孩能在啊，幫我並見證這一切。」)

這是老人的慨嘆。一方面魚太大了，他希望年輕人能在，跟他一塊兒幹掉這條魚。另一方面，他也孤獨。哪怕再了不起的人，哪怕再頂尖的專業人士，都希望自己有幫手、有團隊，不希望自己只是一個人。他也希望自己的人生體驗、行業體驗，特別是一些極致體驗，能夠通過人和人的交往傳遞下去。

No one should be alone in their old age, he thought. (任何人在老的時候都不應該孤獨，老人是這麼想的。)

但是無可避免，不管是在婚姻裏，還是在婚姻外，越到老年，孤獨感越強。你的習慣、想法、生活，很難跟別人分享，讓別人理解。老人重複了很多次「我希望這個男孩跟我在一塊兒」，但是小孩不在。

You have only yourself and you had better work back to the last line now... (你只有你自己，你最好到最後一根線那塊兒去工作，把它處理好。)

儘管英雄注定孤獨，但他還是希望有人在旁邊。不過往往這些人不在，那他自己就要頂上。

> "Fish," he said softly, aloud, "I'll stay with you until I am dead."（「大魚，」他很柔和地說，「我會一直陪你直到我死。」）

真正的英雄，對於他特別想幹的事，只會有一條結束的法則：我在，事在，我在，這事就沒完；只有我死了，才能停止。打魚是這樣的，寫作也一樣。

並非天才的人如何實現不朽

我喜歡的那些作家，多數都是天才型作家，包括亨利．米勒、D. H. 勞倫斯、凱魯亞克。如果他們不存在，他們的代表作也不可能被別人寫出。

非天才作家想實現不朽，可以學習的最好例子就是海明威。

《老人與海》有這幾個關鍵點：

一、英雄主義。甚麼是英雄主義？就是你不知道為甚麼要做一件事，但還是鬼使神差地自然而然地去做了。做成了，你覺得自己牛；失敗了，你覺得雖敗猶榮。這就是英雄主義。看《老人與海》更具體、更生動的細節，你會豐富自己對英雄主義的認識。

二、極高的文本技巧。你挑不出毛病，換不了詞，砍不了句子或段落。海明威雖然不是一個天才型作家，但他的「活兒」非常好。早年受過嚴格的記者的訓練，句子簡單、清澈、短小精悍，而且沒有太多的詞彙。海明威的英文告訴你，用 1,000 個詞就可以寫出「諾貝爾文學獎」級別的英文小說。

三、老年的小歡喜和大悲傷。我們不得不面對這樣的事實：有生必有死；我們不得不面對一個真相：下坡路比上坡路更難走。

早點考慮老年和死亡，我覺得對我們的後半生乃至一生過得平穩會有好處。看《老人與海》能給你一些提示。

四、血戰古人。海明威前面有赫爾曼·梅爾維爾（《白鯨》的作者），美國文學的巔峰人物之一；同時期的有福克納、菲茨傑拉德，都比他有名，比他更成功。他如何血戰前人，實現不朽？《老人與海》他寫得非常努力。我去過他寫作的房子，離哈瓦那九到十公里的一座閣樓。我在他的打字機前面站了一會兒，能體會到他的孤獨、他的努力和他的悲壯。

五、「抓條大魚」的夢想貫穿了男人的一生。大魚可以比喻很多東西，一所好學校、一個校花、一份特別好的工作、一個很高的職位、一個能使出力氣的機會、一個能為之努力的理想。抓條大魚，貫穿了很多自認為得意的男人的一生。

六、失敗。《老人與海》從頭到尾貫穿着失敗，開始是 84 天沒打到魚，從某種角度來説最後也是以失敗結束。如何面對失敗？《老人與海》給出了老人的答案，也是海明威的答案。

七、終極狀態。《老人與海》瀰漫着一種個人主義的氣氛，一個人的努力，一個人的抗爭，一個人的孤獨，一個人的成果，一個人的失敗。到最後，一個老人，一條船，一個大骨架。哪怕是最大的英雄，面對的終極都是一種孤寂。「孤舟蓑笠翁，獨釣寒江雪。」

八、自殺。在《老人與海》的閱讀中，我隱隱地在終極的空寂之中體會到一種自殺的提示。在你朝你最大的目標盡了最大的努力和堅持之後，無論是勝利還是失敗，特別是勝利之後，你還能做甚麼？

九、生活簡單。老人三天在海上，除了吃打上來的魚，喝少量的水，沒有酒，也沒有香煙，沒有任何的享受。這種日子，我覺得，唉，也不錯！生活其實可以非常簡單，簡單的生活並不影響幸福感。對所有人來説，並不是錦衣玉食才是好生活。簡單生活，去打一條大魚，得志行天下，是有誘惑力的一段好時光。

「食色，性也」，但食色之外，人，特別是男人，還有其他的事情。只有一條大魚，沒有女人，沒有情色，沒有美食，沒有美酒，也可以是一部驚天動地的好小説。

篤定有意義地活一生

我們都生活在殘酷無情的宇宙間，如何在宇宙間不被風吹散、不被風吹走，如何能篤定地、有意義地、充份地活這一生？《沉思錄》能幫我們不易被風吹散。

作者馬可・奧勒留，這名字難記，但是諧音是「噭，老留」，我就簡稱他為老留吧。

老留是皇帝中的哲學家。如果宋徽宗趙佶是皇帝中「最大的藝術家」，那老留就是皇帝中「最大的哲學家」。他是斯多葛學派的哲學家，能幫我們了解西方知識分子的心理。他這本《沉思錄》中也有做皇帝的內心掙扎、快樂、高興、不滿和期望，所以讀之也能了解帝王的心理。

以一世英主而身兼苦修哲學家

奧勒留最厲害的地方，是以一世英主而身兼苦修哲學家。

他是古羅馬帝國時期五個賢能的皇帝之一。121 年生人，180 年去世，活了不到 60 歲。當時，古羅馬帝國處於風雨飄搖、四處戰爭的狀態。

老留很賢能，雖然他不是很強壯，但相當能打仗，文治也不錯。

老留受的是私塾教育，主要接受的是斯多葛學派的訓練。他自幼過着思想複雜、簡單樸素的生活。他習慣於吃苦耐勞，鍛煉筋骨。雖然體質一直不強，但勇氣過人，獵殺禽獸都非常勇敢。對一些驕奢淫逸的事避之猶恐不及，比如說賽車、競技、鬥獸等，他都不喜歡參與。

他很小的時候就開始參與政治。他 19 歲身為執政官，24 歲結婚，之後保民官的職位和其他國家榮譽相繼而來。40 歲的時候，他的養父亦是姑父安敦尼努·庇烏死了，於是他繼承帝位。

老留即位之後，四方戰爭紛紛而起。162 年，也就是他 41 歲的時候，戰雲起自東方，然後又起於北方，他就一直在打仗。他 59 歲逝世於多瑙河邊的文多波納（Vindobona，今維也納）。

作為軍人，老留是幹練的，戰功赫赫的。作為政治家，老留是務實的。他雖然熱心於哲學，但並未抱有任何改變世界的雄圖。可能那個時候羅馬已經很虛弱，也可能是他內心修煉的結果。

用三點讀懂「世界之書」

這本《沉思錄》一共 12 篇，講的就是一個人如何過這一生，如何看待宇宙、看待自己，如何擺正自己和宇宙的關係。擺正了自己和宇宙的關係，也就擺正了自己跟他人的關係。

我用三點歸納奧勒留的哲學思想：

第一點，宇宙是有理性的。理性是一套具體但又不能輕易言說也說不完的道理。

第二點，人是平等的、獨立的，又是相互關聯的。任何人在宇宙中，在他活着的時候，都有一定的作用。

第三點，任何個體要在他活着的時候，通過理性控制自己的肉身來實現它的功能。

宇宙理性，人人平等，充份發揮一個人該發揮的作用，就這三點。

展開講，所謂理性有四個：一是智慧，所謂辨識善惡；二是公道，來擺平個人和集體、個人和他人之間的關係；三是勇敢，藉以終止苦痛；四是節制，不要為物慾所役。

跟其他哲學家、宗教不太相同的是，老留不相信輪迴、來生。老留不曾試圖總結和建立一整套哲學體系，《沉思錄》是語錄體，沒有開頭，沒有結尾。所以在讀《沉思錄》的過程中，我們也不用追尋一套完整的哲學。

解讀《沉思錄》

待人之道：處世和藹寬容

一、待人要有一視同仁的風骨。

從我的祖父維魯斯我學習了和藹待人之道，以及如何控制自己的情感。

很多人對於比他們強的人是充滿耐心、和藹可親的，但是碰到比他們弱的人，臉色就不好看了，能夠忍耐的東西就很少。從我的角度來看，這是沒有風骨的表現。

控制自己的情感非常重要。哪怕你累了、煩了，但既然你做了這個事，就要和藹可親地去完成自己的職責。我的老師婦產科大夫郎景和跟我說，他行醫60年，沒有跟患者發過脾氣。這讓我非常感動。

二、如何對待沒文化、不講理的人？

隨時小心照顧到朋友們的利益；對於沒有知識的人和不講理的人能夠容忍。

第一，照顧別人。個體的人生存在宇宙間，目的並不是把個人利益最大化，而是完成宇宙交給個人的職責。你的職責不是把你的或你家族的利益最大化，而是完成你今生的任務。每個人都有任務，或大或小，本一不二。第二，沒有知識的人和不講理的人也是宇宙的一部份，你能改變他們嗎？不一定，你只能包容他們。

三、世間的美德不多，你要努力做到。

> 他從不表現出慍怒或其他的情緒，而是完全超出情緒的影響之外，永遠是和藹可親；對人讚美而不譽揚過份，飽學而不炫弄。

其實美德也不多，就這麼幾條。老留說不生氣、和藹可親、控制自己的情緒，堅持一輩子非常難。

對別人讚美，但是不要過份。多說好話是讓別人喜歡你的捷徑，但是好話不能說得太過。飽學而不炫弄。知識真的能讓你驕傲嗎？你辛苦學的東西，天天掛在嘴邊，別人有可能不認可，還有可能因此討厭你；別人可能問更多的問題，你們的知識結構不一樣，你怎麼講？從這個角度來看，我辛辛苦苦獲得的真知灼見，你又沒給我錢，我憑甚麼跟你分享？所以飽學不要賣弄。

四、要學會盡量不挑別人的毛病。

> 從文法家亞歷山大我學習了避免挑剔別人的錯。

挑別人的錯是很多人的毛病，我有時候也那樣。後來我想：其一，有些其實算不上毛病，為甚麼就一定是錯？其二，別人已經把意思表達清楚了，何必要糾正他？是想從他身上學點東西，還是想顯示自己有多牛？挑出幾個無傷大雅的錯誤，對進步也沒有多大幫助。

在日常生活、工作中避免挑剔別人，聽你要聽的東西，知道了就好。

有時候讀者問我：「馮老師，你喜歡甚麼樣的女生？」我發現一開始我喜歡愛笑的女生，再後來我就喜歡不挑我毛病的女生——這麼大歲數，改也改不了了。

成事之道：從解決問題開始

一、自己動手，持續成事才是快樂的源泉。

> 我的教師訓導我：不要在競車場中參加擁護藍背心一派或綠背心一派，也不要在比武場中參加擁護那輕盾武士或重盾武士；不要避免勞苦，要減少慾望，凡事要自己動手做，少管別人的閒事，不可聽信流言。

生活上少花錢，盡量簡單，減少慾望；不要怕苦，不要怕累，要多幹活，不要退休。我不認為整天閒待着是快樂的源泉；相反，幹活、成事才是快樂的源泉。這跟慾望沒有關係，喜苦、耐勞是快樂的源泉。

凡事自己動手，少管別人的閒事。聽上去簡單，但非常難做到。想讓我媽不管別人的閒事，不管四鄰的閒事，不管親戚的閒事，不管國家大事，那幾乎是不可能的。讓她只管管自己的生活，那是非常難的；讓她只管管自己，那也是非常難的。我曾經跟我媽說：「你自己的事都不能自己動手來完成，你管別人那麼多閒事幹嗎？」我媽陷入了深深的思考，然後說：「如果我不管別人的閒事，我的生活就沒了意義。」

二、一個好的管理者應該有的樣子。

他使得人人都相信他是心口如一，他無論做甚麼事都非出自惡意。他遇事不慌，臨事不懼，從容不迫但亦不拖延，從不手足失措，從不沮喪，從不強作笑容，更從不發脾氣或是猜疑。

……在他面前沒有人會覺得自己被他藐視，甚至會覺得自己比他還強；在適當範圍內他和人談笑風生。

有一類人是天生的領導者。他定個戰略，身先士卒往前衝。有個別人，自己很強，又能把一些很強的人聚在他周圍一起工作，但不會讓這些人對他產生競爭心。

我希望我能做到上面這點，但是我的競爭心太強了，遇上本事也就那麼回事但認為自己有大本事的人，我就壓不住想摁他們的衝動。

三、再好的戰略沒有堅決地執行，也是瞎扯。

從我的父親，我學習到一團和氣；主意打定之前仔細考慮，主意打定之後堅定不移；對於一般人所謂的尊

> 榮並不妄求，但愛實事求是地工作；為了公共的利益，虛心聽取別人的意見，毫不遲疑地給每個人應得的報酬；靠經驗，他知道甚麼時候該堅持，甚麼時候該放鬆，他壓抑了一切的青春的慾望。

謀定而後動，謀定之前要殫精竭慮地想，收集資料後反覆討論戰略應該怎麼定；但一旦定了，就要堅定不移地執行。再好的戰略沒有堅決地去執行，也是瞎扯。這就是戰略素養。

有些領導的確幹活、想事都不錯，但就是不給錢、位置、獎賞、誇獎。人家把本事學到了，就可以跟別人幹或自己幹了。

青春時最容易放縱自己，最難壓抑自己。如果一個人能在青春的時候壓抑自己，這個人如果不是很慘，那可能是聖人。

智慧之道：從做理性之人開始

奧勒留《沉思錄》的一個核心詞是「理性」。跟隨宇宙理性去生活，不要去管別人。宇宙理性給你的任務，你去完成。

在宇宙理性的指引下，克服感官誘惑，你才能夠在宇宙間不易被風吹散。這個風有可能是別人的意見、外界的風潮，也有可能是你內心翻滾的慾望。

> 但是，如果沒有甚麼能勝過你內在的神明，那神明能制伏一切各種慾望，能檢討一切的思考，能如蘇格拉底所說不受感官的誘惑，能敬畏神祇，能博愛眾人；如果你發現任何其他事物皆比這個為渺小，皆比這個價值低，千萬不要放棄這個轉而他求；因為一旦你有所旁騖，誤入歧途，你便永久不能再專心一意地侍奉你那固有的

> 好東西。一切的身外之物，諸如眾人的讚美、權勢、財富、縱樂，若任其與理性和政治利益相抗衡，那是不對的。這一切東西，縱然在短期間好像頗能令我們適意，會忽然間佔得上風把我們擄走。

如果你不經常思考我是誰、我在哪兒、我在幹甚麼、為甚麼，你就可能被宇宙間的風一吹而走。你要幹的事情不見得要很大，只要你認定了就好。

要尊重你那形成意見的能力。

形成意見、正見非常重要，只有主見強大，內心才能強大。

人實在是太渺小了。像老留這樣賢能的君主，有無限的權力，還發出人生實在渺小的感嘆，何況你我！所以不要過份放大自己和自己的慾望、理想。用好你這塊材料，這就是渺小的個體最該理解的命運，最該去做的事情。

以我非常喜歡的一句話收尾：

> 你是一個擔負着軀體的小小的靈魂。

如果要完成我們的責任，我們要時刻警惕自己的肉體。它就像一輛車一樣，能帶我們去要去的地方，但是它也充滿了慾望，有把我們帶到溝裏的可能。

與自私的基因和平共處

基因是我們廣義的人性的物質基礎。窄義的人性、殘存的獸性、虛無縹緲的神性都和基因相關，從某種程度上說，都是基因編碼出來的。人是個行走的肉體計算機，基因是人體計算機的編程語言，你不能不深入了解基因。

人的理智與情感，在很大程度上都是有基因基礎的，甚至一些個人品質、品行，比如專注、忠誠、勤奮等，也包括自私，可能都有基因基礎。

《自私的基因》提出一個觀點：自私是正常的，自私是被老天編碼的。因此，由於自私產生的各種被人詬病的行為，無所謂，因為人就是這樣。

但是作為萬物之長、萬物之靈的人，只能隨這種基因油膩嗎？通過閱讀《自私的基因》，我們能產生智慧的覺醒。

基因天條：讓存在概率最大化

理查德·道金斯於 1976 年出版的《自私的基因》，英文原名叫 *The Selfish Gene*，主要講演化。

這個觀點和「基於物種和生物體」的進化論觀點有些不同，主要是倚仗基因學的進步，用基因學解釋生物體之間的各種利他行為。兩個生物體在基因上的關係越緊密，就越可能表現得無私。

理查德，一個有貴族血統的學霸，認真唸書，仔細思考。他提出人活動背後有一個終極目的——讓他的基因存在下去的概率最大化。

不只是人的基因，其他動物、植物的基因都是這樣，基因的傳遞複製是第一目的。

理查德・道金斯是個鐵桿的無神論者，他是進化論堅定的支持者和信徒。理查德認為，沒有所謂的終極造物者，終極推動就是時間。巨大尺度的時間不停地試錯、演化。基因一直無善無惡，無始無終，以基因複製概率最大化為第一驅動。

窮人和富人的平衡

如果沿着這個思路，是不是世界就是弱肉強食、優勝劣汰的呢？事實很殘酷，但也不一定。

極端自私的基因可能傳遞不下去，因為它作為個體，力量太渺小了，它極端自私，也就沒有人幫它，於是就消失在茫茫的世界裏了。

自私的基因，通過利他、不自私跟別人合作，從自私到合作共贏，最終的目的是自私。常識和智慧告訴基因，不得不做利他的、有褒義道德特徵的行為、原則、做法等。

所以聰明人為了達到自私的目的，有意識、無意識地做了利他的不自私的行為。

社會學有一個重要的平衡，富人和窮人的平衡。富人有錢了之後，更容易有更多的錢。窮人因為沒錢，進一步獲得錢的可能性反而更小，困難更大。如果放任自流，純從自私和常識的角度看，富人就會越來越富，窮人就會越來越窮。

這種趨勢一直會存在，但是在過去三四百年的進程中我們發現，如果放任為富不仁，讓他們沿着自私的基因走下去，階級矛盾會越來越深，積累到一定程度，就會社會動盪，造成總體的不利。

多次這樣的循環往復之後，富人們意識到，如果想要社會和諧，即使是為了自己好，也要給窮人足夠的保障福利以及上升通道。

即使出於自私，人也不得不有一顆公心。沒有公心，反而不能讓人的自私得逞。富人最高的出發點是為了保有自己的財富和地位，但他也要給出一定量的財富，去維護窮人的基本利益，這是社會的基本道義。

這是經過了千百年的戰爭，在今天一些福利國家才形成的共識。多麼痛的領悟。

與自私基因和平共處的智慧

當我們意識到人都是帶着自私的基因，這個基因就是想繁殖，愛情、理想、神聖都是表象，從而感到這個世界的荒涼和冷酷時，怎麼辦？只能依靠智慧。

第一，看到人性桎梏，繼續積極向上地生活。為了自私，我們希望別人和我們一起過得好一點，世界能變得更美好一點。

第二，看到自私基因強大的一面。你我皆凡人，不要苛責自己。不苛責自己，就不會產生內疚心理，就能為你省下能量去做一些公益的事情。

第三，基因不能起到決定一切的作用。你生下來就帶着基因組，但那只是你的命，並不是你的一切。一命二運三風水，四積陰德五讀書，六名七相八敬神，九交貴人十養生，這是所謂的「成功十要素」。命只是其中第一個要素。你做到上面兩點，就是在管理自己的基因——覺生定，定生慧，也就是和它和平共處，能夠欣賞、享受人的本性，激發自己的神性。

做事時成事，不做事時成佛

人性很複雜，最壞的人也可能有善良的一面，最好的人也可能有邪惡的一面。如果你極度苛刻，沒有男人不是「人渣」。如果你極度苛刻，沒有女生沒有一點點小的心思。

讀《天龍八部》，你可以看到「眾生態」：「賈寶玉式」的段譽、俠之大者蕭峰、率性而為的虛竹、好色的馬夫人、掃地僧、天山童姥、「四大惡人」等。你能知道種種人性。

人性沒有絕對的善惡

「天龍八部」是指佛經中的八類護法天神，就是幫着佛與找麻煩的神神鬼鬼去鬥爭的護法。「八部」第一是「天眾」，第二是「龍眾」，第三是「夜叉」，第四是「乾闥婆」，第五是「阿修羅」，第六是「迦樓羅」，第七是「緊那羅」，第八是「摩睺羅伽」，以天和龍為首，所以也統稱「天龍八部」。

這八種天神和小説人物沒有一一對應關係。我猜金庸最開始在構思的時候可能試圖能夠呼應起來，但寫着寫着，忘了或者決定脱開束縛，結果是「天龍八部」的佛教內涵只構成某種「皮膚」，「骨子」裏還是悲歡離合、「俠之大者」的武俠小説。

從金庸的設想和小説的實踐來看，**人就像「天龍八部」，沒有絕對的善、絕對的惡、絕對的好、絕對的壞。**天神鬼怪是多種多樣的，人也是多種多樣的，不是每個人都是親娘養的美少年、美少女，所以世界好豐富。

段譽：矛盾性格源於兩個父親

段譽有兩個父親：一個是一直以為是他正牌父親，但實際上是他養父的段正淳。大理王段正淳風流倜儻，到處留情，欠下一身風流債，生了好多私生女。小說裏眾多漂亮女人都跟他糾纏不清，他也能做到所謂的「專一」，就是一時只愛一個人，對每個人都付出了真心。在那一瞬間、在那一晚，你可以把我的一切，包括我的命、我的魂都拿去，這就是段正淳。

段譽另外一個父親是親生父親——「四大惡人」之首段延慶。段延慶因為沒當成皇帝、身世坎坷而心理扭曲，變成了典型的壞人。段譽是段延慶的私生子，有意思的是段譽最後當上了大理皇帝，老子做不成，兒子來做，前生後世很有意思。

段譽一方面繼承了他養父的特點，熱愛女生遠超於熱愛世間其他；另一方面又有生父的血在身體裏，生父做事邪惡、陰險，但是性格堅韌、剛強。所以，段譽又溫柔又剛強，偶爾打起來也是個漢子。

段譽有點像武俠小說裏的賈寶玉，他有賈寶玉的溫柔，但又比賈寶玉多了陽剛之氣。

虛竹：奇遇 + 好運 = 開掛的爽文男主

虛竹具有佛學色彩，也更具備武俠小說常用的人設——身世離奇。虛竹最開始默默無聞，就是沒有任何特色的少年。實際上他有着高貴、能幹的父親、母親，但他在很小的時候，父母就出現了巨大的變故。是不是很熟悉？很多通俗小說都是這麼寫的，想想哈利．波特。

一個受欺負的、默默無聞的像你我一樣的少年，但是背景不同尋常，可能還有祖輩留給他們的一筆巨額資產，有本武功秘籍就在某個山洞之處等着他們，這種設定看着就刺激。金庸沒能免俗，金庸是通俗小説大家，也不會免俗，他就照着這種世俗的寫法創造了虛竹。

虛竹很小就被蕭遠山從他母親那兒搶過來，後來成了少林寺一個普普通通的小和尚。雖然他父親就是少林寺的方丈玄慈大師，但是他一直不知道，後來有了各種曲折的故事。因為一個偶然的機會，小和尚虛竹離開了少林寺，有一串奇遇。奇遇也是推進武俠小説往前走的重要力量。

虛竹靠着他懵懵懂懂的「萌」，得到了一系列的奇遇和好運，成就了他的蓋世武功，成為書中三個主角之一。

慕容復：沒那個命，卻有那個病

慕容復是《天龍八部》裏的悲劇人物，是按照虛竹和段譽的對立面來塑造的。

段譽熱愛婦女，慕容復一點都不熱愛婦女，他認為兒女私情實在不重要。虛竹順勢而為，慕容復就充滿了心機，一定要光復大燕，以為自己是大燕國的直系後裔，根正苗紅，「天選之人」，該做這件事。

我這50年也的確見過一些人，根正苗紅，周圍都是幫他的人；履歷不錯，一路名校、名企；能説會道，似乎甚麼東西都能説上兩句，偶爾一塊兒做事也還算有頭有尾，有張有弛，有理想、有目標、有行動、有方法。

可是奇怪了，有些人看上去光鮮，似乎特別能成事，但結果啥事也辦不成。與其跟這種人做大事，還不如做一些力所能及的小事。如果你沒有機會跟像段譽、蕭峰這樣的大英雄去做事，千萬要認清楚慕容復這類人，他們不是好的領袖。

江湖上稱「北喬峰，南慕容」，但這兩人的差別比南北的差別還大。

一、命。如果皇冠砸到慕容復腦殼上，他不會是特別差的皇帝；但是皇冠沒有砸在他頭上，也沒有神奇的命運來眷顧他。

二、做事的江湖道義。做事是為了甚麼？別人為甚麼要跟着你？你能給別人甚麼？慕容復沒想清楚，只是想着自己想要的。哪怕一開始江山、美人都在你手上，最後還是兩手空空。

三、本事。基因沒給慕容復那個判斷能力和智慧。他表面上是誰誰的兒子，被前呼後擁，但是午夜夢迴，大雨滂沱而下，他捫心自問：自己真的有超出平常人之處嗎？沒有。

一個人盡全力想讓自己閃爍，想站到舞台中心，最後必定是一場空，還可能丟掉本來可以得到的親情、愛情、友情。慕容復看不清命、能力，不知道分享、分利，只想着自己巨大的慾望。最後他瘋了，反而解脱了。瘋了之後，還有阿碧陪着他，對他柔情無限。在瘋瘋癲癲中，他似乎有了江山，也有了美人，還有七八個跟着他的「群臣」，哪怕只是一幫小屁孩。所以，人還是要看清命運、看淡名利，想清楚慾望，然後一個一個地放下。

總之，慕容復這樣的人不能跟，慕容復這樣的人你也不要做。

世界的真相是無常

我不認為金庸在《天龍八部》中呈現的佛學修養有多高，但基本還是正的。

通俗小説需要「因果報應，皆成冤孽」這個基調，需要把人物臉譜化，需要把情節套路化。金庸在這方面是「大師中的大師」。

佛教講的是「諸行無常、諸法無我、諸漏皆苦、涅槃寂靜」（佛家「四法印」）。我覺得這四句要超出因果關係論，更像這個世界的真相。

「諸行無常」説的是看似你能從A推到B，有因有果，但是絕大多數的「因」，不是你我這樣的凡夫俗子能輕易去改變、去推動的。

「諸法無我」，世界不是圍着我們任何一個人轉的。

「諸漏皆苦」，任何深的感情、糾纏、得到、失去都是苦的，本一不二，不要認為世俗定義的幸福和快樂就真的是幸福和快樂。

「涅槃寂靜」，就是宇宙終極沒有意義，人生到終極可能也沒有意義。從一出生到死去，中間到底有甚麼意義？我整天説文字打敗時間，那也是一個妄念。最後看煙花消逝，還是「白茫茫一片大地真乾淨」。

「莫笑少年江湖夢，誰不年少夢江湖。」在有力氣、有青春、有機會的時候，我們都有很多夢想，男生想幹大事，女生想得大愛。這些都是常見的人性。常見的人性背後，我們還要意識到這些還是沒有終極意義，要看到「涅槃寂靜」。

人生八苦，滅道做不到

金庸在《天龍八部》裏講「苦集滅道」。佛教講了很多種苦，充份概括了「生苦」、「老苦」、「病苦」、「死苦」、「愛別離苦」（比如霸王別姬，太苦了）、「怨憎會苦」（你想抽他的人，天天見，煩不煩）、「求不得苦」、「五陰熾盛苦」（又叫「五蘊熾盛苦」，就是感官過度敏感）。

這「八苦」在《天龍八部》中都有表現，比如虛竹本身是守清規戒律的小和尚，開始無慾無求，可當遇見「夢姑」，失去了童男之身後，慾望之心不斷膨脹，也有「愛別離苦」。

苦是貪嗔癡召集過來的，消掉它們就要「滅道」。「滅」是通過一定的方式達到「涅槃」，「貪慾永盡無餘，瞋恚愚癡永盡無餘，一切煩惱永盡無餘」。

《天龍八部》裏有個掃地、燒火、幹粗活的老僧，點化蕭遠山和慕容博之間的矛盾。他是這麼說的：

> 要知佛法在求渡世，武功在求殺生，兩者背道而馳，相互克制。只有佛法越高，慈悲之念越盛，武功絕技方能練得越多，但修為上到了如此境界的高僧，卻又不屑去多學諸般厲害的殺人法門了。

掃地僧就提出了武功和佛法之間的矛盾。武功是世俗的成就，佛法是教人脱離苦海的方式。兩者有矛盾，也能結合。但是我不同意結合。

改變不了世界，就做韋小寶

金庸創造了一類俠客，搞笑的「逗俠」，像段譽、韋小寶，人性有光明，有黑暗，有血有肉，有煩惱，有可愛之處，也有可恨之處。

這類人物非常典型，又非常有個人魅力，他們是有智慧的，所以他們幹事的時候成事，不幹事的時候成佛，金庸老先生通過他們打敗時間。

《天龍八部》裏的三個主人公：蕭峰有傻的地方，從我喜愛的莊子的角度看，大英雄不當也罷；段譽有聰明可愛的一面，也有頑固不化的一面，就像賈寶玉並不是我的偶像一樣，段譽也不是我偶像；虛竹對於多數人來説很難仿效。

我在閱讀武俠小説這件事上是個俗人，我更喜歡單一主人公，有更強的代入感，所以更喜歡《鹿鼎記》。讀着讀着，我就化身為魚，縱橫四海；我就化身為韋小寶，跟某個女的聊一聊，遇上某個英雄把他糊弄了，遇上某個官戲弄他一陣等。

韋小寶真實、可愛，是在油膩社會容易混出來還能活得有滋有味的、不喪盡天良的、不傻的人物。

韋小寶如果理想大一點，機會好一點，能混成劉邦、朱元璋、趙匡胤。如果他混得差，心地沒那麼善良，他就是西門慶。但是，他不會混得特別差，不會做出對不起周圍人的事。他做的事可大可小，能審時度勢地把事辦成，能在世界上像花草一樣搖曳。

如果我們不能被莊子、釋迦牟尼叫醒，一定要在油膩的世界上混，那就應該多多學習韋小寶。

硬幹是死路一條

歷史是由人類活動構成的，除了帝王將相、英雄人物，還包括無數的老百姓，他們總體的言論、行為等活動，包括社會的器物審美、各種制度，一切的一切構成了歷史。**普通人也需要了解人是甚麼。文學不能告訴你一切，而歷史是特別有益的補充，更能反映出人性，特別是集體人性。**

普通人扎進歷史的湖泊，會發現一些常見的規律。以史為鑒，知道今天，知道你應該怎麼辦，更好地為明天做準備。

在我看過的歷史書裏，有太多歷史書誇皇帝，誇明代有多強大。而黃仁宇的《萬曆十五年》在回答中國朝代興衰這件事上非常獨特，它並不是為了「誇」，而是為了點清「萬曆十五年」看似繁榮穩定昌盛背後潛伏的問題。

黃仁宇的《萬曆十五年》具備兩個特點：

一、正好彌補了中國傳統歷史的不足，不是單純地擺事實、講道理。它在深挖歷史背後的原因，深挖歷史人物背後的驅動力。

二、除了用力闡釋為甚麼，其視角還非常具體而清晰，其寫法是綜合歷史、文學創出來的一種新寫法：只選取一年，寫了六個主要人物——萬曆皇帝、張居正、申時行、海瑞、戚繼光、李贄。

在講這六個人物之前，我需要講講背景：明代以文官集團為核心的管理制度。明代管理並不是圍繞皇帝來進行的，而是圍繞着文官集團來進行的。設想你自己就是明朝的開國皇帝朱元璋，你想設計一套最完美的帝國管理制度，你會先考慮兩個問題：你面臨着甚麼樣的環境？你主要想達到甚麼目的？

先説説環境。在1949年之前，中國人口的平均壽命是38歲。我媽就跟我説過，中國人就是這樣子，家裏有根蔥，絕不往外衝，能吃飽穿暖，都不會想謀反的事情。人們總説想夢迴宋朝、夢迴大唐，我不想回到哪個朝代，我只想活在現在。因為多數的朝代、多數人過的日子都很慘，大家不要有任何奢望。其實大家在博物館裏、電視上看到的只是它們最美的一面，事實上多數人過的是在溫飽貧困線上下浮動的日子。

由此可知，這個帝國管理制度設計的第一目的是甚麼——在維持多數人溫飽的基礎上，帝國持續的時間越長越好。總結概括：低水平，長期維持。

朱元璋就是這麼設計的。他首先重文輕武，用一堆制度來限制軍隊的權力。比如軍隊的後勤保障是文官調配，軍隊的領導由當地的文官一把手來管理。文官是主要的管理中樞和管理骨幹，武官處於次要地位。

為甚麼？希望實現帝國的超穩態。有歷朝歷代的經驗教訓：一旦給武官過多的權力，他們帶着兵能控制一方百姓，又能控制後勤，那他們自己就可以當皇帝了。

你説文官也可能當皇帝。對，朱元璋也想到了，那他怎麼限制文官活動的呢？

對於文官集團，他首先不設一把手，不設丞相。他把原來的丞相制度都廢了，最早期的三個丞相都被他殺了。所謂的首輔，相當於二把手常務副總來行使一把手的職能，他相當於皇帝的第一文秘。

還有甚麼力量有可能顛覆政權？外戚。所以皇帝找的老婆不是望族、官宦等非富即貴的人家，找的都是沒有背景的平民良家女子。另外，他還非常嚴格地規定，一旦這個女子變成皇妃、皇后，她的親屬可以好吃好喝好待遇，但是不能做官，不能有權。

這些都在很大程度上保證了帝國管理制度設計的第一目的——低水平，長期維持。

文官集團是如何管理的？靠道德，而不是靠法律。

把「四書五經」當成主要的管理思想、主要的道德觀念，來規範所有人的行為和思想。君君臣臣父父子子，做臣子的要聽君主的，做兒子的要聽老子的，做老婆的要聽丈夫的。對不對？它肯定不全對。有沒有效？在長時間的歷史上是有效的。

文官集團做的全部事情，就是維護這套道德體系，採用的是在道德觀確定的基礎上放權的管理方式。

三十餘年不早朝，成就了一個好皇帝

1572 年，10 歲的萬曆皇帝登基，他是明朝在位時間最長的皇帝。

萬曆皇帝是不是一個昏君？答案是否定的。萬曆皇帝可能是中國歷史上最懶、最宅的皇帝。但是他在位期間贏了三次大仗，叫「萬曆三大征」，財政收入比前朝翻了一倍都不止，餓死的人也不多。你不能說這是差的朝代。

一個皇帝不幹事，有可能比他幹很多事更好。

皇帝選擇不做事，就做一個虛君，名義上的、象徵性的領導、偶像、權威，介於神和人之間的這麼一個紐帶。你會發現，文官集團還能很有效地在自我平衡、自我運轉，沒有出大事。

萬曆是怎麼一步步變成超級懶皇帝的？

我覺得理解萬曆這個人，就是三步：人—非人—非非人。第一步，萬曆也是一個人。第二步，萬曆在各種限制條件下成了非人，成了一個皇帝。第三步，萬曆做了抗爭，變得又有點像人了。

萬曆小時候非常好學，每天三項功課：經書、書法、歷史。「四書五經」，講的是善；練毛筆字，學的是美；學習歷史，求的是真。

張居正和其他大學士親自當他的老師。據説萬曆的書法很好，但是後來張居正給他停了，説他的書法已經取得很大的成就，不宜再花費過多的精力，因為書法總是末枝小節，自古以來的聖君明主以德行治理天下，藝術的精湛對蒼生並無補益。

所以在 1578 年，在他登基六年之後，他的日課中就沒有練字這一項了。一個小孩，10 歲就開始學「四書五經」、學歷史，也沒有童話書、動畫片，就書法這麼個愛好，白紙黑字，還被「咔嚓」了。

萬曆皇帝變成了非人，皇帝的擔子越來越重，文官集團給他的壓力越來越大，越來越把他神化。他不能展現出人的那一面，比如説七情六慾。這種矛盾根深蒂固。他性格偏軟，無論是他媽，還是張居正，都是從小看着他長大的人，對他有足夠的精神壓迫能力。

最後矛盾是怎麼激化的？皇帝發現，自己沒有個人意志，周圍人都把他當成小孩，把他當成不能跟文官集團的集體智慧相抗衡的一種存在，只是個皇帝而已。

後來他發現了解脱的辦法。他在皇城裏認識了一個姓鄭的女子，他愛上了她，冊封她為皇妃。他愛上鄭氏的原因，黃仁宇雖然沒有説得太清楚，但是我能體會到。鄭氏是把皇帝當成聊天的對象，他倆有心靈上的交流。萬曆皇帝在姓鄭的女子身上，感覺到自己還是個人。

鄭氏後來生了一個孩子。到底該把鄭氏的孩子立為太子，還是把更年長的朱常洛立為太子？在繼承人的問題上，萬曆皇帝和文官集團產生了巨大的矛盾。

萬曆皇帝沒有強悍的性格，他是這麼想的：我也沒膽兒跟你們文官集團往死了打，那我就消極罷工，不上早朝了，不搭理你們了，你們愛怎麼着怎麼着。我雖然沒本事跟你們明着死磕，但是我可以明着說「身體不舒服，我請個病假」，「腿腳不舒服，沒法兒去天壇祭天了，沒法兒去地壇祭地了」。

文官集團非常生氣，但也沒辦法。結果是萬曆皇帝在之後的30 餘年幾乎沒有出過紫禁城。唯一的例外，是去看了看自己的陵墓甚麼樣。

張居正：如果我不辦，沒人能辦

張居正有能力、有見識，也有時機，從而做了萬曆的老師。他爸爸死了，他都冒天下之大不韙，手裏把着權不走。文官集團上上下下都有他的門生、故舊。即便如此，他對以文官集團為核心的帝國管理制度，還是心存困擾。

困擾是這樣的：他隱隱約約感到，中央對於很多地方的實際情況無法了解，只知道一沒鬧事，二稅收還好。至於老百姓有多少富餘，錢、精力、資源被用來做甚麼，中央不知道，只能依賴地方官員的彙報。

文官的收入很低。文官中可能有個別人一輩子都是聖人，但有不少人只在個別時候可能是聖人，而在某些時間他們會用手上的權來謀取私利，比如挖個河、打個仗、換個官，都會有新的負擔添加在人民身上。

地方稅收自己運轉得越來越熟練，中央越來越難收上錢。在沒有外患的時候，下邊的日子過得還不錯，但是中央沒錢。地方上的錢、物、人是失控的，變得民也不見得富，官也不見得清，國也不見得強，怎麼辦？這是張居正面臨的問題，是他想破局的地方。

張居正想過：我一直掌握着最高的權力，如果我不辦，沒人能辦；如果我現在不辦，那甚麼時候辦？

看黃仁宇描述的，他想改變，認為自己能改變，但結果是真沒改變甚麼。

張居正想從數字化管理的源頭去改變，也就是明確稅基以及統一稅種。張居正最著名的改革方案，是「一條鞭法」，它實際上說的就是把各種苛捐雜稅都轉化成銀子，按照土地的畝數去分派，由中央統定統收、統籌統發。簡簡單單地可以這麼說。

但是做到了嗎？他在局部、在一小段時間裏做到了。但是從整體上看，他連第一步都沒有完成——數字化土地：準確地丈量稅基，丈量土地。全國各處到底有多少能夠當成收稅基礎的土地，他都沒有搞清楚。這件事遭到了文官集團從上到下的強力反擊和抵抗。

張居正的命不算太差，他還算善終。但因為他積累了這麼多的負面能量，就被清算了。1583 年夏季以前，張居正看着長大、手把手教導過的萬曆皇帝，剝奪了他三個兒子的官職，撤銷了他生前的太師頭銜。1584 年，張居正死後兩年被第二次抄家。

申時行：硬幹是死路一條，那就不作怪

在萬曆十五年（1587 年），申時行擔任首輔已經四年了。

王世貞在《嘉靖以來內閣首輔傳》裏說申時行「蘊藉不立崖異」，就是說他心裏甚麼都明白，不近懸崖，不樹異幟。這句評價在恭維之中寓有輕視的意味。這樣的老好人，從不輕易與人結仇，甚至作為首輔，他以調和百官和皇帝的關係為己任。

申時行有兩個特點：

一、識時務。他很清楚自己身處的世界是甚麼樣的。他雖然是二把手了，位極人臣，但是他知道以文官集團為核心的管理制度有多厲害，有多難改變。皇帝和文官集團對抗，最後一宅 30 餘年；張居正，天時地利人和，和文官管理系統對抗，最終死後被抄家兩次，三個孩子都被免官。

張居正做不到的，你申時行為甚麼認為自己能做到？申時行發自內心地覺得自己做不到。

申時行看到，在他前任八個首輔之中，只有兩個可以說是善始善終的，一個是李春芳，一個是張四維。其他六個或遭軟禁，或受刑事處分，或死後被追究。表面看，所有的處理意見都出自皇帝，但實際上所有的處理，都是產生於文官集團的矛盾。

二、不作怪。申時行審時度勢，知道硬幹是死路一條，那就「不作怪」，別跟文官集團進行全面、深刻的對抗。

關於立皇太子，皇帝不讓步，退回到皇城裏。文官集團沒有更好的辦法，但還是要找一個承擔後果的人，作為首輔的申時行被迫辭職。

申時行做了一個守成的人，沒幹太多好事，沒做甚麼改變，但也沒做甚麼壞事，是一個及格的繼任者。

海瑞：能成為故事，但改變不了歷史

文官集團不是鐵板一塊，它可以分成三類。

第一類，為了功名利祿貪贓枉法。這類人為數不多，比例不高，卻是害群之馬。

第二類，秉着大家怎麼做，我也怎麼做——我讀書、做官、買田、買地，過自己的好日子，我不是特別乾淨，也不是特別不乾淨，系統裏九成的人怎麼做，我也怎麼做。這類人佔多數。

第三類，像海瑞這樣的人，有道德標準，而且真按道德標準去做——我既然做官了，我就拿這份微薄的俸祿，就抑制個人私慾，我就做道德上無可挑剔的人。以海瑞為代表的道德楷模，在文官集團裏是存在的，雖然非常少，但並不意味着別人沒有感覺到他的道德力量，不意味着沒有人支持、讚美他們。

1587 年，萬曆十五年，似乎是不重要的一年。但是，1644 年清朝推翻明朝，所有問題的根源，在 1587 年都已經展現出某種跡象。海瑞這類人往往是「風起於青蘋之末」的「青蘋」，能比較早地看到問題的端倪，而且敢於説出來。

武死戰，文死諫。海瑞往上撑過皇帝，到地方撑過各級地方官員。自己當了地方官，撑過當地的地主，撑過當地的制度。但是結果可以想像，張居正和皇帝都改變不了的制度，一個海瑞，哪怕有一百個海瑞，也改變不了。海瑞會成為故事，但是成不了改變歷史的動力。

戚繼光：掌握了成事技巧的武官

在官僚制度下，成事有兩類情況：一類是有所逼，一類是有所貪。曾國藩説過，天下事，有所利有所貪者成其半，有所激有所逼者成其半。

這樣的成事故事比曾國藩還早，不在清朝，而在明朝。

在明朝的體制機制下，還願意做事，而且能成事的一個人，是戚繼光。他有清醒的現實感，知道武將做不了太多的事情，但是他説：帶領一幫人保一方水土，讓我們免遭外患，這是我應該做的善事。應該做的事，他就努力去完成，但完成就需要三個必要因素。

一、有一個很支持他的、能在地方上説了算的人。他一直在尋找這個人，這個人就是張居正。

二、要有一支聽他指揮的軍隊。他沒有向其他人要兵，招人的時候也沒有招城市居民，招的都是農村的，聽話幹活的，哪怕不聰明，哪怕要教很多遍才能會。他基本上只用老實可靠的人。

三、訓練。他強調訓練，通過嚴格的紀律和訓練，把三流、四流的人變成有一級戰鬥力的士兵。

管理正是如此，向上管理，向下管理，再把自己管好。把簡單的道理變成重複產生效果的執行動作，不停加強，直到事成。

戚繼光是掌握了封建王朝大背景下成事技巧的人，不碰自己碰不動的體制機制，找到局部能聽自己的一組老實人。給這組老實人足夠的訓練和指導，帶着他們去成事、成大事、持續成大事。

李贄：成敗參半的自由知識分子

《萬曆十五年》裏的最後一個人物李贄，是一個想活出自己的知識分子。他努力嘗試了，成一半，敗一半。

成的一半是，他在知府任上退休，之後的幾十年是按他個人理想化的方式安安生生地過的。

敗的一半是，儘管他寫了很多書，儘管他看到了文官集團嚴重的三觀問題、和生產力脱節的問題、跟時代不符的問題、效率低下的問題，儘管他看到了孔孟之道在朱熹系統化、格式化後所形成一套三觀跟現代生活不適應的地方，但是他沒能創造出新的東西來打破。

他的主要著作是《焚書》、《續焚書》，我嘗試着看過幾次，沒有看下去。我的第一印象和黃仁宇的是相似的，他沒有提煉出主要的問題，沒有看到問題背後的核心根源，也沒有提出解決問題的根本辦法。很可惜，一個立志成為個體化的人，經過自己的努力成為相對自由、有發言權的知識分子，但並沒有產生太多的真知灼見。

第三篇

生而為人，欲望纏身

能有個幸福的婚姻，純屬偶然

《傲慢與偏見》是一本能幫助很多女性走入婚姻的小說，也是最早的瑪麗蘇小說，是霸道總裁小說的鼻祖。其主題是如何走入婚姻，以及走入婚姻的各種權衡取捨。

你有主見，你就有可能擁有美滿的一生——請讀《傲慢與偏見》。

在《傲慢與偏見》中，簡・奧斯汀展開故事用的方式是誤會。一句話概括《傲慢與偏見》：伊麗莎白・貝納特和達西先生從認識、誤會、表白、拒絕、誤會解開，到求婚成功的故事。

伊麗莎白的媽媽是目的性很強的人，就是想把她這幾個女兒更好地嫁出去，從某個角度看非常像我媽，就是掙錢。你要問她為甚麼要掙這麼多錢，她只會跟你說：「喜歡是沒用的，喜歡是暫時的。只有錢、學業、前途才是永恆的，才是久遠的，才是拿得住的，才是可以依靠的。」看上去伊麗莎白的母親非常庸俗、無聊，鑽到錢眼兒裏，鑽到婚姻算計中去，但是她的女兒們總體上嫁得都不錯，被安排得蠻安穩。

反之，伊麗莎白的爸爸貝納特先生非常開明地說：「如果你不嫁克林斯先生，你母親不理你了；但如果你嫁的話，我便不理你了。」油膩的克林斯先生跟伊麗莎白求婚，貝納特先生認為他女兒很好，不能把一朵鮮花插在牛糞上。這個爸爸是一個女生能夠想像的最好的爸爸。但是話說回來，這個爸爸沒有在當時的社會做出足夠的努力，給女兒足夠的經濟保障。當然你可以說人應該自己支撐自己，但是在 200 多年前，女生去工作被認為是下等的，鄉紳階層及以上階層的女生是不工作的。

伊麗莎白和奧斯汀有很多相似之處，她們一樣都愛看書、有主見、追求人人平等。我就是我，不一樣的煙火，我就是簡．奧斯汀。

達西先生看上去是完美的老公人選，但是現實中他有可能愛上伊麗莎白這樣的女生嗎？有可能，但是概率沒有你想像的那麼大。伊麗莎白有個性，愛讀書、有主見、追求平等、有自己的想法，加上家裏並不那麼富有，實際上有可能要為這些背景付出「代價」。達西有可能看不上她，會看上其他人。不過，她已經做了自己的選擇，堅持和追求也沒有任何錯，她就是不一樣的煙火。

年齡偏大的夏洛特選擇向現實低頭，嫁給了油膩、無趣的克林斯先生。他們的婚姻會幸福嗎？這在現實中也代表了部份女生的選擇，她們會有更好的選擇嗎？

如果達西先生不喜歡追求人人平等的女生，這時候伊麗莎白願意向現實低頭嗎？這是個人的選擇問題。

人一生很難同時踏入兩條河流。在你踏入兩條河流之前，先要暫停，想一想這兩條河流各是甚麼？所謂的好處和壞處各是甚麼？一旦選擇其中一條河流就要忘記另外一條，就當另外一條根本就不存在，往前走就好了。

對於夏洛特來說，她面對的兩條河流：一條是跟油膩無趣的克林斯；一條是走向自己，孤獨一輩子。最後她選擇了跟油膩無趣的克林斯，無可厚非。

對於伊麗莎白，她是奧斯汀附體，也可能面臨兩種選擇。

簡．奧斯汀在她的現實生活中選擇了孤獨一輩子，這個選擇也不見得不好。

並不是説婚姻注定會破裂，而是説婚姻要幸福的確不容易。就像簡・奧斯汀説的，能有個幸福的婚姻，純屬偶然。

任何事都比沒有感情的婚姻要好

《傲慢與偏見》簡單、直接、毫不迴避地展示了工業革命時期，英國中上等階層是如何生活的。

這本書講兩個未婚的富家男子來到鄉村，各自找到自己的結婚對象，然後結婚了。簡・奧斯汀認真表達了她對婚姻、感情、愛、男女、金錢等這些人生關鍵問題的理解。她的判斷和三觀，至今依舊不傻，不過時。

簡・奧斯汀只活了 41 歲，一輩子寫了六部長篇小説。

她出生和生活的年代，正是英國走上坡路、拿到世界霸權的年代。她爸爸是個牧師，媽媽是個帶着嫁妝有些錢財的中產階級。

簡・奧斯汀小時候多病，容易多愁善感。一多愁善感，就容易敏感地觀察社會。她能看到周邊的事情、人，把點點滴滴記在心裏。如果你有天賦，又有這種鬱結，有巨大的腫脹感和表達慾，那你寫出來，很有可能就是你成為作家的第一步。

作家不能太富，像簡・奧斯汀這樣上了學，出生在一個鄉紳中產階級偏上的家庭，能夠到一點上流社會，但是又沒有那麼多錢過上流生活。作家也不能太窮，要像簡・奧斯汀這樣，上了學，有足夠的時間去唸書，還有足夠的錢去買書。

她有過初戀。20 歲的時候，她和隔壁家的姪子就看對眼了。姪子叫托馬斯，剛大學畢業。他們很有可能是在簡・奧斯汀最喜歡的活動之一——舞會上認識的，在一起度過了相當長的時間。但是托馬斯家不同意，因為他們知道兩家都沒錢。托馬斯需要依靠愛爾蘭伯祖父的經濟支援來完成教育，開啟他做律師的生涯。後來他再拜訪奧斯汀所在的鄉村漢普郡時，都被小心地安排以避開簡·奧斯汀一家。簡·奧斯汀再沒有見過他，也再沒有那樣放肆地跳舞，和他坐在一起。好悲傷！

她收到的唯一一次求婚，是在 1802 年 12 月，當時她已經 27 歲，不能算小了。她和姐姐拜訪了老友，這個老友有一個弟弟，叫哈里斯·比格 - 魏澤，剛剛從牛津畢業回到家中。他向奧斯汀求了婚，當時奧斯汀是接受的。這個哈里斯，根據別人的描述，可謂毫無魅力，有點笨，長得有點胖，相貌平庸還結巴，但是說話的時候態度卻咄咄逼人，不知甚麼是得體。但奧斯汀從小就認識他，而且這門婚事還會給她和她的家人帶來很多實際好處。因為這個哈里斯是他家族廣闊地產的繼承人，而且其姐妹都已經成人出嫁了。

簡·奧斯汀一開始答應了，但是她隨後就覺得自己做了一個錯誤的決定，第二天就收回了對求婚的首肯。

十幾年之後，簡·奧斯汀在寫給姪女范妮的一封信中，是這麼寫的：

> 對於求婚的問題，我願意回答。我寫了那麼多文字，都圍繞如何走入婚姻。但是我現在給你這封回信，是這麼想的：除非你真喜歡他，否則不要走進婚姻，不要接受他的求婚。任何事情都比沒有感情的婚姻要好，任何事情都比沒有感情的婚姻可以被忍受。

簡·奧斯汀雖然想走入婚姻，也寫了很多關於婚姻的作品，但是她並沒有真正地親身投入婚姻，她還是相信愛的力量。即使婚姻是個買賣，但是如果沒有愛、沒有喜歡、沒有感情，這一定不是一個好買賣。

我認可簡·奧斯汀的選擇，哪怕孤寡，哪怕出家，也不要為了嫁人而嫁人，不要為了錢財、名利，為了所謂的安全感而嫁人。如果你那麼做，在未來的 10 年、20 年，直到生命的盡頭，總有一天是會後悔的。

女生要有自己的主見和追求

簡·奧斯汀 21 歲寫的《傲慢與偏見》，寫一段就給家人看一段。家給她提供了一個寬鬆自由、無拘無束的讀書、寫作環境。

維吉尼亞·伍爾夫説過，在所有偉大的作家中，簡·奧斯汀的偉大之處是最難以捕捉到的。

簡·奧斯汀向親屬表示過，她能做的只是寫鄉村生活，寫鄉野的幾戶人家。在一小塊象牙上，用一枝細細的畫筆，輕描慢繪。簡·奧斯汀堅持自己的寫法、題材，按我的行話説，她有非常少見的戰略篤定性——守得住自己，不迷失，但求苟全於世界，不求聞達於諸侯。厲害，認得清自己。

第一點，她是現實小説的開創者。關注當下，用當下的語言表述當下。不怕小，不怕窄，就怕不夠深、不夠細緻，這是劃時代的。

第二點，塑造人物的能力極強。作家往往會走兩個極端：一個極端就是所謂的上帝視角——所有的人物只是我的棋子，我想怎麼擺佈他們，就去怎麼擺佈；另外一個極端——我就是情緒化，就是寫我自己，甚麼都是我自己。這樣的寫法很多、很常見，並不完全錯。

簡・奧斯汀開創了全新的寫法——半全知視角。一旦人物被設計出來，就有了自己的邏輯、恐懼和驅動，有自己説話和行為的方式。就像女媧造人之後，人活了，就有自己的方式、方法，不再受造物者控制了。

第三點，簡・奧斯汀非常會寫金句。如果簡・奧斯汀活到現在，她一定是頂尖的編劇。對話寫得非常生動、有邏輯，有根、有枝、有葉。簡・奧斯汀的金句有一個特點，就是並不詩意，但是有力量。這種力量來自她對人性的細緻觀察和簡單總結。

簡・奧斯汀的觀念在她那個年代是有革命性的：人是平等的。哪怕你一年不勞而獲 2 萬鎊（2 萬鎊已經是頂尖了），但是人和人是平等的。甚麼是精英，要根據人的能力、智慧，而不是根據家庭背景和收入來定。當時的女生地位相對附屬，要仰仗父母兄弟、未來的老公來生活。而在簡・奧斯汀筆下，小女生也有自己的主見和追求，這是具有劃時代意義的。

解讀《傲慢與偏見》金句

> It is a truth universally acknowledged, that a single man in possession of a good fortune, must be in want of a wife.（有錢單身漢，都需要一個太太，這是條公理。）

有錢單身漢，到哪裏都是一個焦點，他需要有個太太；他不需要，別人也不相信他不需要。特別是一些中年婦女，一定要幫他找太太，否則就是天理不容，否則就是養虎為患，否則就是讓別人佔了便宜。

Vanity and pride are different things, though the words are often used synonymously.（虛榮和驕傲是兩個概念，但是經常被當成同義詞混用。）

有些人把驕傲當虛榮，有些人把虛榮當驕傲，多數人是把虛榮誤以為是驕傲。人總在意別人如何看自己，很少知道一個現實：其實別人真的不看你。

A person may be proud without being vain. Pride relates more to our opinion of ourselves, vanity to what we would have others think of us.（一個人可以驕傲，但並不虛榮。驕傲多指我們對自己的看法，虛榮多指我們想要別人對我們抱有甚麼看法。）

所以我不是虛榮，我多多少少有一點驕傲。一個人可以稍稍驕傲，但最好不要虛榮。

We all know him to be a proud, unpleasant sort of man, but this would be nothing if you really liked him.（我們都知道他自傲、自戀、討厭，但是如果你真喜歡他，你覺得還好啦！）

雖然很多人覺得我油膩，覺得我自戀，這兩個標籤估計我這輩子都甩不掉了，但是如果你喜歡我，這個也就不太重要了。

Happiness in marriage is entirely a matter of chance.（能有個幸福的婚姻，純屬偶然。）

兩個人背景、三觀、身體結構、生活習慣如此不同，還要一塊兒幹那麼多事兒，還能開心，這的確是一個極小概率的事件，我甚至認為大家不要有奢望。

遺憾也許是老天善良的安排

錢鍾書寫老「海歸」的這篇小説至今時髦，只是讀者通常沒有以前那種舊學和西學的底子，領會他那些精緻的笑話有些障礙。老天如果有眼，把他和張愛玲弄成一對，看誰刻薄過誰。

《圍城》是一個平淡無奇的故事，一個「海歸」（主人公方鴻漸）學了文科，從江南某地去國外唸了一個平淡無奇的大學，平淡無奇地回國，平淡無奇地在抗日戰爭前和期間生活。

人物不是天才、渾蛋，也不是英雄，就是一個留學生，回來當個老師。沒有甚麼強烈的故事性，就是一個平淡無奇的方鴻漸，一個經濟適用男。

結構也平淡無奇，就是跟着方鴻漸這些人起起伏伏地寫下來，隨波逐流，生活把我沖到哪兒，我就去哪兒。

一本似乎平淡無奇的小説，為甚麼成了現代中文長銷不衰的長篇小説之一？

一、反差很大。整個大背景是抗日戰爭，但是小説沒有正面描寫戰爭大背景下的悲歡離合，沒有寫多慘、多苦、多慘絕人寰，不做大敍事、大題材，只談在大環境下小小的個體的人的悲歡離合。這種寫法非常現代，反而能夠戰勝時間，能夠提供對現代人有幫助的角度。比如講大學環境，像小小的烏托邦。在這種跟社會有一定距離的環境下，人性如何表現。一些小壞、小善、小猙獰、小苦難，反而跟人性最真實的一面聯繫得更緊。

民國時候類似的書有《留東外史》、《留西外史》、《孽海花》，但都不如《圍城》寫得自然。《圍城》不生硬、不惡俗，有比較高級的幽默和英式的戲謔。

二、這本書還好在徹頭徹尾的炫技。好的作家應該有節制，但是從另外一方面講，如果你是技巧類的作家，願意炫技，你就炫一陣。錢鍾書炫技的部份，我看得很興奮，他很刻薄，這特別棒。

結構平淡無奇，用詞用句沒有太多新奇的地方，但就是這樣能夠做自己，發揮自己的尖酸刻薄，這讓我特別感動。老老實實、扎扎實實、真實地去寫，不要怕家長里短，忘記那些大事，直接寫小事，越自然越好，越舒服越好。寫小事不過時，寫細節永遠不過時。

《圍城》一方面繼承了《官場現形記》、《儒林外史》這類諷刺小説的傳統，一針一針地往下扎。它是少有的、輕鬆不端着的、真實的諷刺小説。讓方鴻漸發揮自己的小聰明，處處閃爍，發揮對所見所聞的敏感、尖酸、刻薄，充份發揮出來就是一篇震古爍今的小説。

另外一方面是流浪漢小説的特徵，隨着主人公一通遊蕩、一通變化，可以説沒頭沒尾，也可以説有頭有尾，流浪到哪兒就算完了。

愛情遺憾也許是老天善良的安排

我們來解讀《圍城》裏的幾個主要人物。

方鴻漸不是壞人，但也沒有甚麼用途，是一個無用之人。其實這種人在日常生活中挺常見：家境不好不壞，小富不貴；人長得挺帥；學問很一般；沒有理想，但是有小心思、小聰明，沒啥大智慧；隨遇而安，疏於學業，事業上沒有進取之心；生活上荒唐，偶爾騙人，但是有限度；挺老實，不切實際；看誰都不一定滿意，但是自己做啥不見得能成；博聞淺識，知道的東西太多，但是沒有任何自己特別專業的東西。就是這麼一個人。

方鴻漸的朋友趙辛楣評價他「並不討厭，可全無用處」。趙辛楣看人的角度非常簡單，就是這個人有沒有用。能幫他的就叫有用，方鴻漸幫不到他，就是「全無用處」。

很多女生看到方鴻漸這樣的人，覺得挺好，不會有甚麼不安全感，沒有甚麼太難受的，開開心心過一段時光有甚麼不好呢？這可能是方鴻漸在小説裏女人緣很好的原因：沒用、沒威脅、無害、有趣。

方鴻漸一直在找一些精神寄託，因為他不夠強大。但是這些精神寄託都成為他的「圍城」，所以「圍城」是為他所建，他又成了「圍城」的一部份。他愛的害了他，愛他的被他害了。

蘇文紈，天生的政治動物。她老爸是高官，從小受到正規的教育和教養。但是問題來了——老天沒給她甚麼真東西，美貌、性情、智慧、明快決斷都沒有。她只能在後天把自己有的東西盡量發揮。本來她希望不主動就能擁有一切，但後來發現她真想要的東西，如果不主動，是絕沒有一絲可能砸在她身上的。

蘇文紈為甚麼不討人喜歡？因為她自視太高，把自己看得太好，但實際情況並不像別人認為的那樣好。這樣的反差造成了她：一、失望；二、無趣。雖然她顯得既自私又虛偽，卻是書裏唯一一個勇敢追愛的女性。如果蘇文紈不能勇敢追愛，有可能就把自己剩給自己了。

孫柔嘉是小門小戶出身、有小心思的小女生。你從小的角度去理解她就對了，但小不見得不動人。

趙辛楣雖然油膩猥瑣，但還沒有到不可交的程度，沒有到「人渣」的程度，可以做朋友。趙辛楣結交人、做事、婚姻，都是想能夠對自己有用，能夠讓自己在社會階層上再多爬半格。趙辛楣的優點是真誠。他犯小壞的時候，知道自己在犯壞；他在謀求實用的時候，知道自己在謀求實用。這種人壞得坦誠，反而讓人覺得稍稍有點可愛。

趙辛楣能看出孫柔嘉的心計，為甚麼看不懂蘇文紈的？非常簡單，蘇文紈的家境比孫柔嘉的好很多，趙辛楣對孫柔嘉是從上往下看，對蘇文紈是從下往上看。因為蘇文紈對趙辛楣有用，所以趙辛楣看蘇文紈的時候，他容易心亂，因為有所圖、有所求，所以本來能看明白的，卻看不明白。孫柔嘉對趙辛楣沒啥用，所以趙辛楣能夠冷靜平和地看孫柔嘉的心思、動機、恐懼、希望。趙辛楣看孫柔嘉的時候，沒利可圖，所以他沒昏。總結來說，利令智昏。

真正的好東西不怕泥沙俱下

在我印象中，錢鍾書和楊絳是現代中文至今為止最能寫的一對。

英文有一個詞“stylist”——文體學家。我個人意見，錢鍾書比楊絳元氣足，是更好的小説家。楊絳比錢鍾書更懂得收斂和控制，是更好的文體家。文學家在某種程度上不怕泥沙俱下，在某種程度上反而怕他不磅礴，怕他太拘謹、太收着、太內斂、太乾巴。

沿着楊絳的視角議論一下錢鍾書與《圍城》。

> 自從一九八〇年《圍城》重印以來，我經常看到鍾書對來信和登門的讀者表示歉意：或是誠誠懇懇地奉勸別研究甚麼《圍城》，或客客氣氣地推説「無可奉告」，或者竟是既欠禮貌又不講情理的拒絕。

下邊是金句：

> 錢鍾書是無錫人，一九三三年畢業於清華大學，在上海光華大學教了兩年英語，一九三五年考取英庚款到英國牛津留學，一九三七年得副博士學位，然後到法國，入巴黎大學進修。他本想讀學位，後來打消了原意。

特別佩服楊絳在説這種話的時候，沒有任何誇大和偽裝。

她這一塊躲開的事實是錢鍾書是當時清華成績最好的學生，都沒有之一。他考英國的庚子款留學生，又是成績最好的學生。這段話如果按現在的寫法，會把錢鍾書弄成一個「前無古人，後無來者」的學霸。其實錢鍾書的確是少數學霸之一。老老實實説副博士，沒有説博士，老實對於聰明人是多麼難得。

> 《圍城》是淪陷在上海的時期寫的。

很多好的小説都是在這種環境下創造出來的。比如《十日談》，來了瘟疫，大家躲出去避難，十個男女，一天一個人講一個好玩的故事，這樣就產生了《十日談》。這跟好紅酒擱在橡木桶裏、酒窖裏多待一陣類似。

楊絳還描述了他們倆一塊兒過小日子，非常江南，非常溫馨：

恰好我們的女傭因家鄉生活好轉要回去。我不勉強她，也不另覓女傭，只把她的工作自己兼任了。劈柴生火燒飯洗衣等等我是外行，經常給煤煙染成花臉，或薰得滿眼是淚，或給滾油燙出泡來，或切破手指。可是我急切要看鍾書寫《圍城》……

就是楊絳願意支持他，做生活這些瑣事和細節，成就了偉大的《圍城》。《圍城》是 1944 年動筆，1946 年完成的。

鍾書從他熟悉的時代、熟悉的地方、熟悉的社會階層取材。

我想説的是，就按自己熟悉的東西去寫當下的生活，不要裝，不要端着，不要認為自己的想像力超越了其他人。

我看過挺多人寫所謂的商戰小説，在商業環境下如何爾虞我詐，如何掙數不清的錢。我做商業這麼久，可以負責地説，這樣的人在商場是混不下去的，只能是油膩地在鍋邊轉悠，吃些剩飯殘羹，做一時一事，然後很快出事。

方鴻漸取材於兩個親戚：一個志大才疏，常滿腹牢騷；一個狂妄自大，愛自吹自唱。

如果主要人物的原型取材於主流的人物，你會發現挖他的動機、逸事很難，甚至沒有。寫邊緣人往往能更好地反映社會、現實、世界。

> 我們結婚的黃道吉日是一年裏最熱的日子。我們的結婚照上，新人、伴娘、提花籃的女孩子、提紗的男孩子，一個個都像剛被警察拿獲的扒手。

讀到這句的時候，我樂了。這些好玩的地方正是小説和文字應該抓住的東西。

> 唐曉芙顯然是作者偏愛的人物，不願意把她嫁給方鴻漸。其實，作者如果讓他們成為眷屬，由眷屬再吵架鬧翻，那麼，結婚如身陷圍城的意義就闡發得更透徹了。

錢鍾書在《圍城》裏不足的地方是挖得不夠深，場景設計得不夠豐富、完整。「圍城」是很好的比喻，但是這些痛苦和歡樂的底層原因、驅動力到底是甚麼？

我們有時候深深地被某些人和事迷惑，一種可能是我們得到了，另一種可能是我們錯過了。

年輕的時候錯過，沒得到，是那樣不甘心。但是隔一段時間來看，老天的安排可能是最好的安排。兩個人沒有相互覺得特別合適卻在一起，而後出現了各種花殘、月缺、雪消、令人啼笑皆非的麻煩，變得人不是人，鬼不是鬼。存一點美好，也是老天的一種善良。

> 孫柔嘉雖然跟着方鴻漸同到湖南又同回上海，我卻從未見過。相識的女人中間（包括我自己），沒一個和她相貌相似。但和她稍多接觸，就發現她原來是我們這個圈子裏最尋常可見的。她受過高等教育，沒甚麼特長，可也不笨；不是美人，可也不醜；沒甚麼興趣，卻有自己的主張。

楊絳對生活的觀察以及表達水平很高。的確是有這些人，你看不出任何毛病，該有的教育、學識、常識、打扮、家境都有，但又實在看不出有哪些突出的地方。偏巧這些人又有一個巨大的自我，看不上這，看不上那，注定了一輩子不是那麼舒服。

錢鍾書自己在《圍城》的序言裏，是這麼寫的：

> 在這本書裏，我想寫現代中國某一部份社會、某一類人物。寫這類人，我沒忘記他們是人類，只是人類，具有無毛兩足動物的基本根性。

着重人，着重他熟悉的當下，寫細節、寫小事情、寫人性，其他的不在作家的考慮範圍。大歷史、大背景都在細節之下，都是背景和舞台，是天地空氣，但不是寫作的重點。這是我最喜歡的寫作態度。

愛上文藝男往往是徒勞的

川端康成的一生，如果用三個核心詞來概括，就是：「死」，他經歷了各種死亡；「戀」，他一輩子是喜歡人的，包括女人，也包括男人；「文章」，川端康成是日本第一個「諾貝爾文學獎」獲得者。

「死」——參加葬禮的名人

川端康成是 1899 年生人。1901 年，他 2 歲的時候，父親因肺結核去世；第二年，他母親因為肺結核去世；1906 年 9 月，祖母阿鍾去世；1909 年 7 月，姐姐芳子患熱病，因為熱病引發的心臟麻痹而死亡；1914 年 5 月，祖父去世。至此，川端康成 15 歲，孤苦伶仃，舉目無親。川端康成寫自己的一篇重要雜文叫《參加葬禮的名人》，是指川端康成自己因為參加了太多的葬禮，一臉苦相，也可能調動其他參加葬禮的人的情緒，帶着一種葬禮的氣場，所以川端康成自己被稱為「參加葬禮的名人」。

「戀」——川端康成和他的四個千代

川端康成這一輩子，也是戀愛的一輩子，他寫作的內容跟戀愛密不可分。

1916 年，他在 17 歲的時候，與同宿舍的舍友發生戀情，還是很超前的。之後，他又開始異性戀。最神奇的地方是，他先後跟四個叫千代的姑娘戀愛。就好像中國有叫王燕、李燕、張燕之類的，一個男的一輩子和四個叫燕兒的姑娘戀愛，也是挺神奇的，即使燕兒是最普遍的名字。

第一個千代，叫山本千代。千代的父親山本松曾借給川端的祖父一筆錢。川端 15 歲的時候，祖父去世。山本兩次找到川端，堵到學校門口：要錢。這個不義之舉，遭到了鄉親們的一致唾棄。出於內疚，山本臨終之前告訴他閨女千代，要還給川端康成 50 塊錢作為謝罪。千代履行了父親的遺言，邀請川端到家做客，說你就把這兒當成自己家吧。川端很受感動，內心產生了層層漣漪。他的處女作《千代》，寫的就是自己對山本千代的思慕。

1918 年 10 月末，川端康成拿着山本千代給的這 50 塊錢，沒告訴任何人，說走就走，說去伊豆就去伊豆。同學們以為他自殺了，還報了警。結果川端在旅行中遇上了一隊巡迴藝人，其中一個拎大鼓的舞女讓他怦然心動。兩人一路相伴，有說有笑，情愫暗生。這個舞女的名字叫甚麼？千代。後來川端康成寫了他的成名作《伊豆的舞女》，非常精準地描寫了青少年之間朦朦朧朧的感情，沒有互相吐訴的真摯的愛。他將第二個千代化名為薰子，這樣描寫道：「有閃動的、亮晶晶的眼珠，雙眼皮的線條優美得無以復加。」

第三個千代是在酒館遇上的。川端康成和同學一起看上了一個清秀美麗的女招待，而這女孩也叫千代。但是兩個人還沒展開攻勢，就聽說這女孩已經有未婚夫。

第四個千代是咖啡館的女招待，叫伊藤初代。初代在方言中也可以讀成千代，大家常常稱她伊藤千代，川端也跟着叫。當然，他已經覺得自己是「深度重度骨灰級千代患者」。

川端大一放假就去第四個千代的家鄉，向千代求婚。第四個千代說：「我沒甚麼可說的，如果你要我，我太幸福了。」

但是，王子和公主沒有幸福地生活在一起，要是那樣，川端康成可能就成不了一代文豪了。川端很快收到第四個千代的信：「我雖然同你已結下了海誓山盟，但我發生了非常的情況。這個情況我絕對不能告訴你，請你就當這個世界上從來沒有我這個人吧。我一生不能忘記你和我的那一段生活，但現在你同我的關係等於零。」川端未能讓她回心轉意，也不知道到底發生了甚麼。

最後，川端康成和一個叫松林秀子的人結婚了。無論是《雪國》、《千隻鶴》還是《古都》，甚至到晚年的《睡美人》，其中一些女性形象，多多少少都有這些千代的影子。

「文章」——天以百凶，成就一作家

川端康成體弱多病，早年經歷親人的死亡、各種各樣的戀愛。從某種意義上講，形成文豪的幾個後天重要條件，川端康成都具備了。

川端康成的文章，大致能分成三個階段。

第一個階段：「純情之戀」。純純的對女性的嚮往，代表作《伊豆的舞女》，並前後被翻拍了六部電影。我因為這部書慕名去了一趟伊豆，沒遇上舞女，就泡了一個溫泉。

第二階段：「無奈之戀」。對於中年，不同的作家有不同的歸納。我對中年的總結是一個詞——確定。四十不惑，五十知天命——知道能幹甚麼，不能幹甚麼，已經沒有甚麼懸念，也沒有期待，沒有夢了，沒有遠方，只有眼前的苟且。川端康成把中年歸納成「無奈」——你改變不了甚麼。《雪國》就是無奈之戀的代表作。

第三階段：到了晚年，「變態之戀」。「變態」，在我的詞典裏不是一個貶義詞。《搏擊俱樂部》的導演大衛·芬奇說過這麼一句話：「我覺得人都是很變態的，這就是我導演生涯的根基。」**多數人的確有變態的一面，但變態不是他的主流，變態是很多藝術家賴以成為藝術大師的根基。**「變態」，其實是人的個性。只有共性沒有個性的人，是很難成為偉大的藝術家的。

川端康成「變態之戀」的代表作是《睡美人》。有一個逸事，寫《百年孤獨》的馬爾克斯，第一次到日本跟大江健三郎會面就問：「大江健三郎先生，日本有沒有老年人的那種服務？」大江健三郎說：「沒聽說。」馬爾克斯說：「不對，你們有的，川端康成寫的《睡美人》裏就提過。」大江健三郎說：「這在很大程度上是川端康成自己的一些想像，是他自己的一些變態設定。」

馬爾克斯後來寫了《苦妓回憶錄》，我看了兩遍，能從中感受到《睡美人》的影響。

愛上文藝中年男往往是徒勞的

《雪國》算小長篇，故事、人物都非常簡單：東京一名叫島村的文藝已婚中年男，三次前往雪國的溫泉旅館，和當地一名叫駒子的藝伎，以及一個萍水相逢的叫葉子的少女之間發生的感情糾葛。

男一號，島村。島村是在東京大城市生活的人，無所事事，遊手好閒，沒甚麼正經工作，偶爾通過照片和文字資料研究西方舞蹈，號稱「舞蹈藝術研究家」。川端康成筆下的男子，往往都有一份可有可無的工作，錢不多不少，家裏小富，基本安定。島村已婚，偶爾覺得無聊就去雪國度假，遇上了女一號——駒子。

駒子的經歷就比較傳奇了。她去過東京，當過藝伎，被人贖身。後來幫她贖身的恩客死了，駒子又回到老家，和教她藝伎功夫的老師生活在一起。老師有一個兒子，他這個兒子得了肺結核，一直生病。駒子念及老師的恩情，就答應嫁給老師的兒子，也訂了婚。因為老師兒子需要錢治病，駒子重出江湖，再當藝伎，去陪酒。

男二號，就是老師病懨懨的兒子行男。女二號，是一個叫葉子的當地女子，是行男的情人。行男拿着未婚妻駒子做藝伎掙的錢去東京治療疾病，在治療過程中，一來二去跟葉子發生了感情，葉子也傾全力來照顧他。

小説從島村第二次去雪國寫起，追憶第一次，接下來描寫了第三次。細細碎碎、點點滴滴地講島村和駒子的往來。島村在第一次和駒子見面之後，兩人產生了感情。駒子知道島村不能娶她，但希望島村每年來一次，島村也就答應了。駒子在島村來的時候繼續上班，晚上喝多了再回來看島村。每次島村回去，駒子都去火車站送他。島村作為有妻子、有兒女的中年文藝男，坐吃遺產，無所事事，來到雪國的溫泉旅館純粹是為了泡澡、尋歡。遇上了藝伎駒子，被她的清純、純樸所吸引，甚至覺得駒子每個毛孔、每個腳趾彎處都是乾淨的。之後，他又兩度來到雪國跟駒子相會。

島村第二次來雪國，進入得很神奇，火車穿越隧道進入雪國，感覺就像進入了陶淵明寫的桃花源。島村在火車上遇上了一對人兒——行男和葉子，兩人就坐在島村的對面。島村通過車窗欣賞黃昏的美景，卻看到了映在火車車窗上美麗的葉子的鏡像。這個鏡像讓島村一見鍾情。

於是，島村和駒子、葉子構成了一種微妙的情感關係。小説以葉子被火圍困，近乎自殺般去世而無疾而終。有一個陶淵明桃花源般的開始，有一個莫名其妙的不終而終的結束，有點像杜牧寫的那句詩「落花猶似墜樓人」。

簡單的人物關係、簡單的情節，卻一點不影響它的超級好看。

夜空下一片白茫茫

> 穿過縣界長長的隧道，便是雪國。夜空下一片白茫茫。火車在信號所前停了下來。

穿過隧道進入另外一個地方，人在不同的時候也會有類似的場景。比如一場雨下來，比如進入夢鄉，比如隔了好久再見一個熟悉的人，都會感覺世界不一樣了。

> 島村感到百無聊賴，發呆地凝望着不停活動的左手食指。因為只有這個手指，才能使他清楚地感到就要去會見的那個女人。奇怪的是，越是急於把她清楚地回憶起來，印象就越模糊。

「女人」指駒子。左手食指和記憶有甚麼關係？記憶是神奇的，有時候越想記得一些事，越是記不清楚；有時候似乎忘了，但在一瞬間，一杯酒之後，一場雨之後，或者在一場夢裏，會忽然想起來。人除了視覺，還有很多信息來源被我們忽略，比如嗅覺、觸覺。

小說的最後，屬沒有結局。行男已經死了，島村、駒子、葉子三個人還糾纏在一起。葉子在一場大火中拒絕逃走，從二樓跳了下來，幾乎是另外一種形式的自殺。

> 啊，銀河！島村也仰頭嘆了一聲，彷彿自己的身體悠然飄上了銀河當中。銀河的亮光顯得很近，像是要把島村托起來似的。當年漫遊各地的芭蕉，在波濤洶湧的海上所看見的銀河，也許就像這樣一條明亮的大河吧。茫茫的銀河懸在眼前，彷彿要以它那赤裸裸的身體擁抱夜色蒼茫的大地。真是美得令人驚嘆。島村覺得自己那小小的身影，反而從地面上映入了銀河。綴滿銀河的星辰，耀光點點，清晰可見，連一朵朵光亮的雲彩，看起來也像粒粒銀沙子，明澈極了。而且，銀河那無底的深邃，把島村的視線吸引過去了。
>
> ……
>
> 駒子發出瘋狂的叫喊，島村企圖靠近她，不料被一群漢子連推帶搡地撞到一邊去。這些漢子是想從駒子手裏接過葉子抱走。待島村站穩了腳跟，抬頭望去，銀河好像嘩啦一聲，向他的心坎兒上傾瀉了下來。

從島村看到遠處着火，到看銀河，銀河像擁抱地球一樣，擁抱這些人。在銀河中，兩個人奔向火場，看到自殺的場景，就這樣結束了。

如果你來書寫《雪國》的結局，你會怎麼設計？

我會有衝動安排駒子離開雪國。島村來了三次雪國，那駒子也去東京。

《雪國》用死亡來結束的結尾，可能是最美的結尾，但不見得是人性最真的結尾。如果駒子去東京看島村，一年一次或許還好，要是就住在東京呢？我喜歡把人性揭開，可能會不太美地寫下去。

美是唯一的紀念

川端康成諾貝爾獎的獲獎感言我非常喜歡。散文的寫法，非常散，感覺就像下了一場雨，不知道怎麼開始下，也不知道怎麼就雨停了；又像樹梢颳過一陣風，不知道從哪兒來，也不知道到哪兒去；又像把一堆花插在一個瓶子裏，也沒有甚麼規律，就是一些有內在聯繫的好看。

他用的題目是《我在美麗的日本》。第一段他引用了一句詩：

春花秋月杜鵑夏，冬雪皚皚寒意加。

春天、秋天、夏天、冬天，風、花、雪、月。這是日本曹洞宗的始祖道元禪師寫的。

第二段，川端又引用了兩句詩：

冬月撥雲相伴隨，更憐風雪浸月身。

有冬天，有月，有雲，有一個孤獨的、寒冷的旅行的人，泡在風裏、雪裏、月裏。這是明惠上人的一首和歌。

川端康成在闡述日本之美時，舉了兩個和尚的例子。一個是和尚良寬，他也是我非常喜歡的一個和尚。良寬曾說他最討厭三種東西：科班詩人寫出的詩，科班書法家寫出的書法，科班廚子做出的飯。

川端康成引用了良寬的「絕命詩」：

秋葉春花野杜鵑，安留他物在人間。

秋天有美麗的葉子，春天有美好的花，野外有杜鵑，除了這些自然尋常的美好，沒有甚麼東西可以留在人間的。

自己沒有甚麼可留作紀念，也不想留下甚麼。然而，自己死後大自然仍是美的，也許這種美的大自然，就成了自己留在人世間的唯一的紀念吧。

川端提起另外一個和尚一休。一休曾經兩次企圖自殺。川端說，他是個老禪師，寫漢體詩，還寫了很多令人膽戰心驚的愛情詩，甚至露骨地描寫閨房艷事；吃魚，喝酒，近女色，超越了所有的清規戒律，但他還是想自殺。川端說他收藏了兩幅一休的手迹，一幅題了「入佛界易，進魔界難」。修佛容易，修魔難。川端舉了例子，但是又沒有下任何結論。

結尾川端是這麼寫的：

有的評論家說我的作品是虛無的，不過這不等於西方所說的虛無主義。我覺得這在「心靈」上，根本是不相同的。道元的四季歌命題為《本來面目》，一方面歌頌四季的美，另一方面強烈地反映了禪宗的哲理。

川端就是在這篇文章裏，像種花一樣種了日式美學的種子，但是並沒有把日式美學說破。

婚姻是生活的日常，愛情不是

威廉·莎士比亞（William Shakespeare），一個非書香門第的孩子，一個人、一枝筆闖蕩倫敦。作為一個「倫敦漂」，他寫了二三十部戲劇，留下了千古名，到現在他的名字和戲劇都還活在人們的心裏、眼裏、嘴裏。

《羅密歐與茱麗葉》雖非他的四大悲劇，也非他的四大喜劇，卻可以說是他寫的一個最令人印象深刻的故事。我為甚麼要讀它？

第一，了解甚麼是充滿激情的愛情。不管是「老房子」着火，還是新房子着火，「火」是甚麼？「問世間情是何物」。

第二，了解戲劇這種古老的藝術形式。戲劇和相聲、歌唱、音樂的起源都類似，都在街邊、村頭、小樹林旁邊，給過人們很多美好的傍晚和美好的期待。

第三，了解如何寫好一個故事。《羅密歐與茱麗葉》就是個經典的好故事。

《羅密歐與茱麗葉》是莎士比亞最受歡迎的一部戲劇。從 16 世紀上演以來，《羅密歐與茱麗葉》經久不衰，被改編成各種藝術形式，電影都拍了好幾部，甚至萊昂納多·迪卡普里奧都演了一個現代街頭小混混槍戰版《羅密歐與茱麗葉》。

其實，在 5 世紀，以弗所人色諾芬寫過希臘傳奇小説《以弗所傳奇》，裏面就有羅密歐與茱麗葉故事的源頭。這部小説第一次寫了以服用安眠魔藥的方法來逃避一樁不情願的婚姻。古人挺可愛的，一旦遇上解決不了但非要解決的事，就會想到吃點藥、下點藥，就是「你有病嗎？我有藥啊」這種方式。

在《羅密歐與茱麗葉》之前，還有人寫過類似的故事，都利用了陰錯陽差，但故事的角度、方式、節奏和細節，都不一樣。

一個偉大的作家不要怕用一個老的故事，甚至用一些老的名字也無所謂。這也是炫技的一種方式。

莎士比亞第一個厲害的地方，就是編故事的能力太強，把老套的故事變成經典。他把全部劇情濃縮在五天之內。從見面到殉情，不過三天；一見鍾情，一睡更鍾情，再睡不可能，因為兩個人都死了。這一緊湊，五天之內，三天三夜，有生有死，有愛有恨，都經過了濃縮。我舉個反例，如果羅密歐和茱麗葉在一起，一個 16 歲的小混混、一個 14 歲的小美女，過個 3 年會怎樣？是可能幹傻事的。如果把3年拖成30年，人性一定會讓他們幹傻事。

莎士比亞第二個厲害的地方，就是他增強了戲劇的詩性。別看莎士比亞像一個商人，但他也是個寫詩的，他寫過 100 多首十四行詩。比如他們相見在蒙面舞會上，羅密歐偷聽到茱麗葉講他。比如羅密歐在黎明與茱麗葉訣別：我就要被放逐了，我就要走了，我只有一晚上可以見你。

情節也具有濃烈的詩性。比如帕里斯去墓地憑弔，被羅密歐殺死，與開頭羅密歐殺提伯爾特呼應。比如，茱麗葉的奶媽和勞倫斯神父，一個負責中間傳話，一個管理教堂。如果沒有這兩個人物，故事就進行不下去，詩意就會少很多。這兩個人物象徵着世俗和智慧。

莎士比亞第三個厲害的地方，就是他知道愛。莎士比亞的立意更高，三觀更正。他在整部戲中崇尚自由、人權、愛情。愛情是甚麼？愛情是革命，愛情是反叛，愛情是有破壞性的東西。但是莎士比亞知道，愛情是我們心中揮之不去的一個偉大理想，甚至是讓世界產生顛覆性創造的力量。

莎士比亞第四個厲害的地方，就是他多用了「無巧不成書」的東西，在意料之外，但又在情理之中。這些「無巧不成書」推動着故事情節如行雲流水般發展下去，剛稍稍緩和，立刻又產生了巨大的張力，逼得你在聽戲、看作品的過程中，根本來不及想其他的事情。這樣的神來之筆，比比皆是。

這些就是莎士比亞的高明之處。

婚姻是生活的日常，但是愛情不是

《羅密歐與茱麗葉》被稱為「世界上最偉大、最典型的愛情悲劇」，但這要看從誰的眼光來看。

從多數世人的眼光來看，《羅密歐與茱麗葉》講述了一個關於愛情的故事；從一些老人的角度來看，它講了一個關於姦情的故事；從一些極端過來人的角度來看，比如不相信愛情的我老媽，那《羅密歐與茱麗葉》就是「腦殘的故事」。我媽說喜歡是暫時的，學業、前途、錢才是永遠的。甚麼是愛？沒有無緣無故的愛。

我相信，愛情是激素。作為前婦科大夫，我越來越覺得人是激素的動物。勤奮好學或是貪財好色，都可能有激素的基礎。

古典愛情往往是一見傾心型，而《羅密歐與茱麗葉》了不起的地方在於一見傾心，一愛到死。這部戲是愛情的讚歌，是「破壞」的讚歌，是「不理智」的讚歌，同時是「激素」的讚歌。

《羅密歐與茱麗葉》探討的是愛情的力量和激素的作用，兩個主人公的行動是這樣的：

第一次舞會相識，一見鍾情。

第二次夜會露台，互吐衷腸，許下諾言。

第三次教堂相見，私自結婚。

第四次新婚閨房，悲喜兩重。喜的是兩人在一塊兒了，悲的是立刻就要分別。

第五次都沒有相見，墓穴殉情。在墓穴旁邊，茱麗葉「死」了；羅密歐活生生地來，然後死了；茱麗葉慢慢地活過來，看着死了的羅密歐，又真的死了。

生死相隨，這就是整個故事。其實在這個主線之外，無論是「陰錯」還是「陽差」，無論是家庭宿仇還是道德規範，在我看來並不是特別重要。

一種看法認為，羅密歐與茱麗葉的悲劇是家族宿仇和年輕一代個體的悲劇。其實我覺得不是。年輕人之間的矛盾如果沒有激化到殺人，這兩個年輕人的愛情很有可能會被長輩認可，甚至達成上一代的和解。

我覺得這部戲的重點是探討愛情：愛情的力量，激素的破壞性。我們應該如何看待和處理愛情、激素，是值得思考的問題。

愛情並不是必需品。婚姻是生活的日常、是安排，但是愛情不是。**愛情是很奇怪的一種東西，是每個人心裏有，但是多數人拿不到的一種東西。**

德國詩人海涅是這麼説的：

> 茱麗葉第一次愛，她全身心地充滿活力地愛着。她14歲，天上人間沒有任何一本書告訴她甚麼是愛。太陽、月亮、星斗，把這個告訴了她。她的愛是健康的、真切的。姑娘身上充滿了健康和真切，這是多麼動人。

茱麗葉是靈肉合一的，從語言到精神到肉體，都給了愛情。

愛情被濃縮進最離奇的衝突中

莎士比亞選擇了一個好角度，兩個主人公一個 14 歲，一個 16 歲，還是半大孩子，一直生活在「象牙塔」裏，所以有這樣的激情無拘無束地展現愛情。要不然，人間也開不出來這樣的花朵。

古代多數的詩人、文人會把愛情降低。一是教化使然。如果你鼓勵每個年輕人都去追求愛情，愛情虛無縹緲，不見得每個人都能找到，但社會卻可能動盪。二是愛情實際上是一時的，是不理智的，是衝動的，是不智慧的。無論是東方還是西方，多數文人會把愛情相對淡化。

直到 15 世紀末期 16 世紀早期，大家開始意識到：我好像還是個人，我身體中有獸性，也有神性；我還頂着個腦袋，腦袋不是為了顯高而存在，吃飽了就會想一些複雜的事情，想起了跟生活相關又能「離地半尺」的一些事情，包括愛情。

所以，在《羅密歐與茱麗葉》的整部戲劇中，莎士比亞把愛情這個主題詞濃縮在最短的時間、最離奇的衝突、最濃的詩意裏。「那邊窗子裏亮出的是甚麼光？那是東方，那是茱麗葉，茱麗葉就是太陽」，就是這麼一種感覺。

到了現代人這裏，《羅密歐與茱麗葉》就會被各種解讀。

一、羅密歐的「三重荒謬」。

現代人會認為，羅密歐身上存在「三重荒謬」。第一重荒謬，他就是被激素驅動的「小禽獸」，未來的「大人渣」。他本來對羅瑟琳愛而不得，產生了單相思，茶飯不思、寢食難安、見神煩神、見狗煩狗。忽然他遇上了茱麗葉，立刻就不想了。這是甚麼人？你的愛情就沒有一點忠貞嗎？

羅密歐的第二重荒謬就是一見鍾情，把一切忘在腦後。之前的愛情、社會關係、愛恨情仇都忘了，心裏只有這個人。茱麗葉也是同樣荒謬。茱麗葉看到戴着面具的羅密歐，就深深地愛上了他，因為羅密歐的甜言蜜語、「詩情畫意」。情詩在手，愛情我有。

羅密歐的第三重荒謬，愛等於死。愛出事了，惹出火了，不顧一切後有報應了，於是為情而死。如果我是朵花，那愛情就是那隻「掐花的手」，愛情的「狂暴」將花掐掉了。

二、茱麗葉的「三重矛盾」。

對於一個故事，塑造人物非常重要，讓這些人物有足夠的矛盾、荒謬，但又符合某種現實，從而使他們「立起來」，非常重要。

在羅密歐的「三重荒謬」之下，茱麗葉則有着「三重矛盾」。茱麗葉的第一重矛盾是聽從父權，還是聽從內心的「小野獸」，狂野地跟着愛情走；第二重矛盾是跟親情——表兄提伯爾特走，還是跟着愛情——羅密歐走；第三重矛盾是現實和理想的矛盾：現實是羅密歐殺了人被放逐，而茱麗葉的父親給她找了一門非常好的婚事。14 歲的美少女茱麗葉當然在重重矛盾中選擇了愛情，選擇跟着激素一往無前，勇敢、決斷、毫不猶豫。

莎士比亞的流量密碼

《羅密歐與茱麗葉》裏有兩個重要配角：一個叫茂丘西奧，另一個是茱麗葉的奶媽。兩個人都是段子手，都是開色情玩笑的天才，但這些天才歸根結底還是莎士比亞。莎士比亞知道老百姓愛聽甚麼。在街頭，你站出來表演一兩個小時的戲，沒有一點色情，怎麼撐得下去？這就是人類。

莎士比亞還明白，如果要歌頌愛情，歌頌小男女這樣的人間美好，勢必會跟現實生活產生矛盾，脫離常識。那他是怎麼解決這個問題的呢？他明智地想到了藥，《羅密歐與茱麗葉》這部戲出現了兩種藥：一種是安眠藥，另一種是毒藥。

色情和藥是驅動文學的兩大動力。

以掙錢為目的，未必不能成就千古名

莎士比亞其實只活了 52 歲，而且 50 歲前就「名成身退」，創作盛時不到 20 年。最後幾年，他就回家過富人的退休小日子。

莎翁從來沒有想過不朽，他就把自己當成在倫敦的「倫敦漂」，從來沒想過靠文字能夠迎來不朽的名聲，但是他做到了。

莎士比亞沒有留下任何日記，同時代也沒有人給他寫過傳記，人們對於他的生平所知甚少，而他留下的具體的古董、文物，少之又少。但是知道他爸姓莎士比亞，和一個叫瑪麗．阿登的姑娘結婚，生了八個孩子，莎士比亞排行第三，在倫敦之外鄉下的埃文河畔的斯特拉特福出生長大。

莎士比亞的父親幾乎沒受過教育，他媽也不太能讀書，但字寫得不錯。他爸爸一直積極樂觀，而且能讓莎士比亞吃飽飯。而莎士比亞，則憑藉一己之力維護家族的榮譽。

莎士比亞是 1564 年生的，1582 年 11 月，18 歲的莎士比亞和大他 8 歲的安妮在鎮上結婚，有了三個孩子。

莎士比亞不是一個讀書人，他家也不是一個讀書世家，他想去演戲，結果就來到了倫敦。從鄉下人變成「倫敦漂」，他的目的非常簡單——掙錢過好日子。他發現劇團是個挺好的地兒：用一枝筆寫下人間的故事，再找幾個俊男美女去演，然後就能收錢。他自己也飾演過一些角色，其中最著名的是《哈姆雷特》中的「幽靈」。

我覺得莎士比亞非常接地氣，從某種程度上來講，他不是個文人。不是説他文字不好，而是説他沒有文人的酸氣。他沒有想自己要多偉大，要用甚麼樣的方法來創造甚麼，而是想讓十多個演員演他的戲，就能萬人空巷，就能讓大家哈哈笑和哇哇哭。這是他的本事，他的追求。

但有些文人天天想着能不能寫出一個作品枕着進棺材，求個一官半職。這種思路，莎士比亞從來沒有。

在莎士比亞逝世 400 年之後，他的戲劇還在上演。他是不是天才，你認不認可，都不重要。活在人們心裏，活在戲劇舞台之上，這才是最重要的東西。

其實我想其中最重要的一點是他會寫故事，還有就是他重視人。他的戲劇貫穿始終的是人，是人的困擾、人的困境、人的困惑、人的無可奈何、人的「不得不」。這些東西只要人類的基因編碼沒有大的改變，就會一直在。

到現在你還可能會看到隔壁樓「羅密歐」，旁邊村「茱麗葉」，因為人性不變。這是一部作品之所以能夠千古流傳的「秘密中的秘密」。

生而為人，慾望滿身

《包法利夫人》是慾望之悲喜劇，講一個女生在慾望面前的快樂和悲傷、希望和幻滅。現代社會帶給我們很多好東西，產品、服務、衣食住行，隨之而來的是我們更多的慾望。如何管理這些慾望，是每個現代人不得不面對的問題。

用我老媽的話説：「我有慾望，因為我活着。」我文藝地給她總結了一下：「生而為人，慾望滿身。」

在漫長的人類歷史長河裏，多數人、多數時候只求兩件事：溫飽第一，後代第二。活着，讓自己的基因再傳遞下去，就是這麼簡單的要求，但大多數人還是死於飢餓、戰爭、瘟疫和自然災害。

人類真正開始過好日子是在工業革命之後，溫飽問題漸漸得到解決，人類平均壽命得到大大的延長。

在溫飽是大問題的時候，其他的事都是小事。解決了食色大慾之後，更多的慾望產生了。現代商業挖空心思所做的就是激起你的慾望，然後用產品和服務滿足它們，以此掙錢。

人從某種角度來説很賤——沒有選擇時，內心是平靜的，生活是簡單的；選擇多了，就有了動力、慾望以及焦慮。

享受肉慾和物質有錯嗎

愛瑪，就是後來的包法利夫人，是個可愛的、敢愛敢恨的現代女性。

她小時候被貴養，上了很好的學校，受到很好的教育，對上流社會充滿了嚮往。虛榮是人性中重要的一面。從好的方面說，虛榮讓人進步、努力；從壞的方面說，虛榮真是何必呢？

愛瑪嫁了一個老實的老公，衣食無憂，但是她不能抑制自己的慾望，開始打扮自己，見誰都是美美的，特別是見自己的情郎。但是問題來了，錢不夠花了。

如果從世俗的角度看，包法利夫人的命不好，反而她的幾個情人命好，因為情人都是「人渣」。福樓拜似乎想告訴大家，現代社會如果想命好，那就做「人渣」。如果想調情，老公首先要不解風情。如果老公解風情，他有可能更慘。那人只能往「渣」的路上走嗎？如果人被慾望打敗了，那又會怎麼樣呢？

到最後，作者說他很痛苦，他哭了，因為他把包法利夫人寫死了。

會花錢的天才不多，會掙錢的天才更少。慾望被社會所激發，但是社會沒有給你和慾望相匹配的錢，怎麼辦？愛瑪覺得她就要最好的，就要享受肉慾和物質的美好。她不見得有錯，但是我對慾望有不同看法。

樹立「不二觀」，慾望可以有，但是迎着慾望當頭一棒，看清慾望的本質。慾望是虛幻的，所謂好的物質都是現代社會創造出來的，讓你覺得好而已，其實沒有太大區別。好比你隔了 30 年再看看班花，發現她和非班花其實是一樣的。豪車和自行車在某些時候可能也沒甚麼差別。花銷大的東西，不見得能帶來實際的身心靈的快樂。

現代主義：慾望之美

被世俗、道德甚至法律所不容的對慾望的追求，讓一代代人以身撲火。飛蛾撲火時，當然很美麗。如果一點慾望都沒有，那還是人嗎？

請你體驗一下《包法利夫人》的慾望之美。偉大的文學都是矛盾的，如果只有真善美的一面，那就是類型片了。正因為有矛盾、張力，才有難受、擰巴，才有人們長期閱讀的興趣和必要。這也是嚴肅文學和通俗文學不一樣的地方。嚴肅文學不負責讓各個人舒服，只負責提出問題，揭開血淋淋的真實，讓各位看到人性其實是這個樣子的。

包法利夫人幾次偷情，都偷得燦爛嘹亮。她丈夫心裏可能接受了，就讓她去；也可能從心智上就不能洞悉一切，索性就不去洞悉了。

因為包法利夫人身處婚姻，偷情變得更加誘惑。她簡單坦誠，比如因為風度愛上一個男人，而所謂的風度無非是兩抹漂亮的小鬍子；比如為了性愛就奮不顧身，肉體覺醒之後，借錢養小鮮肉。甚麼清規戒律，甚麼道德法律，直接肉體性愛。

讓傳統的一切滾開，現代主義開始了。現代主義文學的鼻祖，一個是福樓拜，一個是寫《惡之花》的波德萊爾，都是寫慾望之美。慾望，是人性的底層邏輯，至少是底層邏輯之一。

多使用肉體，多去狂喜和傷心

《包法利夫人》源於一個真實案例。真實社會、真實的事，是好的選題。如果你要找歷史上沒被人寫過的東西，或者被人寫過、你認為可以寫得更好的選題，太難了，因為死人比活人多，已經有那麼多人寫的東西，很難拼過古人。寫身邊的真實社會事件是寫作捷徑。

小說裏，查理和愛瑪按當地的風俗舉行婚禮。但結婚之後，很快愛瑪就發現她沒有找到愛情，查理不會游泳，不會比劍，不會放槍，這些跟基本生活無關的事，查理都不會。

愛瑪為了彌補情感上的空虛，向查理吟誦她記起來的一首情詩，一面吟，一面嘆息。可是她發現自己如吟唱前一樣平靜，而查理也沒有絲毫感動，於是愛瑪就開始了她的偷情歲月。

為了偷情，她需要打扮，因此她需要借錢，最後債台高築。當愛瑪接到法院的傳票，商人逼她還債時，那幾個「人渣」情人沒一個幫愛瑪，都說自己沒錢。

愛瑪受盡凌辱，心情十分沉重，回到家吞食了砒霜，她的慾望就隨着肉體一起煙消雲散了。

如何管好自己的慾望

只要婚姻制度還是人類的通用制度，如果你想管好自身的慾望，一個辦法就是在結婚之前多談戀愛。先戀愛再結婚，不要先結婚再戀愛，不要沒有談夠戀愛就結婚，這樣能大大地降低婚後的不幸。

我從一個西醫的角度解釋，你雖然能支配你的肉身，但是你作為司機，不一定完全清楚你這輛車想要甚麼，喜歡和厭惡甚麼，容易被肉身反噬，因為你沒有滿足過它，它會一直試圖反咬你。

各地有各地的風俗習慣和原則法規，我不能給出建議。但是，一個人在結婚之前會談戀愛，就像行萬里路，也是修行智慧的途徑之一，甚至能夠幫助某些人交到好師傅。

我從幾個女友身上學到了很多，她們教會我的很多道理，我之後一二十年才想明白。

成功婚姻的秘訣，一方面要門當戶對，另一方面還要有肉體的喜歡和精神的喜歡。門當戶對和靈肉相輔才是最好的結合。

為甚麼還會有那麼多不幸的婚姻？很簡單，人就是這種東西。即使一個人明白、有覺悟，也不一定有定力和智慧。哪怕門當戶對，哪怕走進婚姻之前已經靈肉結合，兩個個體的人想長久相守，恩恩愛愛，也是極難、極小概率的事件。

在原生家庭環境、成長背景、教育背景和所處社會環境方面，兩個人存在諸多本質的不同，再加自戀、自憐等諸多人類劣根性，如果兩人能在乾柴烈火之後，相安無事地相處一二十年，且心裏沒想過拿刀砍對方，那可真是人間奇蹟。

跟包法利夫人相比，現在人戀愛時間變得更長，機會變得更多，試錯機會也變得更多，這是好事。多使用肉身，多去狂喜和傷心。

在自以為想明白之前，多試試，不要太自信。你會在戀愛的嘗試中慢慢認清自己到底是甚麼樣的人，不要對自己撒謊，沒有永遠的謊言。

人間因為人情而值得

「人間失格」的意思就是不配在人間，不配做人，這是一種涼到骨子裏的自我否定和悲哀。但我讀了《人間失格》之後，沒有持續地陷在人性的黑暗之中，而是覺得這是對人性光明的補充，就像雨的上面還有太陽，這就是人性，光明與黑暗，本一不二。

戰爭後的無用之人

太宰治帶有很多標籤，比如「無賴派的創始人」、「我不配做人」等。他是「作家中的作家」。他白描的角度、偶爾的神來之筆、文字，放到今天也絕不會被埋沒。

太宰治考上的東京帝國大學，不是腦子不好可以輕易進去的大學。他在不長的小 40 年間，寫出了不少作品。他一共自殺了五次，自殺未遂四次，第五次成功了。

太宰治的描述方式是私人小説方式，像一個行走在社會邊緣、生死邊緣的精神病人的札記，與之類似的作品有陀思妥耶夫斯基的《地下室手記》。

太宰治的頹廢 ≠ 「喪文化」

日本戰後只有很短一段極其頹廢的歲月，然後是經濟騰飛，再到近期所謂的「喪文化」。

現在的「喪文化」是經濟不再增長之後，沒有機會了，吃喝夠了，往上走不可能了，那就「喪」着，跟《昭和宣言》之後的「廢物文化」、「無賴文學」有本質的區別。但是兩者的相同之處是，都無法再積極向上，無法在陽光的環境裏盡情綻放。

到了「喪」的時代，太宰治的作品才開始大流行。太宰治描述的廢物無恥、「渣」、做小白臉、喝酒、嗑藥、泡妞、自殺，帶着嚴重的自毀傾向，帶着「粉絲」自尋短見。在正常的、經濟增長的、積極向上的環境裏，讀者會想這都是啥啊。但是你想想太宰治的時代，戰敗了，似乎末日來臨了。

原本神一樣的好孩子

《人間失格》不長，我挑幾段感觸多的段落來解讀。

《人間失格》有前言、後記和札記，都是用第一人稱「我」來寫的。

> 受人責備或訓斥，可能任何人心裏都會覺得不是滋味，但我從人們生氣的臉上，看出比獅子、鱷魚、巨龍還要可怕的動物本性。平時他們似乎隱藏着本性，但一有機會，他們就會在暴怒之下，突然暴露出人類可怕的一面，就像溫馴地在草原上歇息的牛，冷不防甩尾拍死停在腹部上的牛虻一樣，這一幕總是令我嚇得寒毛倒豎。想到這種本性或許也是人類求生的手段之一，我感到無比絕望。

這是小説的一個核心比喻，作者通過主角大庭葉藏，體會到**人是虛偽的，人一直在端着、裝着，不好意思説自己的真實想法。這些動物的本性長期被壓抑，被認為是不道德、不守規矩的。**每個人都戴着面具，説着自己覺得合適的話。

人的惡、本性，並沒有因此消失，就像吃草的牛趁牛虻不注意，會用尾巴在一瞬間拍死它，拍死比它弱小的東西。

葉藏「可恥」的一生是從無法接受人類的虛偽開始的。葉藏的父親是議員，公務繁忙，偶爾回到鄉村，忽然想起孩子們，於是把孩子們召集到客廳，問孩子們要甚麼禮物，也問了葉藏。

> 他問我要甚麼，一時間，我反而甚麼都不想要。……換句話説，我沒有抉擇的能力。我想，日後我的人生之所以盡是可恥的過往，可説主要都是這樣的個性使然。

因為被壓抑，不能説自己真喜歡甚麼，所以不快樂；因為不快樂久了，對一切似乎都接受了。

對於多數人來説，被壓抑慣了也就這麼過了。睜開眼天就亮了，閉上眼天就黑了，大家睡覺我就睡覺，大家睜眼我就睜眼。

葉藏，也就是太宰治的內心，無法接受這種人類的秩序，覺得虛偽可恥。覺得人類的秩序虛偽可恥，到最後反而成了葉藏一生「可恥」的開始。

> 「還是買書吧。」大哥一臉正經地説道。
>
> 「是嗎？」
>
> 父親一臉敗興的神色，連寫都不寫，便將記事本合上。

有些大人過度地替別人做主，有些小孩或者弱勢群體過份地迎合，這個世界在多數情況下就是這樣。看書是多麼好的一件事兒。我從小躲開這世界的慌亂，躲開這世界的荒唐，最主要的方式還是讀書。躲進書裏去，智慧和閱歷慢慢增長，看待外邊的荒誕、荒唐，也就有了自己的主張，也就不那麼害怕了。

葉藏還有強烈的討喜之心，他雖感到世間的荒唐，但仍願意去迎合。

葉藏之後是這麼做的：

> 這是何等嚴重的敗筆，我竟然惹惱了父親，他一定會對我展開可怕的報復，難道不能趁現在趕快想辦法挽回嗎？當天夜裏，我在被窩裏簌簌發抖，一直想着這些事，接着我悄悄起身前往客廳，打開父親收放筆記本的抽屜，拿起記事本迅速翻頁，找到他抄寫禮物的地方，朝鉛筆舔了一下，寫上「舞獅」後，才上牀睡覺。其實我一點都不想要甚麼舞獅，我寧可要書。但我察覺到父親想買舞獅給我的念頭，為了迎合父親的心意，討他開心，我特地深夜冒險潛入客廳。

這些矛盾很普遍和常見，葉藏的矛盾無非比常人更突出一點。有些人不會有太沉重的感覺，就順從了；有些人徹底反抗——我就要甚麼，請你給我買；有些人無所謂——給我甚麼，我就要甚麼；有些人拚命討好——那可太好了，那是我夢寐以求的東西。這幾類人或許都能過得不錯，但是葉藏的這種行為和心態，難免要消耗他的很多能量。

如果今生想過得更好，我想，作為強勢一方，少安排別人，不要有那麼大的掌控慾。在能給別人自由的時候，多給別人一點自由，這樣就會少一些傷害。讓草就那麼綠，讓花就那麼開，天不會塌的，只會更豐富。

弱勢的一方可以強悍一點。我是草，我就是綠的；我是花，我就是美的。你要摧殘，你就來吧，我不同意你對顏色和美的定義。

這是我有生以來第一次離鄉生活，但我卻覺得人在他鄉遠比在故鄉來得自在。這或許可解釋成是因為我搞笑的本事已逐漸爐火純青，要騙人已不像以前那般吃力。

人真是一個非常複雜的物種，總是在奢求得不到的。有時候，你喜歡故鄉那種熟悉的環境，看千萬遍的路、景物、人、臉；但有時候你又想在陌生的地方躲起來，「惟有王城最堪隱，萬人如海一身藏」。藏在無數的人當中，你就是一個默默無聞的人。

葉藏很快在異鄉出現了麻煩。他被一個叫竹一的學生識破，看出來他在表演。這種被別人看出真相的感覺，讓葉藏充滿了不安。

這樣的葉藏，讓人感到真實、複雜又動人。他想保守秘密，但是又不知道如何是好，他甚至想過對方死，但不是自己殺。因為他自己面對可怕的對手，反而想成為他的朋友。

後來他對竹一非常好，甚至創造了一次機會，讓竹一來到他的住處。他發現竹一兩耳都患有嚴重的耳漏，膿水都快流到耳廓外了。

葉藏為了討好一個人，能做出給別人挖耳朵這麼細心的事情，這個場景充滿了「變態」的複雜意味。

女生是比男生高一個量級的物種

> 我從小便對女人做各種觀察，不過，儘管同樣身為人類，卻感覺她們是和男人迥然不同的生物，而且神秘莫測。更奇妙的是，她們常照顧我。「被迷上」以及「有人喜歡」這兩句話，一點都不適合我。也許用「受人照顧」這個說法來說明實際情況，還比較貼切。

男人相對好理解，就是要做大事；女人要複雜好幾倍。人雖然是宇宙中的一粒塵埃，但是一個女人可能比宇宙的全部還要複雜。女生是比男生高一個量級的物種。

有些男性的確有這種特質，能夠激發女性身上的母性。母性被激發之後，女性變得強大，能產生一種籠罩性的力量，無論是給予的女性還是接受的男性，都充滿了幸福，就像宗教畫裏的母親和孩子一樣。

在太宰治的《人間失格》裏，女性光輝若隱若現，比比皆是。

女性總會被一些弱弱的真、糾結的真所打動，脆弱、表現出弱點的男性在展現出閃爍的光芒、少見的才華時，女性對他們就會表現得異常包容。

要是沒了女性的母性，人類很多天賦可能就「雨打風吹去」，很多有才氣的男性的「人渣」，也會被這個社會無情地淘汰。

我從小到大沒有被女生狠心地對待過，倒是被很溫柔地照顧過。可能我就屬看上去很弱，偶爾還能顯示出一點天賦的人，雖然不見得她們讀過我的書、我的詩。

我上醫學院的時候，有次連着跟了兩台手術，下了手術吃東西。我跟主刀教授坐在一塊兒，主刀教授有教授餐，我就弄了兩包子。

我一個特別漂亮的師姐走過來，看到我只吃兩包子，馬上臉就變了，說「你怎麼就吃這個呢」，給我買了個小炒，我還記得是炒豬肝。整個過程，沒看教授一眼，接着她也上手術去了。

我覺得教授的眼神不對，就跟教授說：「要不您也吃兩口？」教授說：「我吃飽了，我也看明白了。」

人間因為這些人情而值得。像我跟太宰治這樣受女生照顧的人，其實不該給別人添麻煩，他不該自殺多次，應該給女生多創造點好的東西，包括文字。

人間也是能長待一陣子的地方

太宰治在《人間失格》裏描寫的不道德和「渣」的行為，因為他出發點的真實和自然，甚至很俏皮，讓他的惡和「渣」變得容易被理解了。

葉藏不「渣」嗎？是「渣」的。腳踩多條船，毫無情義；跟別人殉情自殺，他甚至記不得別人的名字，別人死了，他沒死；當別人深愛他的時候，他因為害怕給別人未來的幸福添麻煩，對自己沒信心，毅然決然離開；等等。

葉藏被父親所謂的朋友，送進了精神病院。

葉藏的悲劇來自他自己的敏感聰明，他小時候見過好的生活，他受不了好的生活伴之而來的家庭社會的約束，但又脫離不了好的生活，無法一個人養活自己，正常地過日子。這樣的人，「又要」，「還要」，加在一起，基本就是死路一條。

結尾，他以前的情人把手札借給《前言》、《後記》的作者之後，説了以下一段話，也是太宰治寫在《人間失格》裏的最後一段話。

「都是他父親不好。」她若無其事地説道，「我認識的小葉，個性率真、為人機靈，只要他不喝酒的話……不，就算喝了酒，他也是個像神一樣的好孩子。」

希望所有像神一樣的好孩子都能夠意識到自己在人間並不失格，人間其實也是他們能長待一陣子的地方。

人生都有一個悲劇的底子

在我個人觀點裏，現代漢語經歷了文、言合一的過程，就是文字和説話合成一體。創造了現代漢語小説的，我覺得無非是以下幾個人：魯迅、張愛玲、沈從文，還有寫《呼蘭河傳》的蕭紅。

沈從文的文字相當好，好在自然、不雕飾、正合適。如果你也寫作，不需要太華麗，不需要太用勁，能用到沈從文這樣就好。

「我對這個世界沒有甚麼好説的」

沈從文，1902 年生人，1988 年去世，在世 86 年，原名不叫沈從文。説實在話，我覺得記這些東西實在是沒必要，但考試愛考這些，比如老舍原名舒慶春，阿乙原名艾國柱。從文是筆名，意思是從事文藝工作的志向。

沈從文的父親是漢族人，母親來自少數民族。沈從文高小畢業後就進入湘西護國聯軍部隊辦理雜事。他 1917 年高小畢業，15 歲之後沒有正式讀過書，至少他不是中文專業，曾經在北大旁聽過。

1929 年沈從文受胡適邀請，到上海的中國公學任教。第一次登台授課，他呆呆地站了十分鐘，好不容易開了口，迅速把講義在十分鐘裏講完了。他不知道説甚麼，無奈地在黑板上寫道：我第一次上課，見你們人多，怕了。下課之後學生們議論紛紛，並傳到了校長胡適耳朵裏。胡適笑着説：「上課講不出話來，學生沒轟走他就是成功。」

1948 年，沈從文 46 歲，受到郭沫若等左派文人的批判。

1948 年 12 月 31 日，他找了年末這天宣佈封筆，終止文學創作，轉入歷史文物研究，主要研究中國古代服飾。1949 年以後，沈從文再沒有進行過小說創作，他的書在之後 30 年間僅出版過一次。

我能想像沈從文宣佈封筆時的心情。雖然我不認為沈從文是很好的文物學家，但是我承認他是有智慧、有決斷、有風骨的人。

沈從文是個情聖。1930 年沈從文 28 歲的時候，愛張兆和愛得一發不可收拾。沈從文的情書一封接一封，綿延不絕地表達心中的清夢。

直到 1931 年 6 月的一封信，沈從文說多少人願意匍匐在君王的腳下做奴隸，但他只願做張兆和的奴隸。這竟然打動了張兆和。

兩人新婚不久，沈從文母親病危，他回故鄉湖南鳳凰去探望。他在船艙裏給遠在北平新婚不久的嬌妻張兆和寫信，說：我離開北平時還計劃每天用半個日子寫信，用半個日子寫文章。誰知到了這小船上卻只想為你寫信，別的事全不能做。

這種心情我特別理解。我曾經有一年幾乎每天一封信寫給一個人，後來這個人把我的信都燒了。我寫信的時候就想：這樣下去我的醫學怎麼辦呢？那未來老百姓就會缺少一個好醫生。很天真、很幼稚，不過真的是這麼想的。

我本來想學業一半、愛情一半，後來發現自己只想寫信，別的都不想做。直到忽然有一天，我沒有那麼大的衝動再寫信。老天可能用這種方式結束了我的寫作，內心不再腫脹了。他給了我愛情一條死路，給了我生活一條生路；他給了我寫作一條生路，給了我其他「非寫作」一條死路。

1988 年 5 月 10 日，沈從文因心臟病猝發在家中病逝，享年

86 歲。他的臨終遺言是：「我對這個世界沒有甚麼好説的。」——想説的話，我已經在我的文字裏説了，我現在沒甚麼好説的。我喜歡這種態度。

深情也是人性的組成部份

《亞洲週刊》評選的「20 世紀中文小説 100 強」，沈從文的《邊城》排第二，魯迅的《吶喊》排第一。當然，這是一刊之言，但也説明了它相當了不起。

《邊城》是寫「異鄉」的好小説。這個「異鄉」類似於桃花源，跟你我不是完全陌生，卻能撥動心弦，讓我們重新審視生活的空間。

《邊城》中沒有一個壞人，都是好人，但是沒有一個人幸福。小説裏流動着默默的深情，這種深情是人性重要的組成部份。

這部小説的寫作時間前後不超過兩年，出版於 1934 年，沈從文 32 歲。

這部小説的寫作緣起是，沈從文和好朋友趙開明在瀘西縣城一家絨線舖遇到了一個叫翠翠的美麗少女，趙開明發誓要娶她為妻。17 年後，沈從文乘坐小船停靠在瀘西，他回憶着翠翠的美麗形象，朝絨線舖走去。絨線舖還在，他在門口意外地看到了一個跟翠翠長得十分相像的少女，熟悉的鼻子、眼睛、薄薄的小嘴，沈從文驚詫得説不出話來。原來這是翠翠的女兒小翠，當年的翠翠嫁給了追求她的趙開明。17 年後，她已經死去了，留下了父女兩個。沈從文沒有再和趙開明打招呼。

沈從文就坐在他的院子裏，在陽光下的棗樹和槐樹的陰影間寫下了《邊城》。

沈從文在《湘行散記》中寫：我寫《邊城》故事時，弄渡船的外孫女，明慧溫柔的品性，就從那絨線舖小女孩脫胎而來。

這就是這本書主要的故事和寫作的背景。

現代版的桃花源

沈從文的《邊城》給出了桃花源的現代樣本。《桃花源記》裏人們為避秦時亂，躲到桃花源。《邊城》寫的是一九二幾年四川湖南邊界的一座小城，小城名字叫「茶峒」。

這個茶峒邊城，在兩省交界處，交通不方便，要靠船運把貨從上游運到下游，靠渡船把人和少量的貨物運輸到兩岸。這個地方其實是苗族地區漢人的聚集區，清朝時候駐軍屯兵，由一個駐軍點發展成為小城鎮。它範圍有限，人數有限，茶峒和它的軍民成為一個人類學、民俗學的樣本，就是在一個相對局限的地方，在一個相對局限的人口中，聊聊他們之間的關係，聊聊底層人們之間的顧忌、恐懼、慾望。

故事的主角是一個情竇初開的女生，叫翠翠。她父母雙亡，有一個外公，有條黃狗，他們在茶峒渡船。渡船在山城是不可或缺的，建座橋太難太貴，經常會被水沖垮。一條船能承擔人流、物流的基本運輸。

故事用一句話概括就是：兩個情竇初開的兄弟，愛上了一個情竇初開的小姑娘。

有人味兒的人間

不劇透，我挑段落來解讀、欣賞、理解。解讀沒有正確答案，你可以脫離我這個拐杖盡情體會。

沈從文寫了一個題記：

> 對於農人與兵士，懷了不可言說的溫愛，這點感情在我一切作品中，隨處都可以看出。我從不隱諱這點感情。……就我所接觸的世界一面，來敍述他們的愛憎與哀樂，即或這枝筆如何笨拙，或尚不至於離題太遠。因為他們是正直的、誠實的，生活有些方面極其偉大，有些方面又極其平凡，性情有些方面極其美麗，有些方面又極其瑣碎，——我動手寫他們時，為了使其更有人性，更近人情，自然便老老實實的寫下去。但因此一來，這作品或者便不免成為一種無益之業了。

很多關於農村的作品之所以寫得不好，是因為不真實，不深入。沈從文寫得很好，他的出發點就是寫自己最了解的東西。他最了解農人與兵士，他對他們有不可言說的溫愛，「便老老實實的寫下去」。

> 女孩子的母親，老船夫的獨生女，十五年前同一個茶峒軍人，很秘密的背着那忠厚爸爸發生了曖昧關係。

剛剛描述小山城背景，一條溪水，一個渡船，一座白塔，一戶孤零零的人家，老者、女孩、黃狗。然後直接把前因堆給你，告訴你發生了甚麼悲劇。這個悲劇中所有的人，女孩的爸爸、媽媽、老人、女孩自己都是好人，沒有一個人做得絕對錯，沒有一個人不能被我們理解，但是合起來就是一個悲劇。《邊城》悲劇的底子就在這段話裏。當然，**人生就是有一個悲劇的底子，背景一定是孤寂的，也就是所謂涅槃寂靜。但在涅槃寂靜的背景下，有鮮活的生命、短暫的歡喜、似曾相識的愛。**

> 翠翠在風日裏長養着，把皮膚變得黑黑的，觸目為青山綠水，一對眸子清明如水晶。自然既長養她且教育她，為人天真活潑，處處儼然如一隻小獸物。人又那麼乖，如山頭黃麂一樣，從不想到殘忍事情，從不發愁，從不動氣。

翠翠的「獸性」乾乾淨淨、清清楚楚，跟人性又能在多數情況下和平相處。

寫翠翠的筆墨很多，但沒有直接寫翠翠有多美；寫血氣方剛的兄弟倆的筆墨也不少，但也沒有直接寫兩個漢子有多棒。但是你讀完就覺得，血氣方剛的兩兄弟能跳出紙面來，翠翠能游到你的夢裏去。

這就是人，這就是有人味兒的人間。

決絕的個人主義，需要懂戰略

在我內心裏，張愛玲是中文最好的女作家。

張愛玲的出現，有賴於天時地利人和，人和大於地利，地利大於天時。她極深刻地寫了她的故鄉上海，可以說是上海的靈魂人物。中國近現代史迴避不了上海，如果你想了解上海，請去讀張愛玲。

天才跌宕起伏的一生

張愛玲，1920 年 9 月 30 日出生。1920 年到 1949 年是一個相對混亂的時期，也是一個新鮮事物不斷湧現，各種新舊、新新、舊舊事物相互攻擊、融合、發展的時期。

張愛玲，祖籍河北唐山，生於中華民國上海公共租界。

她出生在破落名門，但瘦死的駱駝比馬大，還是受過非常良好的教育，就讀過香港大學和聖約翰大學，很早就顯露出寫作的天賦。

張愛玲完成了對自己的要求——成名要趁早。畢竟是讀過詩書的天才，這是自然而然的事兒。少年成名，在戰亂之中偏安一隅，能夠用幾部中短篇小說震動文壇，奠定自己一生的地位。有心計、有謀略、有作品、有聲響，開局如此之完美。

之後 1949 年上海解放，1952 年張愛玲以未完成學業為理由先去香港，然後赴美。在香港期間做了一陣編劇，去美國加利福尼亞大學伯克利分校做了一陣學者，翻譯了清朝吳語小說《海上花列傳》，還寫了文學評論《紅樓夢魘》。

張愛玲的一生見證了中國近現代史，漂泊於天津、上海、英屬香港、美國各地，最後在美國定居，1960 年取得了美國國籍。1956 年，也就是在她取得美國國籍之前，和大自己近 30 歲的德裔美國人賴雅結婚。賴雅跟她結婚之後去世，張愛玲在美國一個人終老，沒有孩子。

她遇上過個別人渣，後嫁給年齡差異大的人，最後孤獨終老，不禁讓人唏噓。我細想，也不能算是悲劇，這世界上誰沒遇上過幾個人渣，哪個好女生沒遇上過幾個人渣。

從財務上來説，張愛玲晚年其實過得不錯，書已經賣得很好。她一直住酒店，沒買房，但沒買房不是混得不好的標誌。

決絕的個人主義

張愛玲的寫作有獨特的個人主義角度，比如《傾城之戀》：不以國為懷，我不逐鹿中原，我不管甚麼主義，我只管我自己的小日子，只管我自己的婚喪嫁娶、生老病死這些小事。

張愛玲的一生是決絕的個人主義，決絕的個人主義的寫作，決絕的個人主義的生活。**人很容易被周圍人影響，容易被零星的噪聲、慾望、人性的慣性所裹挾，想過決絕的個人主義生活，想一輩子做決絕的個人主義的寫作，並不是一件容易的事。**

張愛玲知道自己生活和寫作上要甚麼，個人的行動、生活抉擇、寫作都依照清楚的決策去執行。按戰略管理的行話説，就是戰略制定嚴謹，戰略取捨明確決絕，戰略執行明確決絕。

一些人總覺得張愛玲生活得不幸福，以至於我也有這種印象。但據接近她的人説，張愛玲一人生活得開心着呢！我想原因可能是以己度人了，我們不了解決絕的、純粹的個人主義。絕對的個人主義，其實也是一種活法。

張愛玲的作品證明了她這麼做的意義，因為這些作品打敗了時間。

解讀《傾城之戀》

充滿張力的鳳頭

> 上海為了「節省天光」，將所有的時鐘都撥快了一小時，然而白公館裏說：「我們用的是老鐘。」他們的十點鐘是人家的十一點。他們唱歌唱走了板，跟不上生命的胡琴。

這個鳳頭起得好，整個時代用夏令時，上海洋派。白流蘇所在的白公館還是清末民國初年老派的節奏，留戀過去的生活和過去的味道。

> 白流蘇坐在屋子的一角，慢條斯理繡着一雙拖鞋，方才三爺四爺一遞一聲說話，彷彿是沒有她發言的餘地，這時她便淡淡的道：「離過婚了，又去做他的寡婦，讓人家笑掉了牙齒！」她若無其事地繼續做她的鞋子，可是手頭上直冒冷汗，針澀了，再也拔不過去。

我實在很難想到，這是一個二十二三歲的女生寫出的句子，老到、精確，沒有多少煙火氣，但是水面之下，劍拔弩張。

白流蘇聽到她前夫死了，還若無其事地繼續做鞋子，可手指頭上冒冷汗，針澀了，針拽不動了，遇上坎了。這小詞用的，細節豐富。

張愛玲是刻畫細節的大師，精確的、冷僻的、獨到的，別人注意不到的細節。

張愛玲在小説開頭用天賦的筆觸，設了一個絕境，就是白流蘇並不是吃不飽、穿不暖，但是她在心智上已經無路可走了。

給女一號佈下了絕境，又敞開了一道門縫。門縫是出去找一個人嫁了，徹底解決人生和其他一切。

張愛玲人情世故練達，塑造的人物能夠全部立住——每個人做事、説話的內在邏輯都是通的。

門縫外的那個男人叫范柳原，父親是著名的華僑，有不少的產業分佈在錫蘭、馬來西亞等處，而且父母雙亡。

最開始給范柳原介紹的，並不是白流蘇，而是白流蘇的七妹。白家，特別是白老太太，也就是白流蘇的媽，為了把七妹嫁出去，使盡了渾身的功夫，因為七閨女不是她親生的。

白家人基本都去見了范柳原，但是沒有直接描寫。這是張愛玲處理得特別好的地方，她沒有直接描寫白流蘇和范柳原見的第一面，這一躲一閃，特別漂亮。如果用直接描寫，那麼為甚麼范柳原跟白流蘇跳了一支舞就喜歡上對方？基本是交代不過去的，但是側面描寫就有妙處。

下面這段內容就是典型的好小説家的描寫。流蘇頂着被大家咒罵怨恨，衝出去抓住了機會，不知道成不成。張愛玲沒有描寫她的心理，而是這樣寫：

流蘇和寶絡住着一間屋子，寶絡已經上牀睡了，流蘇蹲在地下摸着黑點蚊香，陽台上的話聽得清清楚楚，可是她這一次卻非常的鎮靜，擦亮了洋火，眼看着它燒過去，火紅的小小三角旗，在它自己的風中搖擺着，移，移到她手指邊，她噗的一聲吹滅了它，只剩下一截紅艷的小旗杆，旗杆也枯萎了，垂下灰白蜷曲的鬼影子。她把燒焦的火柴丟在煙盤子裏。今天的事，她不是有意的，但無論如何，她給了她們一點顏色看看。她們以為她這一輩子已經完了麼？早哩！……

……她是個六親無靠的人，她只有她自己了。

火柴這段描寫講了世俗的觀點，非常不女權，但那時候的世俗和現實讓白流蘇意識到她只有自己了，反而開始顯現決絕的個人主義，決絕的女權。

一波多折的豬肚

小説難寫的地方，張愛玲故意閃開，通過其他角度去描寫，反而效果更好。

她躲開白流蘇跟范柳原如何第一次見面，反過來講回來之後大家的反應，繼續往前推進。雖然白流蘇還處在死境，但是門已經打開了。

跳過那次舞之後，媒婆徐太太跟白流蘇説：你不是想嫁出去嗎，我帶你去香港耍一耍。香港已經有很多上海去的人，這些人對白流蘇會非常仰慕。徐太太只跟白流蘇説：你跟我去香港玩，順便幫我帶兩個娃，費用我來出。在這種安排下，上海白公館就清楚可能發生了甚麼，當然也包括白流蘇自己。

不得不佩服張愛玲把人性琢磨得通透，從白流蘇的計算來看，無論輸贏她都是贏了，所以香港她是必去的。小説順着內在的邏輯，順着人性的常識，就很自然地帶着懸念往下推。

白流蘇到了香港後，兩人在酒店隔壁房，住了一個月，被周圍人認為是夫妻，但其實完全沒有肉體接觸，然後就談崩了。話趕話，又沒有肉體接觸，很容易談崩。

兩人分別之際，范柳原給流蘇打了個電話，就在隔壁房間，范柳原不耐煩地道：「我知道你不懂，如果你懂，我就不跟你講了。」他講了《詩經》上的一首詩。兩情相悦，到最後兩情相怨。

> 「死生契闊——與子相悦，執子之手，與子偕老。」我的中文根本不行，可不知道解釋得對不對。我看那是最悲哀的一首詩，生與死與離別，都是大事，不由我們支配的。比起外界的力量，我們人是多麼小，多麼小！可是我們偏要説：「我永遠和你在一起，我們一生一世都別離開。」——好像我們自己做得了主似的！

范柳原把白流蘇送回了上海，之後又發出邀請，讓白流蘇去香港相見。

如果從戰略執行的角度看，白流蘇一定在心裏給自己鼓了幾次掌——我第一次在香港做得不錯，沒有身體接觸。我又回到了上海，現在又接到了邀請。

好的小説不見得千迴百轉，但是一定要有波折，一波三折。《傾城之戀》的波折在於死境——峰迴路轉——跟他待了一個月沒肉體接觸——回到上海，可能事涼了——又可以去香港，就到了兩人真正有了親密關係。但是再一轉，范柳原給白流蘇在香港租了房子，他自己要去英國；再一轉，日本人打到香港，范柳原走不了，一起困在香港；再一轉是又能回到上海了。從上海起，在上海結束。

稱不上豹尾的結尾

作為一個人，如果你把自己投到社會的洪流之中，是一種活法；如果你把自己相對獨立於整個歷史的洪流，也是一種活法。不見得活不下去，不見得活得不好，不見得不是好小説家的活法。不管是不是小説家，我們不得不活在社會裏，活在時間的流動裏，活在歷史的變遷中。

> 柳原現在從來不跟她鬧着玩了，他把他的俏皮話省下來説給旁的女人聽。那是值得慶幸的好現象，表示他完全把她當作自家人看待——名正言順的妻，然而流蘇還是有點悵惘。

這句又充份體現了張愛玲對人情冷暖的深刻理解和精妙表達。柳原這個「渣男」不會因為娶了白流蘇而變得不渣。流蘇有高興的地方，但作為一個女人，她不可能一點惆悵都沒有。

結尾是這樣：

> 到處都是傳奇，可不見得有這麼圓滿的收場。胡琴咿咿啞啞拉着，在萬盞燈的夜晚，拉過來又拉過去，説不盡的蒼涼的故事——不問也罷！

我不認為這算豹尾。

第四篇

很多了不起和錢沒關係

衰敗總是因為管理問題

魯迅評價《紅樓夢》：「至於說到《紅樓夢》的價值，可是在中國底小說中實在是不可多得的。其要點在敢於如實描寫，並無諱飾……所以其中所敘的人物，都是真的人物。總之自有《紅樓夢》出來以後，傳統的思想和寫法都打破了。」

所以，魯迅認為《紅樓夢》最好的地方是真。我非常同意。

做個多情、真實又會生存的人

《紅樓夢》枝葉繁多，我歸納總結了三條線：一是意淫的故事，二是衰敗的故事，三是狗咬狗的故事。

第一條線，是正值青春期的「官四代」賈寶玉，及其親屬在大觀園虛度時光的故事。

第二條線，是以賈、史、王、薛為代表的四大家族由盛到衰的故事。

第三條線，是圍繞着四大家族涉及的皇宮貴族、販夫走卒、各個階層和各行各業，吃喝嫖賭抽，坑蒙拐騙偷，狗咬狗的真實故事。

《紅樓夢》，我認為有三點好處。

第一，真實。《紅樓夢》用非常生動真實的方式講了真實的世界甚麼樣，包括四大家族及其周圍的利益相關方，以及四大家族下邊一層、二層、三層，直到最底層的耕田種地等階層。

賈寶玉不想知道，不意味着社會就不是那個樣子。

第二，多情。《紅樓夢》裏最可愛、最吸引人、最讓我心馳神往的，還是賈寶玉作為一個情竇初開的「官四代」，專為女生、毫不為自己的熱愛。

賈寶玉對女生的喜愛，表現在兩個層面：

第一個層面，這種喜愛涉及人類最根本的基因編碼，就是生存。男生愛女生，春天讓花開，男生想把女生撲倒，女生想把男生撲倒。這是自然界最美好、最本真、最基礎的一件事。

第二個層面，這種喜愛、這種撲倒、這種吃嘴上的胭脂，並沒有沾染社會上的功名利祿，他只是簡簡單單地喜歡。正是因為這種簡簡單單的喜歡，就是這種純純的愛，帶肉慾的、兩性的，實際上跟最原始的本能、最終極的快樂是密切相關的。

第三，還原了真實的清中期。康雍乾三朝史稱清代最輝煌的時候，如果你想知道那時候清朝的樣子，讀《紅樓夢》要遠遠好於你讀《清史稿》。如果沒有《紅樓夢》，我們不知道康乾盛世時社會各個階層都是如何去生活、工作的，如何爾虞我詐、各自心懷鬼胎的。

曹雪芹爺爺的媽媽是康熙的保母，跟康熙的關係非常好。他的爺爺曹寅本人是康熙的好夥伴，一塊兒唸書，一塊兒工作。曹家曾經管過當時絕大多數富人的穿衣問題。曹寅雖是家奴出身，卻是皇帝最親信的人。

曹雪芹就在這麼一個大富大貴、掌握實權的家庭中出生、長大。

曹雪芹童年時期從南京遷到北京，這種不同的環境形成的反差，往往會造就出複合型的人以及特別有意思的文章。

曹雪芹寫這本書的時候30歲左右，青春期已過。但《紅樓夢》寫的主要是青春期，這本身又有一種邊緣感和反差。

可以說，曹雪芹從出生到去世，具備了極其優秀的小說家應該具備的條件：生活在邊緣，表達在當下，理解在高處。曹雪芹經歷過大富大貴，也經歷過窮困潦倒，人生可謂大起大落。這種生活，是老天給他的境遇。

他能從中跳出來，能看到無常是常，能看到貪嗔癡都是苦，能看到諸法無我，世界不會因為自己的個人意志而轉變。他也能看到涅槃寂靜，白茫茫一片大地真乾淨。

希望能看懂《紅樓夢》的，也能成為多情又真實的人，還能在這個油膩的世界上生存。

《紅樓夢》有價值的三件事

《紅樓夢》最有價值的三件事，我們可以從第十九回裏，襲人給賈寶玉提的三點要求看出來。我認為《紅樓夢》最該看的，就是這三點。

這三點有個背景：襲人陪着賈寶玉的時間挺長了，可能會被家裏人贖出去。賈寶玉生氣着急，希望襲人能留下，因為襲人能幫他協調各種事、各種關係。另外，他第一次做「宇宙的大和諧」就是和襲人。

其實襲人打心底裏是不想離開的，但賈寶玉不知道。他認為在賈府裏是當奴才，出去可以當自由人，為甚麼不願意出去？所以他很擔心襲人會出去。襲人就跟他講，你要答應我三件事，我就不出去。

第一件，別亂說話，不要心裏想啥就說啥，不要說真話。

第二件，你要裝出愛讀書的樣子，也教老爺少生些氣，在人前也好說嘴。你不要老諷刺、挖苦、嘲笑、打擊所謂的讀書人。

你覺得他們是腐儒也好，豎子也好，二貨也好，別嘲笑人家，只做出個喜讀書的樣子。

第三件，再不可毀僧謗道，尤其不要去調脂弄粉，不要去跟姑娘鬼混。

襲人說，你要改了這三個毛病，都依了我，我再也不出去了。

不知忌諱亂說話，說明了《紅樓夢》的字裏行間都是真。它不管好的壞的，吃喝嫖賭、坑蒙拐騙，都生動真切地描寫，沒有忌諱。哪怕是在清朝，哪怕在興文字獄，還是要保持真實。哪怕是最開始以手抄本的形式在小圈子裏流傳，也不能阻擋它的真實表達。

這點真，是襲人規勸賈寶玉要改的。

賈寶玉熱愛女生，襲人覺得他泛愛，將來會給他和女生都惹出各種各樣的麻煩。的確如此。

但是古往今來，沒有一個比賈寶玉更純粹、更坦誠地熱愛婦女的文學形象。在禮教大防的時候，能夠寫出這個形象，我覺得特別了不起。

襲人勸賈寶玉讀書、上進，這不是賈寶玉想聽的。

賈寶玉到秦可卿的臥房睡覺之前，看到一副對聯，立刻說不在這塊待，要去別處待。對聯寫的是：「世事洞明皆學問，人情練達即文章」。說的就是這個世界甚麼樣，是怎麼運行的，怎麼生存甚至繁榮的。這個是襲人想讓賈寶玉讀書、歷事、行路知道的。

曹雪芹偉大的地方是，認同、讚賞賈寶玉對於女生的熱愛，但是依然揭示了世界並不是一方淨土，世界就是存在油膩，這兩三千年來都沒有變過。

賈家衰敗的原因是管理問題

賈家衰敗的一個很大原因，是管理差。

財務上入不敷出，元妃省親要有個地方，造了大觀園。造園子和維護園子耗費了巨大的人力、物力。之後大家開始沒錢花了，典當東西換現金回來。按現在的話講叫融資，就是現金來自融資，錢來自銀行類的機構，而不是來自運營。

賈家面臨的一個管理問題就是如何管理好現金流。有個英文詞叫“burning rate”，就是一天、一個月、一年消耗多少錢。量入為出是管理的重要原則。賈家沒有做到，所以賈家敗掉了。

賈家還有一個問題是沒有懂管理的人。懂管理的人分兩類：一類是受過嚴格的管理訓練，通過管理教育和歷練，變成職業的管理人；還有一類是天生的生意人，知道如何尋找商業機會，如何量入為出。比如胡雪巖，沒有上過商學院，但他天生有生意頭腦。《紅樓夢》裏描寫賈家這麼多人，沒有哪個有真正的經營管理頭腦。

王熙鳳是關鍵的管理人物，但她缺乏嚴格訓練，更可怕的是，她缺乏一顆公心。她要留私房錢，要滿足自己頤指氣使的氣勢，要滿足主事人的威風。有私心，沒有良好訓練，沒有明確的管理目標，怎麼可能做好管理？

賈母是一把手，但她對家族沒有長遠規劃，狂寵賈寶玉這個孫子，只管自己開心。例子是賈家的世交甄家敗了，被抄家。賈母的原話是「咱們別管人家的事，且商量咱們八月十五賞月是正經」。甄家怎麼抄的家，賈家也可能這樣被抄家。她沒有兔死狐悲的感覺，沒有危機意識，沒有管理的基本素質。

在王熙鳳小產期間，以探春為主的三人決策委員會替王熙鳳管了一陣子大觀園，三人決策委員會的另外兩名成員是李紈、寶釵。她們鋭意進取實施的改革，主要是包產到戶。比如她們把大觀園裏的水、田、花、草、果樹、樹木分包給相關的僕人，但一是要求他們保證供給，二是減少甚至不要成本，如此滿足供給後富餘的就歸僕人及其家庭。改革得很好，當然也會出現一些矛盾，引起一些人的不舒服。包產到戶意味着僕人比原來要負責更多，當姑奶奶、少爺們開始糟蹋果樹的時候，就有矛盾了。

改革曇花一現，探春也沒有受過嚴格的管理訓練，她鋭意進取的改革政策也遭到了相當強烈的反對。賈母看不明白探春在做甚麼，所以沒有給她撐腰。探春改革失敗的最大根源是最高決策者不理解改革，不認可改革。

所以，**如果你真想了解管理，我建議沒必要讀 IPO 介紹、年報。只要多讀讀小説，讀讀《紅樓夢》**，你對這個市場，對構成市場的活生生的人，對他們的現在、過去和未來都會有更好的了解。

心結容易讓人成功但不幸福

《了不起的蓋茨比》是菲茨傑拉德於 20 世紀 20 年代在美國寫的，講的是第一次世界大戰之後美國紙醉金迷的「爵士時代」，也是人類發展史上最快的造富時期之一。所以《了不起的蓋茨比》不僅是非常漂亮的故事，讀它還能幫我們了解在造富的背景下，人性甚麼樣、錢能不能帶來幸福、財富增長帶來的是不是都是快感。

野心、成功、姦情的故事

《了不起的蓋茨比》講述了普通但是普世的故事：在一個讓年輕人憑自己的積極和原力就能幹事、成事的偉大時代，一個小鎮青年明快決斷又小心翼翼地爬到社會頂層。他還沒老到忘記愛情，還沒老到忘記那些見識過的美好和沒實現的願望。他一直純潔，一直記得小時候沒得到的那根冰棍、那盆花、那個女生，然後處心積慮、不計成本地找到慾望的源泉，找到動力的源泉——那個女生、那個夜晚、那種無奈、那句話、那個躲不開的分開。然後他再次遇到那個女生，然後被社會、被自己的慾望和執念毫無意外地毀掉。

癡情、野心、奢靡、姦情、劣根，在這本小說裏應有盡有。

小說最開始的詩：

Then wear the gold hat, if that will move her;

If you can bounce high, bounce for her too,

Till she cry "Lover, gold-hatted, high-bouncing lover,

I must have you!"

這句話我認為充份總結了《了不起的蓋茨比》這本書的精髓。

那就戴頂金燦燦的帽子，如果那能讓她心跳；

如果你能蹦得很高，那就為她蹦得很高，

直教她叫：「親，戴着金燦燦的帽子的親，

蹦得很高的親，我要好好要要你！」

這個故事是關於階層跨越的，是人們愛看的上流社會和城市成功的故事，是人們愛看的跟姦情有關的故事。這個故事寫的不是過去，而是未來；寫的不是即將消失的一群人，而是野心勃勃地去實現夢想的年輕人。

好勝男性的迷戀和困境

《了不起的蓋茨比》是一個年輕人瘋狂地愛着一個有夫之婦，然後因姦情出人命的故事。

故事的發生、發展主要是通過一個敘事者的視角展開的。這個敘事者叫尼克，他是黛茜的遠房親戚，又是蓋茨比的鄰居。「無巧不成書」，就這麼巧。

蓋茨比和黛茜原來是青梅竹馬，但是蓋茨比窮，黛茜富。後來第一次世界大戰爆發，蓋茨比去參軍，黛茜嫁給了芝加哥一個叫湯姆·布坎南的富家子。蓋茨比打仗回來後，異常傷心，但是他此刻還是窮小子，窮得退伍之後只能繼續穿軍裝，因為買不起便服，而且吃不上飯了。蓋茨比認為：不就是錢嗎？我掙了錢，黛茜就還是我的。然後他奮發圖強，在他用某種不法渠道掙到錢之後，開始了追隨黛茜的旅程。他對黛茜的念念不忘，就是推動《了不起的蓋茨比》故事發展的源動力。

蓋茨比用了一些接近變態的追求方式。黛茜在紐約北邊小島東卵有個別墅，蓋茨比就在東卵對面的西卵、黛茜家的對面買了一座豪宅，天天辦大派對。蓋茨比一直看黛茜家的碼頭，總有一盞通宵不滅的燈發着綠光。蓋茨比想讓黛茜看到他這邊也有光。

黛茜的丈夫湯姆・布坎南也沒閒着，經常在外邊亂睡，而黛茜又不願意離開他，因為他有錢。黛茜外表依舊純潔、優雅、魅力非凡，又有活力，但是內心淺薄、空虛、庸俗不堪。其實不少人就這麼過一輩子，做個小富婆，淺薄又快活，也沒有甚麼本質的錯誤。但是黛茜的過去、兵哥哥蓋茨比回來了。

這個故事強在它在情理之中，在意料之外，講得輕鬆、簡潔、圓滿。

對於故事發生的背景，菲茨傑拉德沒有選舊金山、芝加哥，而是選了典型的紐約。具體地說，是紐約的兩座島：西卵和東卵。紐約在那個時候蓬勃向上，是美國的第一經濟重鎮。從造富的能力和造富的趨勢來説，是從東海岸一點點擴張到西海岸。芝加哥在那個時候的美國算是「新錢」；「老錢」是新英格蘭、波士頓、紐約。黛茜和湯姆・布坎南曾生活在芝加哥，在「新錢」多的地方掙了錢，然後到「老錢」的地方來吃喝玩樂。

心結容易讓人成功，但不容易幸福

菲茨傑拉德選擇了人類普遍的困境。有些男性，特別是一些事事爭先、好勝的「阿爾法」男性，往往會有一種情結，可能對特定女性，也可能對一件事、一個所謂的事業，會有莫名其妙的、無法自拔的、揮之不去的迷戀。這輩子就圍繞着這個念念不忘的心結。這個心結甚至是社會進步的某種核心動力之一。

蓋茨比這類人推動社會靠的就是這種用力過猛的心結。這些人喜歡全部付出，用200%的力氣去幹一件事。他們只想爭第一，目的性非常強，非常想出人頭地。他會把其他事的重要性降得非常低，一門心思往一個目標去走。這類人容易成功，但是不容易幸福，也容易出事。他的大問題就是用力過猛。

所以老天也挺有意思的，得到是一種安排，得不到也是一種安排。

菲茨傑拉德：當窮小子愛上白富美

菲茨傑拉德，1896年生在美國中西部的明尼蘇達州——一個相對「新錢」的地方。《了不起的蓋茨比》問世於1925年，就是他29歲的時候。

菲茨傑拉德的經歷跟蓋茨比有點像，也是一個愛上白富美的窮小子。他的父親是一個潦倒的商人，母親來自愛爾蘭的富人移民家庭。母親強勢，父親善良，與世無爭。在戀愛對象的選擇上，菲茨傑拉德顯示出想要躋身上流社會的願望。初戀情人和妻子的社會地位都比他高，她們都是來自上流階層的靚麗名人，善於交際，在各種豪華派對上遊刃有餘，受眾人追捧。

菲茨傑拉德於1918年，他22歲的時候，在一次鄉村俱樂部的舞會上，邂逅了來自上流社會的澤爾達。她舉止優雅，聲音甜美，讓他一見傾心。當時才華滿腹的菲茨傑拉德也打動了澤爾達，兩人迅速墜入愛河並訂婚。但是一訂婚，澤爾達發現菲茨傑拉德收入太少，前途渺茫。

澤爾達取消了和菲茨傑拉德的婚約，但是菲茨傑拉德沒有放棄，他化悲痛為動力，寫成了《人間天堂》。這本書一問世就轟動了文壇，給菲茨傑拉德帶來了金錢和榮譽，也挽回了險些破產的愛情。三個月後，兩人步入婚姻殿堂。

窮小子愛上富家女，基本上是一條曲折坎坷之路。菲茨傑拉德產生了另外一種動力，他靠寫作成功贏得了婚姻，贏得了愛情。

多麼成功的故事，寫一本書，然後獲得了金錢、名譽和「愛情」。

菲茨傑拉德和澤爾達結婚之後，就過上了揮金如土、放蕩不羈的富裕生活。很快他們就發現錢不夠花了。菲茨傑拉德描述這段生活時說：「我真不知道我和澤爾達究竟是生活在現實中，還是生活在我的某篇小說中的人。我不知道自己是誰，也不想知道自己是誰。」

這種放蕩生活不僅損害了他的才華，還很快讓他入不敷出。

他毀了她，她毀了他

為了維持富裕生活，菲茨傑拉德開始拚命瞎寫，賺取稿酬，於是寫了一大堆內容膚淺的短篇小說。因為經濟所迫，夫婦倆前往法國南部熟人比較少、花銷比較小的地方生活。

人不太走運的時候，文運比較好。在生活簡單樸實、沒那麼多派對的地方，菲茨傑拉德集中精力創作《了不起的蓋茨比》。但是平靜生活沒有維持多久，澤爾達和一個法國飛行員走到了一起，讓他們的生活又產生了波瀾，這段經歷又有點像《了不起的蓋茨比》。

1930年澤爾達患上了精神病，經常需要住院治療，醫療費用高昂。菲茨傑拉德就借酒澆愁，終於嗜酒成癖。1940年他因心臟病發作去世，年僅44歲。澤爾達最後的命運也很慘。在菲茨傑拉德死後七年，澤爾達所在的精神病院意外失火，她被困在頂樓活活燒死。

海明威評價説，澤爾達毀了菲茨傑拉德。我不這麼認為。沒有人可以毀掉另一個人，除非後者從小就被前者控制，否則都是互成互毀的過程。沒人攔着菲茨傑拉德走，也沒人攔着他做自己願意做的事。

小説家周圍的人不容易，包括澤爾達。我能體會兩個人的相愛相殺，在生活的海浪中有歡喜有憂愁，起起伏伏，不容易。

了不起的人物

《了不起的蓋茨比》刻畫了一群「爵士時代」的最佳代言人。

蓋茨比執着、偏執、寂寞，被幻象所迷惑，堅持做自己認為不得不做的事情；黛茜虛榮、自私；講述人尼克謹慎、自省、冷靜、旁觀；黛茜的老公湯姆·布坎南傲慢、吝嗇、自私自利；喜歡尼克的喬丹·貝克高傲、冷淡，以自我為中心。

每個人都有特點，不是完全臉譜化的，他們本身就是一個相對平衡的人，其特點是有根基的、有背景的、有經歷的。

菲茨傑拉德有一種自省的視角，能跳出來冷靜地審視特別熱鬧的時代：鑲着金邊的泡沫注定會幻滅。好的小説家不能隨波逐流，不能完全沉浸其中而不能自拔。

20世紀二三十年代，美國興盛繁榮。美國夢就是掙錢，只要艱苦奮鬥，只要勤勞勇敢，就可以得到美好的生活。社會不固化，有相當的流動性，底層的人能走到上層，本份的人可以過上之前想像不到的生活。這種財富的增加是不是能讓每個人都感到幸福？答案是否定的。真的沒有十全十美的生活。

比如蓋茨比掙了花不完的錢，從某種程度上得到了黛茜，但是他幸福嗎？蓋茨比在隱約察覺到黛茜的空虛和庸俗之後，還沒來得及徹底厭倦、幻滅，就出了事情。黛茜開着蓋茨比的車撞死了湯姆的情婦，湯姆跟黛茜商量，設一個套，讓情婦的丈夫認為是蓋茨比幹的，因為蓋茨比跟他老婆有一腿。情婦的丈夫開槍打死了蓋茨比，然後自殺。這多角關係就不再存在了。

蓋茨比的死法不是最好的，但不會是最壞的。他至少還是帶着沒有完全破滅的夢想進入墳墓的。

一點「真」讓蓋茨比了不起

黛茜和湯姆有好的生活，得到了錢財，他們就幸福嗎？

這兩個人雖然生活衣食無憂，但內心沒有任何追求。他們所謂的精神支柱就是維持高檔的生活方式一天一天地過下去。他們是不是真的幸福？

他們出軌、亂搞、酗酒、開飛車、撞人，自私自利到讓蓋茨比去頂雷。他們似乎躲過了法律的制裁，但是我不認為他們可以一輩子坦然面對，能夠踏踏實實地睡好每一覺。他們只是自己高檔生活的奴隸而已。

在**財富高速增長的時代，很多所謂的富人生活是飄在面上的，是沒法真正體會衣食住行簡單的小美好的。**因為沒有理想、沒有信念，從而沒有底線。

尼克跟蓋茨比道別的時候說，雖然蓋茨比是個私酒販子，打扮俗氣，但是他周圍那些白喝他的酒、白吃他的菜的人都是爛人，這幫渾蛋加起來都沒有他高貴。尼克沒說的話是，蓋茨比雖然俗氣、偏執，但是有「真」的地方，他還有「真」的幻想——黛茜能夠帶給他生活意義這一點不油膩的幻想。

體會黑暗的力量

「勃朗特三姐妹」之一的艾米莉·勃朗特，唯一的長篇《呼嘯山莊》是少見的描寫黑暗力量的傑作。多數小說謳歌光明，正義歷盡曲折戰勝邪惡，講魔高一尺，道高一丈。很遺憾，**世界存在暗黑物質、暗黑力量，人性也是一樣的，破壞是人性裏不可分割的一部份。**或許因為有了黑暗，光明才得以顯現，破壞不一定都是錯誤的，或許有了破壞才有改變，才有革命。

《呼嘯山莊》設計的人物、語言、行動、景色描寫、節奏等，都很好地烘托了暗黑的氣氛。之後 100 多年裏出現了很多恐怖小說、恐怖電影、吸血鬼故事、「霸道總裁愛上我」的故事，其中隱隱約約能看到《呼嘯山莊》的影子。這些都歸功於艾米莉·勃朗特這個天才宅女開創的先河。

因為黑暗，得見光明

小說背景是 18 世紀英格蘭北部的約克郡，來自城市的年輕富二代洛克伍德租下了沼澤地的畫眉山莊，有一次拜訪房東希斯克利夫，發現了隱藏在呼嘯山莊裏的一段漫長的、傷心的、黑暗的過往。

我每次讀《呼嘯山莊》，都會想到陰鬱的天氣，泡在陰鬱天氣裏的陰鬱的人。

暗能量在任何人的心中都有，只是多數人沒有表現出來，或是不面對、不談論、不承認。《呼嘯山莊》提起了我們不願意去探究的事物，好像人心中的黑森林，既然我們不願意走進去，那就繞着黑森林轉一轉。

如何對待內心的黑暗？我覺得有兩點可以做：第一點，不要全面否認暗黑力量創造性的一面，有些腐朽的、充滿矛盾的、僵化的事物，不用暗黑之力，怎麼打破它們？暗黑力量也有它的積極意義。第二點，個人要追求一種平衡，找到適合自己的比例。比如光明、希望、愉悅、小確幸佔內心的 80%，暗黑力量、破壞力量佔 20%。

如果你沒意識到暗黑力量，恭喜你，你是幸福的。但是，當你體會到人世間有暗黑力量，在別人身上看到暗黑力量時，不要大驚小怪，它是存在的，在平衡着世間的其他一些力量。

文學基因不遺傳，好習慣可以

艾米莉・勃朗特，1818 年生人，獅子座，1848 年 12 月 19 日去世，享年 30 歲。

艾米莉・勃朗特出生在約克郡，靠近布拉德福的索頓。除了勃朗特三姐妹，她還有兩個姐姐和一個哥哥，這兩個姐姐和一個哥哥都死得比較早。父親原本是個牧師，後因其長期在哈沃斯擔任副牧師，於是全家搬到了哈沃斯，勃朗特三姐妹的文學天份就在這樣簡單、有靈魂、有書讀、有經驗的環境下薰陶了起來。

艾米莉在二十七八歲時寫了《呼嘯山莊》，29 歲發表，30 歲離開地球。她還創作了近 200 首詩，被認為是天才型的女作家。

所以文章不等人，去寫可能就寫出來了，不寫，人和肚裏的文章可能就一起去另外的世界了。最好不要這樣。如果你有特別想表達的，年齡又在 30 歲上下，努力狂寫兩個星期、兩個月，差不多就能寫出一二十萬字的長篇了。

觀察生活比群居生活重要

勃朗特三姐妹中年歲最大的夏洛特，是艾米莉的第一個庇護者。我甚至懷疑《呼嘯山莊》光明的尾巴，夏洛特上手過。當然我沒有任何的證據，只是有一點懷疑。我要是艾米莉，我就直面黑暗力量直到結尾，不留光明的尾巴。這麼做似乎更符合艾米莉的狀態，自由地、決絕地如煙花一樣綻放，如煙花一樣墜落。但現在呈現的版本一定有它的道理。

夏洛特在1850年《呼嘯山莊》第二個版本的序言中寫道：「我妹妹生性離群索居，環境條件也助長了她孤僻的傾向。」艾米莉不愛跟人來往。她所處的環境條件，冬天早上九十點鐘天才亮，下午三四點鐘天就黑了，有個壁爐看着點火，看着星空，哪兒也去不了，也改變不了命運，只能觀察周圍和沉浸於自己的想像。

> 除了去教堂和到丘陵散步，她幾乎很少踏出家門口。除了少數的例外，就算她感覺到周遭的人是親切、和藹的，她不會想要與他們交流，也不會想要經歷與他們的相處過程。但是她很了解那些人：她知道他們處理事情的方式、他們的語言和他們的家庭故事。她也可以很有興趣地聆聽他們的事蹟，甚至她自己也可以很巨細靡遺、很有畫面又很準確地敍述他們的故事。但和他們在一起的時候，她就會變得沉默寡言。

一些人認為生活面很窄的人當不了小說家，生活豐富的人寫出來的文字比小說還好看，這是典型的誤解。生活不存在寬窄，如果你有足夠的觀察力和想像力，哪怕在一間屋子裏，或者在監獄裏，你都可能生活得豐富；如果你不會觀察，就算你一天飛三個地方，一年換十份工作，你依舊是蒼白的、沒有養料的，是寫不出東西來的。所以，生活面的寬窄跟作家有沒有寬闊的視野，能不能表達在當下、理解在高處，完完全全是兩回事。

在小時候，如何激發創造力

艾米莉·勃朗特在早年的時候，她哥哥收到一小箱玩具士兵，和姐妹們一起玩。姐妹們開始圍繞士兵虛構故事，並創造了一系列幻想的世界，包括了安格利亞、貢代爾等。根據夏洛特的描述，她們給玩具士兵起名字，讓它們在這些世界裏冒險——有台詞、故事、行動以及歸宿。

在艾米莉 13 歲的時候，她和安妮退出了安格利亞的創作，開始虛構新的島嶼貢代爾的神話和傳奇，這佔據了兩姐妹的時間和生命。一些日記保存了艾米莉描述貢代爾發生的事件。

經常有人問我如何培養想像力，特別是培養孩子的想像力，我藉着艾米莉的逸事説，培養想像力最好的工具，可以像艾米莉一樣找一盒玩偶，讓你自己或小孩放手去想，構建世界、地點、人物、事情，讓人物關係從簡單變複雜，構想人物的性格乃至人物小傳。這些人物開始自己説話行動，產生矛盾衝突，這個世界就有了自己的運轉邏輯。你會發現，你不僅是創造者，你也會被創造着。我小時候用的是一盒軍棋，這也可以。第二個工具，用一張白紙、幾枝筆去寫、去畫，不要給自己設限，沒有規則，就去表達。所以一盒軍棋、一張白紙，都可以是培養想像力的好工具，前提是自由。自由表達，天馬才能行空，否則想像力是培養不出來的。

有一段評論艾米莉的話：「她本來該是一個男人——一個偉大的航行者。以她內心強而有力的邏輯思維，從古老智慧中發掘出全新領域。而她內在的傲慢、專橫也不會因為對手和困難而退卻，以一種不留後路的姿態，擁抱生命。」這段話裏有男權社會的偏見，但也突出了艾米莉的腦力、思維能力和內在性格的強悍。

艾米莉有一句詩「不懦弱的靈魂是我（的）」（No coward soul is mine），我想這是艾米莉自己對於外界總體的態度吧。

固化的社會階層召喚英雄

英國當時的社會是相對固化的，人固化在社會階層中，就像固化在霧濛濛的街道上，固化在漫長的冬天裏，固化在荒野之中。身處其中，人會有一種濃重的壓抑感和無力感。這種壓抑感、無力感來自無論你怎麼努力，都無法在階層上有所改變。

在這種感覺裏，人會呼喚英雄，會暢想英雄。《呼嘯山莊》裏的男主人公就是帶着黑暗力量的英雄。他出生於底層，出生於無名，通過自己的奮鬥上升到另一個階層，無論過程多麼陰暗、痛苦，無論他的愛多麼無望，他一直在堅持。在英國北部多山的、陰冷多雨的環境下，在一個個漫長的冬夜裏，希斯克利夫呈現出暗黑之光，呈現出一股強大的吸引力。

《呼嘯山莊》的暴力與熱情使維多利亞時代的讀者和評論家認為是男作者寫的。「對兩性熱情與力量的生動刻畫，還有其語言與想像力所令人難以企及的震撼，同時困惑、震驚了評論家。」英國也是歷史太長，評論家都不太正經説人話，只會用形容詞來描述。

《呼嘯山莊》的獨特魅力是正面直接地描寫了暗黑力量，看到了人性的無盡光明之中有黑暗，無盡的黑暗中有光明，也挑戰了維多利亞時期日積月累的宗教的、道德的偽善，社會階級和兩性的不公平等。了不起！你可以說它是魔鬼之書，但又不能否認它也是現實之書。

我完全不引用具體段落，我想讓你帶着好奇心去讀原文。它的用詞不是最簡單的，但是語言乾淨、清澈，而且創造氣氛一流，氣氛像畫一樣，像音樂一樣。

小說以一個訪問者的角度去開場。第一頁，訪問者就困在男主角的莊園裏，夢見了變成了鬼的女主角，聽到了男主角不可抑制地吶喊：「你再回來一趟，進入我的夢中。」第三頁，訪問者就遇上了男主角。

《呼嘯山莊》在那個時候叫哥特小說，後來也有恐怖小說，還有一類叫邪典小說。沒神、沒鬼、沒聲、沒光、沒電，沒有音樂，文字還是能嚇死你。

社會階層越固化，草根精神越強

這部小說從另一個側面講了階層固化和階層矛盾，比如說你生成誰的孩子，就已經決定了你日後的很多事情。這不公平，也不一定全合理。雖有辦法去突破，但多數時候沒辦法突破，至少在 19 世紀早期的英國沒有辦法突破，階層固化變成了強烈的趨勢。

紳士階層充滿了偽善、形式主義和裝腔作勢。對於草根階層，對於真的有能力、能量的人來說，紳士階層從某種角度來說就是個笑話。在你的心智比你遇上的紳士、淑女都要強悍的時候，你再被紳士和淑女嘲笑、奴役，你會產生衝突，你會想用自己的智商，再加上你不講紳士精神，這個階層有可能被你打破，階級固化有可能被你摧毀。

如果新生的具有超高智商和情商的人不借助暗黑力量，世界有可能一直固化着，但這些出類拔萃的底層人，真的會無動於衷地讓自己一輩子就這麼過去嗎？《呼嘯山莊》提出了一個深刻的問題：如果世界面臨黑暗力量的爆發，應該怎麼辦？

激情能毀滅一切

愛產生於激情，但是激情也很容易轉成暗黑力量。因愛生恨，因恨致暗，愛也可以是一條通往毀滅的道路。希斯克利夫毀滅周圍一切，讓自己不好過，讓周圍人更難過，像這種人、這種安排非常少見。

艾米莉想強調的是激情能毀滅一切，黑暗能毀滅一切，因為不公平而產生的恨能毀滅一切。希斯克利夫是一個人，被拋在這個世界上，被撿回來，除了撿回他的老者，他人都是陰冷的、敵對的、對他不喜的。好在凱瑟琳是愛他的，好在他也是愛凱瑟琳的。但可怕也可怕在他深愛凱瑟琳，凱瑟琳也深愛他。

在一個充滿敵對力量的世界裏，沒愛是悲慘的，但有摯愛、有激情可能更悲慘，更有破壞性。

《呼嘯山莊》講了個人英雄，堅韌而不擇手段的英雄，看似另類，但充滿力量。這種英雄強調了個人驅動，以一己之力改變了所有環境。這種人物在東方文學裏，包括中國文學裏，都很少出現。中國文學裏多數人像賈寶玉、像西門慶，基本上被自己的基因以及後天所驅使，你可以算出來他會怎麼做。他改變不了世界，他只能被世界改變。

沒愛過，愛情寫得更好

希斯克利夫有可能是很多霸道總裁的原型。他小時候吃過很多苦，帥氣、有性格、有主見、敢賭、能放下身段、愛拼、有行動力、不擇手段，甚至殘忍、狡猾、奸詐，但是一往情深、篤定堅決。

這樣的霸道總裁也是蠻有魅力的，但是愛上我怎麼辦？不愛我，怎麼辦？

作為沒談過戀愛的作家，艾米莉創造了一個極具男性魅力和超前性的角色希斯克利夫。

我認為這或許是一個規律。沒有真正談過戀愛的女生，寫戀愛反而寫得最好，比如艾米莉．勃朗特。

我只能說，在女生真的談過戀愛，了解了男人的齷齪、油膩之後，她們就出現了嚴重的幻滅，就不會那樣去愛了。

女性之力不怕泥沙俱下

女人的力量太偉大了，女媧補天雖然是個傳說，但也讓我們知道了女性有非常強大的力量。傷了之後又倔強地再起來，一次一次地跟命運抗爭，一次一次地跟自己鬥爭，一次一次地拖家帶口，牽兒攜女，走向有希望的未來。這就是女性，這就是偉大的女性之光，這就是泥沙俱下的女性力量。

你恨她好，愛她好，不管如何，不管是愛是恨，你不能否認的就是女性蓬勃的生命力，這種生命力又是人類存在的最大的力量源泉。

生死看淡，不服就幹

米切爾的《飄》中的女主人公斯嘉麗，是美國佐治亞州一個富有且頗有地位的種植園園主的女兒。她爸爸是愛爾蘭移民，最窮苦的一撥人。剛到佐治亞州的時候，她爸爸傑拉爾德身無分文，靠賭博贏得了塔拉莊園的所有權。

這個莊園也不像《亂世佳人》電影裏展現得那麼豪華，其實就是一個幹活的莊園。從中國的角度來講，他只是一個中等地主。

在小說的開始，1861 年，南北關係已經非常緊張，佐治亞州的男人們都在議論這場無法避免的戰爭，而 16 歲正值花樣年華的斯嘉麗，對此毫無興趣，她想的就是舞會、郊遊、泡男人。

當她聽說她暗暗喜歡的艾希禮宣佈和梅蘭尼訂婚的時候，心中一震。梅蘭尼是她的閨密。其實縱觀全書，斯嘉麗和梅蘭尼的關係，甚至比斯嘉麗和其他任何男性的關係都更重要。

艾希禮是方圓一百里最有風度、最帥的男人。這樣的男人跟自己的閨密好上了，沒跟自己好，是可忍，孰不可忍。不能忍受，不能接受，以自己的美貌，以自己的魅力，她應該能説服艾希禮跟她私奔。

想到哪兒就做到哪兒，行動力超強，這就是斯嘉麗女性能量最重要的一個體現。不管仁義、道德、廉恥，不着急、不害怕、不要臉，生死看淡，不服就幹。

從 1861 年到 1865 年，戰爭持續了四年，南方投降，戰爭結束，斯嘉麗要保住她的塔拉莊園。

在保護塔拉莊園的過程中，斯嘉麗無所不用其極，用盡了各種手段，這些手段，有的道德，但多數不道德。她像男人一樣經商，甚至比男人更會經商；她像男人一樣掙錢，甚至比男人還會掙錢。這在亞特蘭大是前所未有的，這件事引起了很大的轟動。她的不法經營令她老公顏面盡失，但斯嘉麗不為所動。

經歷變故，認知會突飛猛進

女性在認知上突飛猛進的力量源泉是甚麼？或許是《飄》裏表現出的母性。以一人之力就可以讓一個家、一個莊園活下來，乃至讓一個部落活下來，讓一個國家活下來。我不靠別人，我只靠自己，那種生生不息、那種壓抑不了的生長能力，不見得去逐鹿中原，不見得去殺伐佔取，但我這一畝三分地我一定能撐起來。

看上去一個柔弱的、簡單的、以跳舞為樂、以有男人追為樂的女生，在巨變之下，可以説我可以做到我之前完全想像不到的事情，我可以保護自己，我可以保護我的周圍，我可以保護我的莊園，我可以保護我的村落。支撐她的東西，就是偉大的母性。

其實任何一個女性都可以在某種程度上表現出剛才說的了不起的力量——巨大的母性。讀《飄》的時候，我一直跳出男性視角，從女性視角想，或者從一個旁觀者的視角想，有些成長跟歲數無關，跟經歷有關；如果不經歷一些巨大的災難和變故，有些成長是不可能實現的。並不是說，你在一個穩定的環境裏，長到 20 歲就一定能知道 20 歲該知道的道理，到了 30 歲就一定能夠而立，到了 40 歲就一定能不惑，到了 50 歲就一定能知天命。

人需要經歷一些故事，經歷一些變故，甚至巨大的變故，才可能在認識上、見識上突飛猛進。

在所謂見識上，每個人的天賦可能不一樣，但是真要達到某些見識水平，需要一些突發的大事件。比如，對於斯嘉麗來說，南北戰爭，國破家亡，沒有這些，她可能還是一個小女生，還是一個 40 多歲、50 多歲甚至 60 多歲的小女孩。但一旦出現了這些變動，她反求諸己，激發了內心的能量，她就變得充滿了力量，變得無敵，甚至她一些看上去並不符合道德的，看上去有些值得詬病的地方，都變成了能量的一部份。

比如她作為女生的掠奪性：我就是有點「婊」，我就是喜歡閨密喜歡的人，我就是喜歡閨密的未婚夫，我甚至會拎着一個包，帶着我的現金跟閨密的未婚夫說「咱倆私奔，其實我比她好」。

這是多麼真實的慾望啊！這是人性之暗，但沒有人性之暗，怎麼能有人性之光？怎麼能有那種守信、堅韌、磅礴的人性之光呢？在這種人性之暗和人性之光的對比之下，斯嘉麗的作，也顯得那麼可愛。

有多少能量，就有多少成就

值得一提的是，《飄》裏講了文學裏很少涉及的一種關係，閨密之間天長地久的不可言說的友誼，那種友誼甚至不會因為兩個人喜歡上同一個男人而改變，這種友誼可以攜子之手，與子同袍，共渡難關。這種女生和女生關係的主題，在有些時候比男女關係的主題要更有力量。

在很多時候，男女之愛不是第一位的。甚麼是第一位的？生存下去，繁衍下去，在荒原上開出農場，在土地上播下種子，在花朵裏結出果實，無中生有，其實是母性偉大力量的重要部份。

所以，雖然包法利夫人很可愛，很愛美，但斯嘉麗這種作看上去更酷——我不會被任何外界的力量所摧毀，我就是我，我就是 Scarlett。今天我被打成碎片，明天我還是斯嘉麗，打不死的 Scarlett。生命之樹常青，不是好壞所能夠衡量的，不是好壞能定義的，不是道德能定義的，甚至不是法律能定義的。我就是這樣能量超級大的女性，我就是不為外界所動的強悍的女主。

據我觀察，最終一個人到 50 歲左右的成就，其實跟智商、情商、教育、經歷，甚至跟家庭背景，都不直接相關，最直接的要素反而是甚麼？能量。如果這個人有沒使出來的勁兒，如果這個人一直想成事，很有可能最後最有成就的就是這個人。

你想即使斯嘉麗算計那麼多，嘗試那麼多，敗的地方還是比勝的地方多。她一直不讓別人替她做決策，一直自己掌握自己的命運。就憑着這股邪勁，就憑着這股邪火，一直從小說的開始活到小說的最後，充滿了希望。

不得不說，女性之光照耀我們人類前進。

有品位地生活與花錢

《長物志》是講生活方式與器物的書。

哪怕在古代的盛世，多數人不賣兒賣女，能保證基本的溫飽就不錯了。那古代的好日子甚麼樣？文震亨的《長物志》給了真實的、有品位的好日子的範本。

一生錦衣玉食，卻絕食而亡

文震亨活在明末，清軍入關的第二年就去世了。他生在蘇州——魚米之鄉，富庶之地，生在非常富裕的文化世家——曾祖父是書畫家文徵明。這一家出了很多文官，但文震亨自己沒做過大官，主要工作就是生活，提高品位，是真的有學問、有品位、有生活、有實踐、愛生活、愛實踐的一類人。

文震亨非常愛明朝。北京被攻佔，明朝宗室就在南方成立了南明朝廷。文震亨繼續為南明服務。到了 1645 年，也就是清順治二年，清軍攻佔了蘇州，文震亨躲到了陽澄湖。後來清兵要推行剃髮令，留頭不留髮，留髮不留頭。文震亨就投水了，很可惜，沒死成，被家人救了起來。但他死意已決，最後絕食六天而亡，非常令人感動。

他最重要的作品就是《長物志》。身無長物，就是身上沒有甚麼值錢的、好的東西。《長物志》記載的就是好東西，不見得真值錢，但一定是好東西。

古人如何生活與花錢

序是文震亨的朋友沈春澤寫的，寫得挺好。

> 夫標榜林壑，品題酒茗，收藏位置圖史、杯鐺之屬，於世為閒事，於身為長物，而品人者，於此觀韻焉，才與情焉，何也？

整天說山林、園林、酒、茶、畫、杯、碗、瓢、盆……這些以世界的標準看就是閒事，但放在身邊就是所謂的「長物」，是值得珍惜的值錢玩意兒。

看人品，為甚麼要從這些地方看他的秉性、審美、韻味、才情？

> 挹古今清華美妙之氣於耳目之前，供我呼吸；羅天地瑣雜碎細之物於几席之上，聽我指揮；挾日用寒不可衣、飢不可食之器，尊逾拱璧，享輕千金，以寄我之慷慨不平，非有真韻、真才與真情以勝之，其調弗同也。

很美好的東西就放在眼前，在你的書齋、案頭。雖然擋不了寒、充不了飢，其實也掙不了甚麼錢，還可能費錢，為甚麼會以它們為重？就是因為古今中外的美好，能陪我這麼長時間，就已經很開心了。沒有真才情、真韻味、真性情，是達不到這種境界的。

> 豐儉不同，總不礙道，其韻致才情，政自不可掩耳！

有沒有錢，不是高品質生活、高質量生命的必然因素。當然**有錢挺好，孔子都說「君子愛財」。但是，沒錢就不能活得瀟灑、有品有韻嗎？**不是。司馬相如跟卓文君弄個酒館，喝酒寫詩，卓文君在旁邊一站，就挺好。陶淵明不幹破活了，找一塊山地，蓋幾間小房，有菊花，有松樹，有酒便喝，有飯便吃，沒酒就不喝，沒飯就餓着，也挺好。如果有錢，帶幾個朋友，泛舟湖上，看着天光慢慢暗下去。如果有雨落下來，有雪落下來，那多麼美好。

這篇序講的就是一種態度：會生活，會花錢，會理解錢和享受的關係，是生命質量提升的一個很重要的角度。

在這篇序的最後，沈春澤問文震亨：你為甚麼要寫這麼一本小書？

文震亨說得非常坦誠、精確、不誇張：

> 吾正懼吳人心手日變，如子所云，小小閒事長物，將來有濫觴而不可知者，聊以是編堤防之。

我就怕我們家鄉人，心和手都改變了。雖然我談的只是一些閒事、一些多餘的事物，但如果將來有人想知道這些閒事是怎麼開始的、事物甚麼樣，這本書就可以防止大家知其然，不知其所以然。

這一萬餘字，已經特別好地達到了文震亨的目的。

從長物投入生活

住處

《長物志》共 12 卷，基本上不重不漏。卷一《室廬》講的是建築，住處。

> 庭際沃以飯瀋，雨漬苔生，綠褥可愛。

在院子裏找塊空地，拿一些米汁飯湯，別太髒的，稍稍澆一澆。再下些雨，這些地方有了養料就會長出青苔來，就像小褥子一樣可愛。

在你遇上急事難事，心浮氣躁的時候，找個涼快地兒，坐下，數 100 個數，就跟你管教狂躁的小男生一樣，情緒好了再去處理事情，這就是靜坐的作用。《嚴華經》裏說，若人靜坐一須臾，勝造恆沙七寶塔。

花木

卷二是《花木》，講了江南常見的、好養好活好看的花木。

> 弄花一歲，看花十日。

為這十天的花期也值得了。這十天，花從露出小花苞，到慢慢開放，到花殘花落。這十來天，你天天在花下支一張桌子，冰兩瓶好酒，請三五個朋友在花下吃喝聊天。哪怕只有這十天，這一年你都覺得沒白過。這就是為甚麼投入產出不值得的事還有很多人願意幹。

水石

卷三是《水石》。如果你去看水和石，應該看哪些門道？

> 石令人古，水令人遠。

石頭的好處是讓人有懷古之心，讓人有古意。我喜歡高古玉。玉有千種，那石頭可能不止萬種。石頭無論是有沒有人工的雕琢，器型、紋飾、雕工，都已經存在了很久。

看水你會想到很遙遠的事情。人在水邊望着水，慢慢就能融進去。

一峰則太華千尋，一勺則江湖萬里。

豎一座小山，就能有華山的氣勢；擱一勺小水，就能有江湖萬里的氣勢。這是造園者的厲害。作為觀看者要有心胸，要能從一峰看到華山，從一勺看到江湖，以少勝多。

宋代有個禍國的皇帝叫宋徽宗，美感很好，藝術功底很深。他特別喜歡好看的石頭，就出了花石綱這個遺臭萬年的例子。他為了網羅南方的石頭，並搬到北方來，耗費了大量的人工物力。北宋之所以丟掉了半壁江山，跟他這個愛好也有一定的關係。後來北宋這些天下奇石被金兵挪到了更北方，也有很多散落在民間。

書畫

養鳥養魚，對日常現代家居不是必需，但是現代家居有書畫藝術在周圍是非常必要的。

卷五是《書畫》，牆不能完全是白的，時間長了，肯定是有點彆扭的。我就寫了一個「佛」字掛牆上，讓我有點佛心。弄幅字、弄幅畫給它掛上去，你常看到，它就能給你力量。

所藏必有晉、唐、宋、元名蹟，乃稱博古；若徒取近代紙墨，較量真偽。心無真賞，以耳為目，手執卷軸，口論貴賤，真惡道也。

你一定要有晉、唐、宋、元的名蹟，才能説你懂藝術。現在來看，不一定的，西方有好的，近代也有好的。還有就是，古畫造假，從唐宋就開始了。

站在畫前面，心裏想的不是喜不喜歡，而是拿耳朵當眼睛，聽別人、所謂的專家怎麼説；拿着畫，説的都是畫貴或畫便宜。這些真是有辱斯文，無趣至極。

論畫，文震亨有一個説法：

山水第一，竹、樹、蘭、石次之，人物、鳥獸、樓殿、屋木，小者次之，大者又次之。人物顧盼語言，花果迎風帶露，鳥獸蟲魚，精神逼真。

這個次序我是不同意的。畫只有我們覺得好看和不好看、感動和不感動之分。

看書畫如對美人。

好句。希望我們都能夠享受書畫藝術品帶來的力量。

几榻

卷六《几榻》講的是傢具。

明朝審美可以說是中國古典審美中的精華。今天仍留存的宋代大件傢具藝術品已經不容易看到，明朝傢具在宋朝傢具的基礎上進一步發展，其審美對今天有相當大的指導意義。明朝傢具突出體現了明朝的審美。

《長物志》的明式審美，有四個關鍵詞：簡素、自然、功能、接受。

簡素：簡單素雅，能少則少，能不多就不要去多。

自然：符合自然規律，用自然的材料、自然的色彩、自然的空間結構呈現。

功能：要好用，要舒適，要能夠滿足人的空間功能需求。

接受：接受一切是空的，純生活，純投入生活。

把閒情用好也是很好的一生

李漁不僅有才，其想問題的方式也充滿了街頭的智慧，也就是從街頭老百姓的角度來判斷。李漁作為文學家，他的人生在某種程度上要大於他的作品，因為他這輩子過得太豐富了。

忙掙錢的閒人李漁

李漁這輩子有幾個特點。

第一個，他不走尋常路，「躺平」。他沒有走科舉仕途尋常的窄道，或者說尋常的大道。在中國文人的心中，只有做官才是正經事。但是李漁選擇不走這高度競爭的道路，選擇「躺平」，用自己的閒情養活自己，這樣過一輩子。

李漁是活躍在明末清初的文人，1611 年生，1680 年去世，活了 70 歲。

李漁小時候就很聰明，去金華參加童子試首戰告捷，成為五經童子，此後讀書更加刻苦。但是四年之後，也就是 1639 年，李漁赴省城杭州參加鄉試，卻名落孫山。又過了三年，也就是 1642 年，大明王朝舉行最後一次鄉試，李漁再度赴杭州應試。李漁在途中聽到大兵殺來，跑回蘭溪故鄉。不久社會局面就發生了根本的變化，清軍的鐵騎橫掃江南，大明王朝已經風雨飄搖。國難當頭，李漁求取功名利祿的道路化為泡影。

到了清朝，畢竟是滿人的天下，李漁便決定徹底不讀書、不做官了。

第二個，李漁靠愛好養家餬口。李漁是劇作家，還是很紅的草根出版家。他不刻甚麼經史，刻小説，甚麼好賣刻甚麼。他就是一個有錢就掙的書商，但他出了很多好書，包括他自己的書。

第三個，李漁是一個戲班經理。他的小老婆、子女多，據説他家有四五十口人，花銷很大。當時人們的娛樂在很大程度上靠聽戲，以及跟戲班演員玩。所以李漁弄戲班，既是當時的一種時尚，也是他掙錢的一種方式。

第四個，李漁的核心詞——文章。李漁自己寫作、出版了500萬字左右的文章。我買過一套《李漁全集》，20本，有戲劇、小説，還有歷史書籍。即使在印刷術先進的現在，能有20本書的作者也不多，這説明李漁是愛寫東西的。

我人生中有些缺憾，既想立言，又想立功，還琢磨着怎麼立德，結果沒了生活。人來到地球只有一次，我不想當「臥底」。無論酸甜苦辣，都挺有意思的。當我終於有了時間，怎麼用時間，怎麼閒下來？李漁教會了我生活。

躺着掙錢的神書《閒情偶寄》

李漁寫《閒情偶寄》的初心，他自己是這樣寫的：

> 廟堂智慮，百無一能；泉石經綸，則綽有餘裕。惜乎不得自展，而人又不能用之。他年齎志以沒，俾造物虛生此人，亦古今一大恨事！故不得已而著為《閒情偶寄》一書，託之空言，稍舒蓄積。（《與龔芝麓大宗伯》）

李漁的確寫過一些史論，實在一般，到現在一句都沒剩下。李漁承認「廟堂智慮，百無一能」，這個鋪墊是為了先抑後揚。

揚的是「泉石經綸，則綽有餘裕」，講講如何美好悠閒地生活，是綽綽有餘的。可惜我沒能充份發揮這方面的才華，如果出門被車撞了，那我最懂的東西沒有説出來，也是古今一大恨事。不得已，我把這本書寫了出來，這就是《閒情偶寄》。

另外，李漁在該書卷首的《凡例七則》中説道：

> 風俗之靡，猶於人心之壞，正俗必先正心。然近日人情喜讀閒書，畏聽莊論。有心勸世者，正告則不足，旁引曲譬則有餘。是集也，純以勸懲為心，而又不標勸懲之目。名曰《閒情偶寄》者，慮人目為莊論而避之也。

李漁這麼説就擰巴了。他説，大家都喜歡看閒書，不喜歡看莊嚴的宏篇大論。但是《閒情偶寄》其實不算閒書，裏邊有好多勸誡之語。為了不讓人認為這書是宏篇大論，將之命名為《閒情偶寄》。李漁的目的其實就是迎合世人，想多賣書。書中真的沒勸誡之心，就是想讓你好好過日子，你別聽他瞎説。

李漁的好朋友余懷也是個大才子，在《閒情偶寄》的序中寫：「而世之腐儒，猶謂李子不為經國之大業，而為破道之小言者。」現在這些腐儒、死讀書的，就認為李漁先生沒有以國為懷，就是寫這點小事。李漁和朋友都認為李漁還有信念，有理想，但實際上他寫的的確是閒情。

我認為閒情就是大事，事無大小，本一不二，衣食住行也有生命的真諦在。以國為懷，逐鹿中原，是有些人能幹並且樂於幹的事。這不矛盾，兩邊都好。李漁可以理直氣壯地説：「雖是小道，但有真理在。」

余懷的序為李漁做了一些辯護：「『王道本乎人情。』然王莽一用之於漢而敗，王安石再用之於宋而又敗者，其故何哉？蓋以莽與安石皆不近人情之人，用《周禮》固敗，不用《周禮》亦敗。」

余懷說的是，你要懂人情，就要讀《閒情偶寄》這樣的生活佳作。

會生活也能安身立命

如果你有資格「躺平」，如果大勢也希望你偶爾「躺平」，那麼「躺平」有可能讓世界變得更美好。

我習慣用 X 軸、Y 軸來分析（見右頁圖）：想想你有甚麼閒情逸致，你最不能忘懷的東西，就是你的閒情所在。X 軸是你的「閒情腫脹度」，閒情旺盛的在右，閒情一般的在左。Y 軸，是閒情掙錢機會的多寡，少的靠下，多的靠上。比如你喜歡葬花，像林黛玉那樣的，你不見得能掙錢；但如果你喜歡養花，那錢路就寬一點。

然後，你把閒情放進 X 軸、Y 軸考察。一個區間，你的閒情濃度不高，掙錢能力又偏低，就算了。另一個區間，你閒情濃度很高，掙錢的可能性也很高，那你挑一兩個，別超過三個，好好培養。這種閒情才是真「躺平」。

這樣你就可以找到自己安身立命的方式，一邊創造美好生活，一邊讓世界變得更美好一點。

李漁自稱生平有兩絕技：「一則辨審音樂，一則置造園亭。」也就是說，他挑了幾個他「躺平」的方式，連他最能打敗時間的寫作，都沒放在其中。

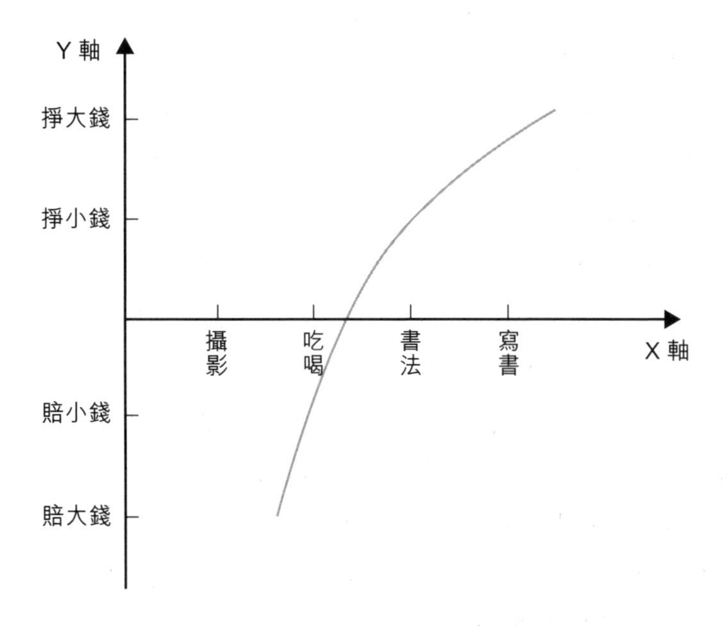

他置造的園林，包括北京弓弦胡同的半畝園，佔地 300 多平方米；金陵，也就是南京的芥子園；早年在家鄉建造的伊園；晚年在杭州建造的層園。

他說：「人之不能無屋，猶體之不能無衣。」就像身體不能沒有衣服，沒了房子，你相當於在天地之間裸睡。在六朝，如果你是竹林七賢可能還好，但是你在明清的時候，就夠嗆。

他又說：「土木之事，最忌奢靡，匪特庶民之家當崇儉樸，即王公大人亦當以此為尚。」興土木不要太奢侈，不只小老百姓，連王公貴族也要節儉：

一、要實事求是，自己知道好的地方再去花錢。很多大富大貴的人，對好的東西是沒有鑒賞力的，那何必浪費呢？

二、大富大貴也是有限的，福德和資源有限。

三、人要聚氣。一個宴會大廳，假如你天天擺十桌，實際上並沒有時間去顧及這麼多人。

享受生活並不等於要花很多錢，這是李漁帶給我們的重要認識。哪怕在明末清初這種戰亂不斷的時候，在流離失所之時，在沒有錢的狀態下，你還能享受生活。

享受生活最簡單的方式就是日用之美。清風朗月不用一錢買，冬天的第一場雪、春天的第一束花、夏天的第一陣涼風、秋天的第一片落葉，都是不用錢買的。你都可以去體會，去看，去發呆。找一個湖邊，倒一杯酒，抽一根煙，就是很好的半小時。找本書，找個路邊，帶上啤酒，唸十頁書，又是很好的半小時。

李漁這部書我喜歡，它有三個優點。第一個，平民視角，日用不貴，人皆可用。第二個，有智慧。李漁很聰明，甚麼做、甚麼不做，都是有些道理的。第三個，文字好。李漁的文字有一點被戲劇寫作帶偏，相對難懂，但不是沒有好的，你可以用吃辣子雞的方式去讀。

讓歷史經驗進入日常

天時地利人和，人説到底還是長在土地上的動物。不管挪到哪兒去，總會在一個地方落下來吃飯睡覺。每一個有歷史的城市都像一口火鍋，我們都是在這口火鍋裏上躥下跳，發生各種故事，被歲月煎熬、吞沒。

任何一個有歷史的城市，都像一座壇城，創造、保護、毀滅，在循環中往復，在輪迴中掙扎，一切慢慢發生，萬物生長，呈現豐美的樣子。突然間，一切又雨打風吹去，隔了一段，又慢慢地長出來，如此循環往復，「無可奈何花落去，似曾相識燕歸來」。

謝和耐的《蒙元入侵前夜的中國日常生活》選擇了由小見大的小歷史寫法。宋代，對於很多學者來説可能是中國式生活、藝術的頂峰，謝和耐從一個特別的時間點——1276 年杭州被蒙元攻佔前，外患臨頭、文明鼎盛又無比脆弱的時候，來講述宋朝和中國文化，給我的感覺就像《清明上河圖》，聚焦於吃喝玩樂，聚焦於日常瑣碎的生活。

第一章城市，第二章社會，第三章衣．食．住，第四章生命週期，第五章四時節令與天地萬象，第六章消閒時光，第七章總結性描繪。不重複，合在一起就是基本的日常生活。

目錄體現的就是學養、專業度、結構化思維和表達。

為甚麼是杭州

為甚麼南宋皇帝選擇臨安（杭州），而不是更有歷史底蘊的南京作為臨時首都？臨安，臨時安定一下，意思是我還會打回汴梁（開封），我還要拿回北中國。南宋幾個皇帝都心存這種奢望和念想。還有一個詞叫「行在」，就是我只是暫時在這個地方待待。因此其宮殿都沒有修得那麼宏偉，但是這一待就待到了滅亡。當然也待出了樂子，待出了中國文明璀璨的一頁。

第一點原因，宋朝被遼國、金國打怕了，打煩了，逃得太頻繁，索性選擇騎兵不容易發揮功用的地方——水道、沼澤、湖泊多的江南，躲到比南京更遠一點的杭州。這個決策從後來的效果看是對的——南宋從 1127 年延續到 1279 年。

第二點原因，宋朝海運、海上貿易發達，當時的明州（寧波）、泉州都是世界著名的大貿易港。宋朝的文化先進、審美高級，全世界有錢人都希望得到宋朝的好東西，瓷器、茶葉等各種產品在大宋的南方腹地江西、福建、浙江南部等大量聚集。如果首都離港口太遠，貨物的運輸成本就太高了。

第三點原因，杭州實在太美了。「春衫猶是，小蠻針線，曾濕西湖雨」，美啊！晴湖不如雨湖，雨湖不如夜湖。你背着白居易的詩，背着蘇東坡的詞，下着小雨或下着小雪，走在斷橋，走在蘇堤，吹着小風，美啊！

商人階層的兩條路

謝和耐作為西方學者，用他旁觀的第三者的眼睛來看中國，來看南宋，探討的一個核心的問題就是：南宋為甚麼敗亡？

在南宋社會，商人階層崛起，物質生活比前代大為豐富。作為新興的生產力和生產關係的代表，商人本來用財富可以換到更多的權力，但是為甚麼沒有發生？

在歐洲，當社會分化出商人階層，商人越來越有錢之後，他們就開始爭取自己的權力，從文化層面開始衍生出權力觀念，進而發展出新的社會秩序和規範，從而最終走向了市民社會。而中國卻依然維持原有的文化觀念。

為甚麼中國一直陷於宗法親緣關係，而無法在文化層面衍生出新的要素？因為衍生不出新的要素。商人階層擁有足夠的財富積累後，出現了兩個極端。一個極端就是權錢交易。你有錢你並不高貴，「萬般皆下品，惟有讀書高」，因為讀書可以當官拿權。有錢的可能比有權的過得好，但是有權的看不起有錢的。南宋跟西歐類似的時候產生的社會演變是不一樣的。雖有了財富積累，但沒有名正言順地因錢產生權，怎麼辦？於是另一個極端出現：及時行樂，吃喝嫖賭抽，這是走油膩一路；也有走高尚一路，甚麼美好就去追求甚麼，酒色財氣，山清水綠，那就喝最好的酒，坐最好的船，帶最漂亮的姑娘上西湖，看最好的風月。

雖然謝和耐沒有直接指出南宋國家政權崩潰的原因，但是他指出了在那個環境、體制、機制下，老百姓、士紳、官員、武將生活的狀態。因為這種狀態導致了文化燦爛，但同時也導致了無法應對外來嚴峻的挑戰。

謝和耐與《萬曆十五年》的作者黃仁宇都受過西方史學觀念轉變的影響，都試圖關注、再現那些早已消失了的歷史中的社會生活，都不想直接給出結論，都試圖從一個側面對中國古代某個時間點上的日常生活做出全景式的繪畫，折射出當時社會的時代特徵。他們把材料擺出來，讓你自己去判斷、思考、得出結論。

重文輕武，最重要的管理變革

為甚麼宋代會成為「文修之巔峰，武備之谷底」？我有簡單的答案。如果看唐代歷史，甚至漢代歷史，一個重要的趨勢就是刀下出政權，武將地位非常高。這種重視軍功、分封武將，給武將足夠的自主權和決策權的做法，看上去省事，但是一旦「將軍拔劍起」，就是「蒼生十年劫」。

宋代開國皇帝趙匡胤清楚地看到了從漢到唐邊鎮割據，武將亂朝亂國的趨勢，所以咬緊牙關，杯酒釋兵權。崇文抑武，文官比武官大，武官沒有足夠的權力來謀反。文官治國，文官官僚機構是政府統治最核心的運轉機器，這一直持續到之後的朝代。如果說中國歷史上最重要的一次暴亂是「安史之亂」，那麼中國歷史上最重要的一次管理制度的改變，就是趙匡胤「杯酒釋兵權」，在宋代初年建立了文官管理機制。

讓歷史經驗進入我們的日常

如果你想了解古人的生活，少讀大歷史，多讀小歷史。如果有時間，可以像謝和耐那樣，多讀點稗官野史、文人筆記。但是這些資料也有問題，不實事求是，喜歡誇大和偽飾，喜歡矯情。如果你想去偽存真，可以從物質史、器物上了解古人的生活。

我認為，**除非人類基因在未來有重大的調整，否則人類長期生存在一起，很難都開心。人不是佛，有人的地方就有矛盾，有不平，有明爭暗鬥、冷戰熱戰。**我對於基因沒有徹底改變之前的人類，總體是悲觀的。但是黑夜中不是沒有星星月亮，夜晚雖然漫長，但是黎明終將會到來。

隨着科技的進步，在大數據、AI（Artificial Intelligence，人工智能）日益普遍的現在，一個文明一旦形成，穩定性要遠遠好於八九百年前，遠遠好於蒙元入侵前夜的中國。

另外，在很多國家都有原子武器之後，在更高一個級別的殺傷性武器還沒有出現之前，外患也很難出現。誰也不願面對兩敗俱傷的後果，誰也不會喪心病狂到這個程度。文明的延續性可能會更長。

破壞—創造—保護的輪迴或許還存在，只是輪迴的週期要漫長很多。這算不算悲觀中的一點樂觀？

更樂觀一點，在相對安穩的現在，普通人「躲進小樓成一統，管它冬夏與春秋」。讀謝和耐的《蒙元入侵前夜的中國日常生活》，你可以看到，哪怕在毀滅之前，人們都可以生活豐富、高品質地打發時間。在相對平穩和平的如今，我們也可以在窗前月下，關起門來詩、酒、茶。

説到最後，我都不知道自己是在樂觀還是在悲觀。

第五篇

瞭解他人和自己的天賦

和光同塵是一種處世態度

《紐約時報》做過調查：影響世界最重要的十本書是甚麼？排名第一的是《聖經》，當然這是在英美國家做的調查。排名第二的就是老子的《道德經》。

老子其人：三位老子，誰是本尊

老子的身份，註家（從事註釋的人）有不同的判斷，司馬遷在《史記・老子韓非列傳》裏就提到了三種可能。

一種說法：「老子者，楚苦縣厲鄉曲仁里人也，姓李氏，名耳，字聃，周守藏室之史也。」「守藏室之史」就是看管藏書室的。

還有一種說法：「或曰老萊子，亦楚人也，著書十五篇，言道家之用，與孔子同時云。」這個人叫老萊子，也是楚國人，跟孔子同一個時期。

還有一種說法，說周太史儋是老子：「自孔子死之後百二十九年，而史記周太史儋見秦獻公曰：『始秦與周合，合五百歲而離，離七十歲而霸王者出焉。』或曰儋即老子，或曰非也，世莫知其然否。老子，隱君子也。」「太史」就是寫歷史、記錄歷史的史官，相當於司馬遷的前輩。

李耳、老萊子、周太史儋，都有可能是老子。

但從閱讀的角度來看，老子是誰不重要，你只需要知道存在過這個人，在春秋戰國時期，他寫下了《道德經》5,000餘字，這就夠了。

為甚麼春秋戰國時期能出現諸子百家，能出現像老子、孔子這樣的大家？我認為有以下原因：

其一，亂世逼着士大夫去思考：亂的根本原因是甚麼，應該如何解決。

其二，天下大亂，優秀的知識分子有了時間。不然知識分子還在幹官吏要幹的事，比如撅着屁股修水利工程、教育老百姓、收租、丈量土地之類的。天下亂了，知識分子跑到一個地方自己刀耕火種地養活自己，有足夠的時間開始寫東西。

其三，天下大亂，油膩的聰明人投機取巧、雞鳴狗盜，讓有識之士看不下去，要拎起筆來去寫、去罵。

所以，春秋戰國是開了無數朵美麗的智慧之花的時期。

《道德經》其實是君王的管理學

《道德經》講的道家跟《論語》講的儒家是不一樣的。舉兩個大的分歧點：一是在人應該如何管自己、管他人、管天下的問題上，道家和儒家的觀點是截然相反的；二是兩者的聽眾完全不同。《道德經》是寫給君王的，是中國的《君主論》。在戰亂不斷、民不聊生的春秋戰國時期，老子認為管理者、君王應該幹甚麼。無論老子是看檔案的，還是寫歷史的史官，都是給皇帝打工的。他服務的對象只有君王，他做的事就是寫下想法，以教導君王怎麼治理現在和未來。而孔子的聽眾是整個士階層、官僚體系和社會的中間層。

《道德經》其書：五千餘言，流芳百世

《道德經》這本書 5,000 餘字，分為 81 章。這 81 章，也沒有非常完整的體系和嚴格的順序。

1973年考古發掘的長沙馬王堆三號漢墓，出土了一套《帛書老子》，是寫在帛上的。《德經》在前，《道經》在後，而不是像我們看到的《道經》在前、《德經》在後。

老子的哲學思想，概括為一個詞是「無為」，再總結就是「順」。一個君王不要老想折騰，不折騰，世界就會符合大道，就會欣欣向榮。這是最基本的思想。

道，是大道，是形而上的，是不能用言語説清楚的，是無處不在的。它是不隨時間、空間的變化而變化的。

德是具體的，有兩層意思：第一層是先天之德——有些東西生下來就固定了；第二層是後天的德——後天教化之德，通過學習、環境影響、人和人的交往，明白人能做甚麼，不能做甚麼。

老子還説「不爭」——不要打仗，不要太劇烈的衝突，要「雞犬之聲相聞，民至老死，不相往來」。

其實老子和孔子的哲學，在中國歷史上都長時間地指導了治國、治民、治事。比如「文景之治」、「貞觀之治」，中國歷史上的兩段好時光，都深刻地被老子的思想所影響。宋代以後，政治多受孔子的思想影響。

中國的士大夫階層常強調「內莊外儒」，即用儒家的東西去處理俗事，用道家的東西掌控自己的身體和心靈。

選註《道德經》（按：不同版本的《道德經》，內容略有不同）

《道德經》第一章——道可道，非常道

《道德經》共81章，5,000餘字。如果你實在沒時間，就讀三遍第一章。憨山德清《老子道德經解》，認為「老氏之學，盡

在於此」，「其五千餘言，所敷演者，惟演此一章而已」，說他之後 5,000 字推演的都是第一章。我就從我對世間以及管理學的認識角度來講。

> 道可道，非常道；名可名，非常名。無名，天地之始；有名，萬物之母。故常無欲，以觀其妙；常有欲，以觀其徼。此兩者，同出而異名，同謂之玄，玄之又玄，眾妙之門。

「道可道，非常道」，就是世間最大、最深奧、最根本的道理是可以講的，如果不可以講，老子就不寫這 5,000 字了。道可以講，也可以把道再衍生出來，衍生出很多具體的名字。道到底是甚麼？道一，道二，道三……但是不能這麼叫它，不僅吃力不討好，而且可能會被誤導。

「無名，天地之始；有名，萬物之母」，最開始大家都沒有名字，慢慢有了名字，這就有了開始。原來人少，湊在一起將就着過日子，後來發現人多了，需要流程了。當事情變得複雜，團隊變大、人變多之後，優化流程比沒有流程要好，但過多的流程有時候還不如沒有流程。

「故常無欲，以觀其妙；常有欲，以觀其徼」，經常降低自己的慾望，看一看世界的奇妙。你靜靜地坐着，靜聽風聲如海，靜聽花開，靜聽月光落在樹葉上，靜聽蛤蟆掉到了井裏——「吧嗒」。

人活着不能完全沒慾望，用我老媽的話說：「生而為人，慾望滿身。」有慾望可以，你要去看慾望是怎麼產生、發展、變化、結束的，才能想清楚慾望到底是個甚麼東西。我過去的習慣是，升起一個慾望，給它斬掉，絕不留情。但現在我發現，對慾望不要武斷，讓它慢慢地漲一漲、飄一飄，給它點時間。

「此兩者，同出而異名，同謂之玄，玄之又玄，眾妙之門」，道、名，可名、無名，天地、萬物，都可以說「同出而異名」，都是從一個地方出來的，本一不二，玄而又玄。這是一切的開始，由一生二，慢慢地就產生了世界和人這些東西。

《道德經》第二章——夫唯弗居，是以不去

《道德經》第二章，我自己還蠻喜歡的。

> 是以聖人處無為之事，行不言之教，萬物作焉而不辭，生而不有，為而不恃，功成而弗居。夫唯弗居，是以不去。

這章先講無為。無為有幾個層次：第一個層次，因為這個世界有道存在，你不幹，道還在；你幹了，道可能就偏了。所以你要無為，在多數時候要學會收手。第二個層次，「行不言之教」，你想做甚麼自己去做，以身作則。自己做，做到了，別人能學多少就是多少，不見得要求別人做到。

「萬物作焉而不辭」，只要你做到不干涉大道的運行，你會發現周圍的一切，會有規律地、美好豐富又有秩序地生長。

接下來說的是態度。「生而不有」，你讓一些東西長成，但不要認為這是你的私有財產、你的全部功勞。「為而不恃」，你做，但不把着，做就做了，下雨就下雨了，水流走就流走了，掙

錢就掙點錢，花就花了。

「功成而弗居」，哪怕你有百分之九十的功勞，也不要跟別人嘮叨這事是你幹的，這樣容易招禍。「夫唯弗居，是以不去」，因為你不霸佔着甚麼東西，所以你也不會失去，你可能不會非常顯眼、風光，但是你也不會非常落魄。

《道德經》第三章——為無為，則無不治

「不尚賢，使民不爭」，不用推崇某些賢人，其實有很多好處，老子只說「使民不爭」，大家不爭來爭去，說「我比你賢」、「你賢我更賢」。「不尚賢」包含兩層意思。第一層，有些聖賢是假聖賢，有些聖賢只是一時一事之聖賢，非要把他樹立成楷模，讓大家拿着放大鏡去看他，他能舒服嗎？所謂「德不配位，必有大患」，就是一些人的德行、智慧、見識的水平沒到，卻非想乘風破浪，站在孤峰頂上，結果被大家拿着放大鏡去看，找毛病、找缺點，這不是給自己找事兒嗎？

第二層，對於大多數人來講，該幹甚麼就幹甚麼。如果被所謂的英雄人物、典型所驅動，而且產生誤解，就可能出現偏差，對社會造成的不良影響，可能比你設想的好影響還要大。

「不貴難得之貨，使民不為盜」，不把大家拿不到的東西當成好東西過份地宣傳，那多數人就不會起貪念了。

「不見可欲，使民心不亂」，不要讓特別攪動人心的、跟人的根本慾望相關的食色、金錢、權力在老百姓面前晃悠，晃悠多了，老百姓的心就亂了。

「是以聖人之治，虛其心，實其腹，弱其志，強其骨」，聖人的治理就是少讓人動心，多讓人吃飽肚子，少讓人有不切實際

的理想，多讓人身體好，別生病。

「常使民無知無欲，使夫知者不敢為也。為無為，則無不治」，老百姓也沒那麼多的想法、慾望，有些油膩的所謂知識分子也就不敢動。這樣持續無為，就發現沒有甚麼不能管理好。

《道德經》第九章——功遂身退，天之道

「持而盈之，不如其已」，一直拿着，一直追求，一直希望更多，不如算了。「揣而鋭之，不可常保」，你敲敲打打一件東西，讓它變得鋒利，即使它不被消磨，你也擔心它被消磨，這種擔心會消耗你很多能量。所以，不要追求全滿，不要追求一直尖鋭。

「金玉滿堂，莫之能守」，金玉堆滿室，但守不住。我有朋友攢了些古董在家，被偷了。還好他眼力不好，古董是假的，損失不大。

「富貴而驕，自遺其咎」，富貴又驕傲，自找麻煩。你又富又貴，還愛吹牛，這不是等着倒霉嗎？

「功遂身退，天之道」，功成了，身退，老天都認為你遵守了道。這句的核心詞——退。不要求全，不要求最好，該退則退。你看他起高樓，你不一定要參加落成典禮，更不要等樓塌了，差不多就退。

功成身退不容易。急流勇退的范蠡是文子的弟子，文子又是老子的弟子。文子說：「狡兔得而獵犬烹，高鳥盡而良弓藏，功成名遂身退，天道然也。」他引申的是老子的話。秦朝丞相李斯知道這個道理，但他做不到。結果被趙高污衊謀反，被夷滅三族，本人受盡酷刑，腰斬在咸陽市。他臨死前對他的兒子說：「吾欲與若復牽黃犬俱出上蔡東門逐狡兔，豈可得乎？」我想跟你牽着

黃狗出上蔡的東門，咱們去打野兔，還能做到嗎？在激烈鬥爭的人世，越是爬到孤峰，越可能出事。功成身退，明智之舉。

《道德經》第十九章——絕聖棄智，民利百倍

第十九章提出的重要主張，就是放棄追求似乎好的東西。這和退類似，但又不一樣。退是指你在得大功、大名、大利之前退下來，在你自己功成名就之前，有本事早退一步。

> 絕聖棄智，民利百倍；絕仁棄義，民復孝慈；絕巧棄利，盜賊無有。此三者以為文不足，故令有所屬：見素抱樸，少私寡欲，絕學無憂。

不要推崇聖人，放棄聖人和無比的智慧，老百姓有可能獲利百倍。放棄仁義，老百姓可能就會又孝順又慈愛。放下精巧的或是投機取巧的東西，盜賊可能就沒了。因為你把這些人為設計的東西拿開，大道就會彰顯，萬物就會生長。如果你覺得上面這些有點飄忽，有點二乎，那告訴你一個簡單的說法：追求樸素，降低慾望，減少莫名其妙的東西。

《道德經》第二十四章——企者不立，跨者不行

第二十四章的核心是別過份努力，過份努力不能長久，會傷到自身。德位要相配，你得不到的時候不要追求那個位子、名聲。

> 企者不立，跨者不行，自見者不明，自是者不彰。自伐者無功，自矜者不長。其在道也，曰餘食贅行。物或惡之，故有道者不處也。

「企者不立」，踮着腳尖，不能站得久。踮着腳尖才能夠到的位子，不能讓人安生。「跨者不行」，步子邁得太大，容易傷胯。「自見者不明」，整天只看自己，就不知道自己與別人的差距。「自視者不彰」，整天誇自己，沒人會誇你。「自伐者無功」，總把功攬到自己身上的，最後成不了大功。「自矜者不長」，總是覺得自己特好的，不會有成長。「故有道者不處也」，真有道的、有智慧的人不會這麼做。

總結就是：第一，推功攬過；第二，別太自我，認為自己哪兒都好是得不到成長的；第三，不要着急，用功時排除心中的雜念，一時做一件事情，專注地做好，再換下一件事。

自給自足，自得其樂

當你被熾盛的名利心困擾，當你因為自己的慾望身心俱疲，請讀《莊子》。《莊子》就一個道理：你手上放不下的東西一點也不重要。

莊子提出絕對自由主義，不求名，不求立德、立言、立功三不朽，就想好好地過完這一生。這遠遠走在了時代的前面。

我在成事起伏的過程中，才體會到莊子的「逍遙遊」，其實是可以在 20 多歲時就做到的，但是時間已經過去了。

人如何活得像草木一樣豐美

莊子像一個橫空出世的另類，在他那個時代劃時代，在現在還是劃時代。你不知道他是怎麼「蹦」出來的，如何得到了這些思想和寫文章的技巧，但他就是像恆星一樣在人類的天空上閃爍着，靠不到十萬字，閃爍了 2,400 多年。

精神病醫生發現，男性精神病患者都是想做大事，女性精神病患者都是想得到愛情。我不知道有多強的科學依據，但是根據我對周圍人包括我自己的觀察，覺得說得挺對。我沒變成精神病患者，歸功於我讀了《莊子》，它會幫助我放下。

《莊子》的思想就是簡單三個字——逍遙遊，人來到世間，好好看一看，活一活。《莊子》講個人和群體、個人和社會、個人和自然的關係，「天地與我並生，而萬物與我為一」，這種現代個人主義、絕對自由主義竟然是莊子最早提出的。《莊子》巧妙地闡釋了個體的人在地球上如何能活得像草木一樣優美、自然、豐富。

自給自足，自得其樂

貫穿莊周一生的主題是，自給自足，不給別人添麻煩。我不吃你們家大米飯，你也不要管我窮成啥樣，我自己能養活自己，自得其樂。他當過漆園吏。在春秋戰國時，漆器是貴族重要的生活用品、祭祀用具。漆園吏甚至都不算官，工作內容就是看守漆樹園。後來他連這份工作也不要了，估計有了點名聲，開始教課。學生給老師交個講課費，過節的時候給些糧食、肉。

現在流行「不只有眼前的苟且，還有詩和遠方」，但在莊子眼裏，哪有甚麼苟且、遠方、詩的這些區別？苟且就是苟且！我在任何地方都可以苟且，在任何地方都可以有詩和遠方，只要讓我有口吃喝，我就可以離地飛行。

莊子有個跟他一直鬥嘴的朋友，叫惠施。惠施對權、錢比較在意，並努力爭取。公元前 341 年，莊子 28 歲，惠施當了魏國的宰相，莊子前去拜訪。有人說：惠施，莊子要來了，莊子想佔你這個相位。惠施就大驚失色，說：莊子太有才了，我鬥不過他。惠施用手中之權搜捕莊子，搜捕了幾天幾夜。

莊子見了惠施之後說：你省省。南方有種鳥，它從南海飛往北海，不是梧桐樹它不去睡覺，不是竹子的果實它不吃，不是礦泉水它不喝。有隻貓頭鷹撿到了一隻死耗子，看到這隻美麗的鳥兒從它面前飛過，貓頭鷹立刻警覺：啊！你為甚麼在這兒？我講這個故事是想告訴你，其中美麗的鳥是我，貓頭鷹是你惠施，你這相位是我想要的東西嗎？不是，它對我來說就是隻死耗子。

這個故事出自《莊子·外篇·秋水》，我喜歡莊子，也喜歡「秋水」，所以我的「北京三部曲」的主人公都叫秋水。

莊子 80 多歲才死，那個時候，「人生七十古來稀」，而莊子去世時的年歲相當於現在的過百歲，在亂世裏自由自在地過完平靜的一生，不容易。

如何成為像鯤鵬一樣的人

《逍遙遊》第一段，可以感受到莊子的文字之美。

> 北冥有魚，其名為鯤。鯤之大，不知其幾千里也。化而為鳥，其名為鵬。鵬之背，不知其幾千里也。怒而飛，其翼若垂天之雲。是鳥也，海運則將徙於南冥。南冥者，天池也。

北方的大海裏有條大魚，叫鯤。鯤有多大？不知道它有幾千里長，無邊無際。這個魚游起來，你也不知道甚麼地方是它的頭，甚麼地方是它的尾，你也不知道浪花是因為海而起的，還是因為鯤而起的。

正當你想像這無比燦爛的畫面時，莊子又來了一句：這條魚化身為鳥，從海裏飛起來，飛到了天上。不得不佩服莊周的想像力。

鯤那麼大，鵬也不可能小，鵬的背不知有幾千里，翅膀就像天上的雲。當海風吹起的時候，它展翅而飛。它從北邊到南邊，南邊也有等待它的巨大的海。

人處在狹小的空間裏，思想可以比自身大億萬倍。大魚也是大鳥，大鳥也是大魚，天就是海，海就是天，「天地與我並生，而萬物與我為一」，這麼大，這麼廣闊。

> 《齊諧》者，志怪者也。《諧》之言曰：鵬之徙於南冥也，水擊三千里，摶扶搖而上者九萬里，去以六月息者也。野馬也，塵埃也，生物之以息相吹也。

齊國志怪小説叫《齊諧》，裏面講到，鵬往南邊走，擊水三千里，往上飛九萬里，像太空站一樣高，藉着六月的風。風像野馬一樣那麼快、自由、有力量。風不是空的，而是帶着各種塵埃。萬物都使力氣，形成了不平衡，形成了風。

> 天之蒼蒼，其正色邪？其遠而無所至極邪？其視下也，亦若是則已矣。

當我們看這些大景象的時候，大海、蒼天，它們有甚麼我們並不知道，對這些事情無法徹底明瞭。但同樣地，蒼天、大海，真的知道我莊周、我馮唐是甚麼嗎？它們看着，也不知道。

一切可以很大，大到像天地一樣；一個人可以很自由，自由到像鯤鵬一樣。但是，做大鳥、大魚，也不是沒有條件的。

> 且夫水之積也不厚，則其負大舟也無力。覆杯水於坳堂之上，則芥為之舟，置杯焉則膠，水淺而舟大也。

如果水積得不夠厚，大船就陷下去了。你把一杯水灑在一塊凹地上，放一個麥粒、木片，就漂起來了；可是你放一個杯子，哪怕它是木頭的，都可能沉下去。水淺舟大。

積累得不夠，想幹的事太大，即使你心像鯤鵬一樣大，心比天高、比地厚，但是如果沒有這些條件，你還是飛不上去。

每個人都可以在元宇宙中成為莊子，但是很少人能做到。因為見識、智慧不夠，你的水、天，不能負擔你的鯤、鵬。在現實社會中更是這樣，你有屠龍技，腰別屠龍刀，但是沒有屠龍的環境，你就屠不了龍。在這種時候，你該想到的不是改變整個環境，因為改變不了，反而應該是改變你自己。讓自己的見識、智慧像莊周一樣，有巴掌大的地方，就可以進入你的元宇宙，像鯤鵬一樣巨大、自由，游在大海裏，飛在天空中。

如何面對俗人的降維打擊

鯤鵬像莊周、你我一樣，都不是獨立於世間而存在的。莊周也要做漆園吏，打個小工，馮唐也要寫個書，你我總要生活，但是這不影響我們心中有元宇宙。如果我們被人嘲笑，如何看待他們？如何對付他們？莊周說：

蜩與學鳩笑之曰：「我決起而飛，搶榆枋而止，時則不至，而控於地而已矣，奚以之九萬里而南為？」

兩種小鳥，笑話鯤鵬。小鳥說：「我下了決心，一跺腳飛了起來，比村口的矮樹飛得還高。我就飛這麼高，還經常飛不到，我沒事飛九萬里，我有病啊？」聽上去挺有道理，但是我不得不說，如果你心中有更大的天地，你跟這些人講「一加一可能大於二」是沒有用的，他們只知道一加一等於二。所以莊子說：

小知不及大知，小年不及大年。

意思就是大家不在一個層面，點到為止就好了。你説服不了我，我説服不了你。彼此都沒錯，每個人都有每個人的道理。但是我們有莊周在心中，我們就知道其實有更多的真理在我們少數人的手上。

成事人要懂得見好就收

在中國古代社會，官本位的社會，很難不講做官這件事，莊子也不例外：

> 故夫知效一官，行比一鄉，德合一君而征一國者，其自視也，亦若此矣。

你別看憑你的能力能夠當官，憑你的德行能夠在一個地方混，能討得一方君主的歡心，得到國家、人民的信任。即使這樣，也請你不要太高估自己。

> 且舉世而譽之而不加勸，舉世而非之而不加沮，定乎內外之分，辯乎榮辱之境，斯已矣。

整個世界都誇你，你也不要使勁做你手上現在做的事，別不禁誇，別刻意而為之；所有人都説你做得不對，你不要沮喪，可能其他人意識不到，也可能還沒有足夠的時間來證明你是對的。你自己要明白內心和外界的關係，你自己分辨好甚麼是丟人，甚麼是得意，不要跟着別人的定義而走。

莊子領先世界很多年的看法，其實就是「是非審之於己，毀嚮聽之於人，得失安之於數」。這是成事理論。

莊子說，其實活在人世間，如果你有更高的智慧，你可以過得更輕鬆。比如像列子這樣的人：

> 夫列子御風而行，泠然善也，旬有五日而後反。彼於致福者，未數數然也。此雖免乎行，猶有所待者也。

這就好比風口上的豬。風口上的豬不需要太努力、太着急，風起，就能「有翅膀」，就能跟着風往前走，轉一圈，吃喝賺到了，財富自由了。咦？風沒了，那就回到地上，「翅膀」自然也就沒有了。「我」知道自己是豬，知道翅膀是風給的，「我」轉了一圈，沒花甚麼力氣，完完整整的還是「我」。

不是所有人都能趕上這種風，哪怕少數人成為在風口上順風飛翔的豬，也很少能在風停的時候卸下翅膀，再重新變回去。簡單地講，就是你憑運氣掙的錢，後來又憑本事都輸了。

按莊子說的，這種風口上的豬也有問題，其實根本不必飛，有更重要的宇宙，有更瀟灑的生活、更逍遙的日子。

> 若夫乘天地之正而御六氣之辯，以遊無窮者，彼且惡乎待哉！

如果你心中有天地、六氣，知道自己是個甚麼東西，知道自己的內心可以像天地一般寬廣，那麼你自己就是風，你的內心就是宇宙，任何時間你都可以自己飛翔。雖然別人看着你是在閉目、坐地、平躺。

故曰：至人無己，神人無功，聖人無名。

最強的人不聽從自己基因、人性中固有的惡的召喚。至人沒有束縛，神人不強求對人類的貢獻，聖人不求名，不求不朽，他們就想好好地過完這一生。

打工不丟人，逐利才丟人

人最放不下的是甚麼？除了初戀、班花校花、班草校草之外，到底有甚麼捨不下？

堯讓天下於許由，曰：「日月出矣，而爝火不息，其於光也，不亦難乎！時雨降矣，而猶浸灌，其於澤也，不亦勞乎！夫子立而天下治，而我猶尸之，吾自視缺然。請致天下。」

堯說：許由，我把天下讓給你。你比我強太多，能力、人品、情商、智商、個頭都比我高太多，就像日月出來之後，我還鑽木取火來照亮，就好像大雨因時而落，我還挖河溝搞灌溉，我不是有病嗎？你在這當大家的頭兒，天下就安然而治，我還在這兒挺着幹嗎呢？你上。

堯遵從了能者上、庸者下。如果你是許由，可能備身行頭，弄幾輛車，去把官接了。那你就站在了莊子的對立面。

許由曰：「子治天下，天下既已治也，而我猶代子，吾將為名乎？名者，實之賓也。吾將為賓乎？鷦鷯巢於深林，不過一枝；偃鼠飲河，不過滿腹。歸休乎君，予無所用天下為。庖人雖不治庖，尸祝不越樽俎而代之矣！」

許由説：即使我沒明説，即使我同意我的能力比你強，但是你已經把天下治理得挺好，我覺得你是及格的天子。另外，我作為獨立的個體，去替你治理天下，我能得到甚麼呢？如果我為了名，名是依附於實的，要有實際我能享受到的東西、實際我認為重要的東西，我才去圖這個名，但我實在看不出來，我得了天下之後，實是甚麼？小鳥在森林裏築巢，一根樹枝就夠了；鼴鼠喝水，肚子滿了就夠了。我一個人在這個世界上，有口吃的、有點穿的就夠了，我內心足夠自由。所以您請回，我對於天下無所求。你是一個廚子，你不做你的飯，我作為知道天下最深智慧的人（掌管祭祀的司儀），也不會替你做飯，我的任務是跟天説話。

《逍遙遊》想説的是，如果一個人能夠看透功名利祿、權勢尊位，他就可以是個逍遙的人。看透不意味着需要經歷多或者年歲大，也並不是完全脱離世間，在很多時候，你為五斗米折腰，打一份工，一點都不丟人。

把自己的心想明白

《傳習錄》對於創業者，可能是最合適的必讀書之一。

如果你想創業，想了解歷史上有哪些重要思想在影響着現代生活，想知道如何通過立言而不朽，就讀《傳習錄》。

《傳習錄》這個名字的意思是傳給你，經常練習，你就能夠抵達。

我讀《傳習錄》帶入的問題有三個：

第一，王陽明比孔子多說了甚麼？

第二，王陽明比程朱（程是指「二程」：程顥、程頤兄弟；朱是指朱熹）多說了甚麼？

第三，從成書到現在的 500 年裏，在儒學體系中為甚麼《傳習錄》最重要？

把心想明白就能面對一切

王陽明和孔孟、程朱這些前代大儒在思想上有哪些異同？

從大範圍上來講，他們都是儒學，但箇中差異還是很大的。孔孟和程朱其實已經產生了巨大的差異，這種差異和佛教的「小乘」、「大乘」有些類似。

孔孟提出的儒學主要解決的是官僚機構如何幫助帝王管理百姓，講的是管理學。

孔子、孟子想做的是管理者，社會的中堅力量——士，有道德、知識、理想、管理技術的讀書人。其目的是在一個亂世通過行政管理實現生產的恢復、社會的有序，讓老百姓過上相對穩定的日子。

到了宋代，社會穩定發展了一段時間，溫飽之外的錢多了，社會上文人變得越來越多，多到沒有那麼多官給他們去做了。

成聖、成賢在孔子、孟子的時候是不可想的。那時候「聖」的定義非常嚴格，就是統治者，就是一國之君。「賢」也是歷史上了不起的人物，比如伊尹。到了程朱的時候，修齊治平變成了成聖，管理術變成了修身術。

程朱理學講究「道問學」，也就是說，你要認認真真檢點自己。你要天天、月月、年年「存天理，滅人慾」——消滅跟天理相違背的人慾和人性，從而達到對天理越來越清晰的認識。程朱理學從很大程度上來講，是苦修派。如果用佛教的話說，程朱是漸修派，一點一點修，沒有捷徑。

王陽明講究「致良知」。你捫心自問，問自己的良知，眼觀鼻，鼻觀口，口問心。你問出來的，自認為是對的，就是對的。你把自己的心想明白了，你就能夠面對一切。不用管書上的大道理，不用管其他人怎麼想，你想知道的一切都在你心裏。從這個角度講，王陽明「援釋入儒」，把佛教的東西、禪宗的東西引入儒學，在儒學中形成自己的「心學」。

從宋代以後，朱熹古板的、漸進的、苦修的方式，被當成讀書人的正途。只要你走科舉之路，只要你還想當官，就逃不過朱熹。幾百年下來，讀書人很多恨朱熹：太煩了，一步一步走，一點捷徑都不給我；太煩了，好幾百年都不變；實在太煩了，存天理，天理在哪兒呢？

這個時候突然出現了一個王陽明，他告訴你不要去看其他書，不要去管其他人，甚至你都不要去想虛無縹緲的天理，安安靜靜地和自己的心待一會兒，你的心裏一切都有。你看清楚了自己的心，聽心的召喚，心讓你去幹甚麼，你就去幹甚麼，你就走在正確的道路上。多數人一聽就覺得太棒了。

何況王陽明也是個響噹噹的人物，曾官至國家二品大員。按他的說法去走，有些人還真成了。兩百個嘗試者中，總能有兩三個成的。不成的故事，沒人聽見，成的故事到處都在傳揚。一來二去，王陽明「心學」的大旗已經在中華大地上飄揚，心學壓倒了程朱理學。

解放自己，成就自己

如果說宋代理學的產生，是因為讀書人多了，沒有這麼多官做，到了明朝那就更厲害了。明朝對讀書人相當好，經濟發展到了一定程度，特別是在江南富庶之地，讀書但沒官做的、讀書而很困惑的閒人更多了。

我覺得八個字可以作為《傳習錄》的主題：自我解放，看到方向。

《傳習錄》迎合了那個時代，或者說適應了那個時代，也適應了之後人心裏所嚮往的——人人可以成聖。解放自己，成就自己，在那之後，成為一個永恆的主題。

個人解放、致良知、以內心為驅動，王陽明心學的主要內容，我用一句話總結就是：**按照良知，按照你的心指引你的道路去做，你就可以成聖。**

文藝界和創業者要懂心學

王陽明的心學，我覺得最該學的是文藝界，其實涉及創意內容的行當，都該學。

創意，如果不把它僅僅當成養家餬口的手藝，你就面臨一個問題：你手上有一份極富創意的活兒，應該怎麼做？

絕大多數人是過去怎麼辦就怎麼辦，維持過去的水準就不錯了，我不需要甚麼創意，做出來的東西是美的、好的就可以了。沒錯，這就是匠人精神。

日本人講匠人精神，把一些東西做到極致，然後堅守。可能你的師父或者古人已經做到了，你就去追，然後堅守就好了，但是你很難開宗立派。

對於這樣的行業，我建議讀《傳習錄》，看自己的內心，自我解放，看到方向。不要管教科書，教科書可能不對，可能不適用於你，可能對你是種限制。

與其捨遠，不如求近；與其求諸人，不如求諸己。看清自己，聽靈魂的召喚。在看清自己的過程中不斷創造、試錯，接受不完美，或許有一天你真的就成了。

第二類適合仔仔細細讀王陽明《傳習錄》的人，不是職業經理人，而是創業者。創業者在沒有現成的商業模式之下，拿自己或爹媽的積蓄，管朋友借錢，開始創業。賣出一份產品、一個煎餅、一次按摩，掙點錢，剩下點利潤，再去投資，再去融資，由小變大，甚至上市。

如果你想當訓練有素的職業經理人，在大集團帶四五百人，《傳習錄》可能不如《馮唐成事心法》管用。如果你想在街頭開個煎餅舖，《傳習錄》更好，更適合你。

因為創業的時候本沒有路，如果你有筆錢可以燒，你敢賭願賭，能夠承擔後果，那就面對自己的內心，想想這個事怎麼做。

如果都想通了，你就按照心中的答案去做，哪怕面對暫時的失敗，堅持三次，你就有可能往前多走幾步。如果還不行，你再坐下來想一想，或許你可能就是當跟隨者的料，那就不去創業了。

最適合看《傳習錄》的是藝術家和創業者。從終極的角度講，除了你自己的心，沒有更好的老師了。

這些人讀《傳習錄》要謹慎

《傳習錄》如果學不好、亂用可能會出問題，比如做官，去管大企業。

你跟着你的良知去幹了，認為自己做得特別對。在大的機構中，你的上上下下，他們也有他們的心。觀點對觀點，良知對良知，心對心，能有對錯嗎？

在大企業裏，如果你是跟人做事的初級員工，你總跟領導或周圍人說，你聽從你的良知，你不能照着他們說的去做，他們會如何處理你？

學王陽明心學的人去做官，如果做不好，常見的問題是「無事袖手談心性，臨危一死報君王」，平時揣着袖子說「我是這麼看的」、「這事應該這樣」、「我覺得」、「我感覺」、「我認為」。與之相反，孔孟之道講管理學，講的就是「勿意、勿必、勿固、勿我」。「臨危一死報君王」就是最後跟君王、領導一塊兒走到了死路。

清初士大夫階層重新審視明末敗亡的原因，重新思考王陽明的心學，提出了老老實實地做事，老老實實地構建、維持、運轉、繼承官僚體系。

心學的好處也明顯。在心學興盛的時代，江南富庶之地產生了燦爛的文學。小說有《金瓶梅》，散文方面有張岱、袁枚等，繪畫有「揚州八怪」、「四僧」、「四王」等。生活美學也達到了高峰，如明式傢具、明式飲茶、明式造園等。

王陽明的心學有革命性，也有局限性。革命性是自我解放，看到方向。局限性是在集體意志的形成上，心學沒有說清楚，甚至有一定的破壞作用。

成事、明理、克己

我舉一些我蠻喜歡的王陽明的話。

> 天下之事，其得之也不難，則其失之必易；其積之也不久，則其發之必不宏。

天下各種各樣的事，如果不是很難得到，你會發現失去也很容易。如果積累得不夠，你綻放得也不會很漂亮。

不能走捷徑，要積累。厚積薄發，建立護城河。把事情看得太容易，得到太容易，這樣的日子、成就是守不住的。

不難不做，不成事。做難事，做對的事，才能真正成事。

> 靜處體悟，事上磨煉。

在安靜的時候多體會了悟。你每天開 100 次會，見 100 個人，是沒法來看清自己的心的。要給自己一段相對安靜的時間，想想自己的心。在事上去磨煉。把做事當成磨煉自己最好的方式。多把自己的肉身當成一塊材料，多把具體的實事當成一塊磨刀石。十年磨一劍，磨刀石就是具體的事，劍就是你。

山中莫道無供給，明月清風不用錢。

不要說山裏甚麼都沒有，朗月清風你不需要一錢買，還可以享受得到。

生命只有一次，你來到世間，雖然不是你提出申請被批准之後而降臨的，但是你既然來了，還是要把它過好。想過好，就要想想時間如何來用，不要盲目地把時間花在心感觸不到的地方。

眼前路徑須放開闊，才好容人來往，若太拘窄，恐自己亦無展足之地矣。

處理事情、工作要放得開闊一點，不要鑽牛角尖，不要總爭強好勝。大道如青天，我們都可以走一邊，退半步，路寬點，彼此都方便一點。做人留一線，日後好相見。

每個人都可以講出自己的道理，很難分清楚誰對誰錯，即使分清楚，錯的一方也不會心服口服，即使心服口服，他也不會改。所以算了，多問問自己要達成甚麼目的。說不通的事，合作不愉快的人，解決不了的大問題，暫且放過去。

其實你能幹的有很多，別往牛角尖裏鑽，不要往牆角裏逼自己，你逼自己的時候也逼着別人，你逼別人的時候也是逼着自己。溫飽之後，萬事往開了想，積極努力拓展新的空間。

人須有為己之心，方能克己；能克己，方能成己。

人們總說，要無我，要忘我，但在這之前，你要先理解自己。為己這事並不丟人，這樣才能知道你的力量來自哪裏。知道了你的光明面和黑暗面，你才有可能去克制黑暗面，才能變成更好的自己。一、先要承認自己是最好的。二、發揮自己最善良、光明、美好的一面——致良知。三、克服自己非良知的部份。四、知行合一，實現自己的良知。

王陽明晚年對心學的總結，是四句：「無善無惡是心之體，有善有惡是意之動，知善知惡是良知，為善去惡是格物。」

如果你覺得繞，就記住三句——「心即是理」：你的心就是天理；「知行合一」：認定了就去做，做到了才是真知道；「致良知」：奔着心中光明的、善良的、正能量的方面去，不要陷到黑暗之中。

如果你還覺得複雜，用禪宗的一句話説就是：諸惡勿作，諸善奉行。

在點滴日常中漸悟

《六祖壇經》是了解禪宗的最好的書，沒有之一。《六祖壇經》是惠能的言行錄。傳説中惠能不識字，所以《六祖壇經》可能是惠能的徒弟、惠能徒弟的徒弟收集、整理出來的。

佛説「不可説」。禪宗講究不落文字，禪宗對於語言文字有相當的「戒心」。

我們做管理，常常要意識到一個困境，就是沒有完美的解決方案。語言是沒辦法的辦法，如果不是語言文字，不是印刷，禪宗留到今天的東西還要更少、更凌亂、更有誤導性。語言的確是一個非常有誤導性、容易產生偏差的東西，但是如果你意識到語言的偏差、誤導性和限制，轉回來還能幫着你更好地認清禪宗的真相。

宗教領域的一股清流

禪宗從印度來。《五燈會元》裏説西方老祖有 20 幾個。西方初祖是釋迦牟尼。東方初祖叫達摩。

禪宗有沒有這些西方老祖？不一定。禪宗在東方，你可以把它理解成純正的、第一次出現的中國佛教。我們對佛教非常有創造性地進行了二度創造，產生了禪宗。禪宗有中國特色，是東方佛教，是中國禪。

禪宗的特點是：簡素、思考、自力。

簡素：不忽悠信眾捐錢

禪宗的第一大特點是簡素。禪宗是非常簡單、樸素的宗派。

簡素的一個層面是，禪宗講究找座山，找處水，搭兩三間房，然後大家就可以一起修禪。修得習慣了、明白了，如果想出去轉悠，就出去；想回到俗世再做點事，那就再做點事。

簡單到沒有高塔、寺廟，不求高檔，不求輝煌。不像南北朝、隋代、唐代花錢建輝煌建築，比如敦煌一個個洞窟，背後都是貴族、有錢人，心裏有點事，修個小佛陀。禪宗不同，禪宗不講究高大輝煌、富麗堂皇。禪宗修行人就是一些山林的隱士，用簡單的吃喝應付自己的肉身。雖然生活簡單，思想卻極其豐富，禪就在心中。

省錢，環保，每個人都可以用上，每個人都可以號稱「修禪」。其副作用是留不下甚麼物質文化遺產。

禪宗還有一個好處，就是不能形成明顯的勢力。禪宗是一個出世的、遠離權力的宗教。它跟皇親國戚、大賈富商離得挺遠，它不問江湖事，只管內心的平靜，內心脫離苦海。

它也沒有甚麼經書，《六祖壇經》是個例外，禪宗不相信你皓首窮經，看了很多文字，就是一個很好的禪師。禪宗修煉的方式，不是鑽進故紙堆。

簡素的另一個層面是，禪宗在很多時候沒有偶像，禪宗不認為你拜個木頭雕的佛就有用，那都是無用功。

禪宗是個簡素的宗教，它沒廟，沒神，沒經。

思考：不主張燒香磕頭

禪宗的第二個特點是思考。禪宗追求智慧、崇尚思考，這又跟一些講究信和知識的佛教宗派不一樣。

比如唐三藏唐僧的唯識宗，把一切弄得好複雜，別說普通老百姓，就是知識分子，皓首窮經，沒個一二十年都不知道佛經裏在說甚麼。多數宗教講究的是你要信，你不要想，想得越少越好，你要相信，哪怕是一些莫名其妙的東西。

但是禪宗強調不信、懷疑、思考，強調通過思考而產生的覺悟。你要趁着事去琢磨，智慧的路是要通過學習和思考才能走通的。由覺生定，由定生慧。

自力：不求佛菩薩保佑

禪宗的第三個特點是自力，心即是佛，自性就是佛性。

禪宗不強調師承，你漸悟了，你就是禪者，不一定要有師父帶着。師父棒喝你，可能是一條捷徑，但也可能因為師父的棒喝，你心生魔障，反而成了一條彎路。盡信書不如無書，上師往往是個騙子——這是禪宗的看法。

禪宗強調自力，強調內心有一個強大的核，沒有比自己這顆心更好地去修禪、修佛的途徑了。你的心蘊藏了足夠的無上智慧，你之所以沒看到，不是你心的問題，是你蒙上了眼睛。

強調自我，同時也就強調了日常。從自己、從自心、從真性、從真我去修佛，就夠了。怎麼修？修日常禪。日常的一飲、一飯、一睡覺、一談話、一讀書、一散步，都是修行的方式。枯坐、打坐、苦修是沒有用的。如果你枯坐就能成佛，那所有走不動道的人都是佛了。你當然可以做，但跟必修之路沒有任何關係。

通過個人經驗、日常去修行，強調自己，強調自己的視角，別信其他，信自己。沒有現成的路，全靠你自己。

「應無所住而生其心」

如果用一句話概括禪宗的精髓，那就是「應無所住而生其心」，意思是避免兩個極端。一個極端，是認為一切都是真實的，所有好東西都去追求，追求到的就死守，你「住」在這種糾纏和慾望之中。當然，你的慾望可能會用更鮮活、正面的形象表現出來，表現成你的理想、追求、願景，但也是極端。禪者的定義就把它叫作「住」，你陷在裏面了。

另外一個極端，是絕對的空無。你陷在人生無意義、所謂的涅槃之中，甚麼都是「沒意思、沒勁、沒趣、沒用、空」。

這兩個極端，用另外一種説法，一個叫「有執」，一個叫「空執」，都是一種執念。

正確的態度是「應無所住而生其心」，各種境遇、追求，都是不應該往死裏較真的，都是應該拿得起、放得下的。「生其心」，就是各種境、態、相都不值得去着相，去執着。

「應無所住而生其心」，知道無常是常，但是這不影響我們內心腫脹，來世界花開一場。

曾經有人説，儒家教我們拿得起，道家教我們放得下，佛家教我們想得開。這話有一定的道理。

《六祖壇經》精髓

我不是佛教徒，應該算某種意義上的禪修者。禪是要靠自己的，禪是不需要上師，甚至不需要經典的。禪是需要自己在日常生活的一點一滴、一言一行、一食一飯中去慢慢琢磨的。或許你能遇上好老師，能遇上某些決定性的瞬間，你在一瞬間開悟了，開悟之後你一直就是開悟的狀態。或許有所反覆，又墜入原來的輪迴、原來的思維定式，但是一旦你開悟，你就很難回到沒開悟的狀態。

惠能開悟

《六祖壇經》第一章《悟法傳衣第一》，講的是六祖惠能自己一輩子主要的經歷，類似於一個小傳。

> 能嚴父，本貫范陽，左降流於嶺南，作新州百姓。此身不幸，父又早亡，老母孤遺，移來南海，艱辛貧乏，於市賣柴。時有一客買柴，使令送至客店。客收去。能得錢，卻出門外，見一客誦經，能一聞經云「應無所住而生其心」，心即開悟。遂問客誦何經。客曰：「《金剛經》。」

惠能家祖籍實際上是北京的，惠能得了衣缽隱居在南方。惠能第一次有開悟的感覺，是讀到「應無所住而生其心」。

我作為一個禪者，第一次有開悟的體會，也是在一個晚上讀到這句，感覺很好，我覺得我應該明白了一切。

只要有一次明白了一切這種感覺，你至少不會永遠糊塗。這有點像小腦記憶，比如你學自行車，忽然在一瞬間，你會騎了，那麼你這輩子都會騎。

那天晚上，我在香港大學對面的太平山腳下住着，晚上突然醒了。當時周圍非常安靜，月亮特別大，月光像一盆水似的落下來。我覺得我也像一盆水，也落了，彷彿身體裏有一個「塞子」被拔掉了，然後身體「這桶水」，那些煩惱、糾纏、想不開就落下來了，在這一瞬間，心裏變得很平和。我看見月亮大大的，掛在窗前，「應無所住而生其心」。

何為功德

第二章《釋功德淨土第二》，講了禪宗和其他佛教的區別。

> 公曰：「弟子聞達摩初化梁武帝，帝問云：『朕一生造寺供僧，布施設齋，有何功德？』達摩言：『實無功德。』」

韋刺史説：「弟子聽説，達摩最開始去度化梁武帝，梁武帝問：『我一生建造寺廟，供養和尚，布施設齋，有甚麼樣的功德？』達摩説：『甚麼功德也沒有。』」

> 「功德在法身中，不在修福。」
>
> 師又曰：「見性是功，平等是德。念念無滯，見本性真實妙用，名為功德。」

功德，靠花錢沒用，是在智慧中。看到自己的真性是功，看到自己的真性，自己的自我跟其他人的自我其實是一個自我，這是德。

> 內心謙下是功，外行於禮是德。

內心安安靜靜地、踏踏實實地看自己的真性，這是功；在外邊，對外人有禮貌、講公德，是德。

> 善知識，念念無間是功，心行平直是德。自修性是功，自修身是德。善知識，功德須自性內見，不是布施供養之所求也。是以福德與功德別。武帝不識真理，非我祖師有過。

簡單地説，佛在你心裏，不在你的鈔票裏。念佛，念自心，通過自心做日常該做的事情。蓋大廟，蓋廟的施工隊、當地景點收票的、當地地方官、當地大和尚都開心。做的這些事，雖然看似能幫你增加福德，削減罪孽，但是其實都是沒用的。

如何開悟

所謂漸修和頓修，也就是靠甚麼方式去達到最後的開悟。惠能是這麼説的：

> 善知識，本來正教，無有頓漸，人性自有利鈍。迷人漸契，悟人頓修。自識本心，自見本性，即無差別。所以立頓漸之假名。

漸修也好，頓悟也好，其實只是不同的方法，最後達到的結果很有可能是一樣的，不同的方法只是適用於不同的人。

其實我日常繁重的工作，也是我日常禪的一部份。我也是花了很多工夫，吃過很多苦，才明白「本一不二」的，才明白「應無所住而生其心」的意思。如果沒有我日復一日、年復一年的親嘗，沒有我眼、耳、鼻、舌、身、意體會到的痛苦、煩惱，沒有我持續不斷地琢磨，我想也沒有那一次，在那個月夜，在太平山下，那一時的頓悟。

從禪宗公案見佛心佛性

如果挑兩三本與禪宗相關的書推薦大家，那就是《六祖壇經》、《金剛經》、《五燈會元》。

《六祖壇經》例子少、説教多，我就着《六祖壇經》給大家引一些《五燈會元》、《景德傳燈錄》裏的禪宗公案，都是小故事和案例。

公案一：大珠用功

> 有源律師：「和尚修道，還用功否？」大珠慧海：「用功。」有源律師：「如何用功？」大珠慧海：「飢來吃飯睏來眠。」有源律師：「一切人總如同師父用功否？」大珠慧海：「不同。」有源律師：「何故不同？」大珠慧海：「他吃飯時不肯吃飯，百種需索，睡時不肯睡，千般計較，所以不同也。」

「律師」是懂得佛律、戒律的那麼一個有學問的人。

大珠慧海禪師的大意是，多數人，吃飯的時候不好好吃飯，做吃飯之外的事情；睡覺的時候不肯睡覺，翻來覆去，各種計較、安排；所以多數人跟「我」不一樣。

公案二：鳥窠道林與白居易

> （鳥窠道林）後見秦望山有長松，枝葉繁茂，盤屈如蓋，遂棲止其上，故時人謂之鳥窠禪師。

鳥窠道林，看到山上有大松樹，好茂盛，又能遮風，又能擋雨，他就住在上邊。別人一看這個人整天待在上面像鳥似的，就把他叫成鳥窠禪師。

白居易正好到附近當官兒，就進了這座山去拜見鳥窠禪師。

> 「禪師住處甚危險。」

禪師啊，你住在這個地兒忒危險了，萬一翻個身，就從樹上掉下來了，就摔得屁股裂成八瓣了。

> 師曰：「太守危險尤甚！」
> 白曰：「弟子位鎮江山，何險之有！」

白居易就説：我是一方大員，守一方疆土，有甚麼可險的？

> 師曰：「薪火相交，識性不停，得非險乎？」

大意就是：你整天擔心這、擔心那，心掛名、權、利等東西，慾火天天在燃燒，思慮一刻都不停，你在你的位置上難道不危險嗎？

白居易又問：「如何是佛法大意？」

烏窠道林跟他講：「諸惡莫作，眾善奉行。」

白曰：「三歲孩兒也解恁麼道。」

白居易說：「這一點三歲小孩都知道。」他的意思是，烏窠道林作為禪師，有沒有點新東西。

烏窠禪師是這麼說的：「三歲孩兒雖道得，八十老人行不得。」——別看我這是簡單的道理，3 歲小孩都說得明白，但是 80 歲老人做不到的比比皆是。

所以，禪的確是一枝花，不需要太多的說法；禪也的確是一件衣裳、一個飯碗，天天穿、天天捧起來吃。禪，在日常；禪，在花開。

做好小事，想點大事

我們都是人類。如果有非人類來問我們：「人類的歷史是甚麼？」我們怎麼回答？

《人類簡史》給了我們一個宏大的角度：不考慮民族，不考慮國家，不考慮地理，不考慮時間，從人類的角度來看歷史，從歷史的角度來看人類。

在 AI、大數據、基因等這些新技術快速發展的趨勢下，未來的人會是甚麼樣子？國家、貨幣、宗教等維繫人類社會的要素將來會變成甚麼樣？讀《人類簡史》能夠讓我們思考一個重要的議題：人類往何處去？

雖然議題深奧，但這本書寫得簡單好讀，還能夠給你提供很好的談資。

人類歷史的四大階段

歷史學家尤瓦爾·赫拉利於 1976 年 2 月 24 日生於以色列海法，2002 年獲牛津大學博士學位，專門研究中世紀史和軍事史，現在耶路撒冷希伯來大學歷史系任教。尤瓦爾受過嚴格的歷史學科學訓練，是在用寫科學綜述的方式，總結歸納前人在這個題目上積累的功夫，幫我們走了一條「捷徑」。我們不用讀他讀過的大量相關的書，讀他這本就夠了，花 10%-20% 的工夫，獲得 80% 甚至 90% 的成效。

這本書把人類的歷史——從石器時代到今天智人的演化分成了四個階段。

第一階段，認知革命。約 7 萬年前，智人演化出了想像力。用我的語言總結就是，在七八萬年前，上一個冰河期結束之後，智人裏格外有「智」的人，胡思亂想、哄騙他人的能力特別強。沒有的事他能説成有，看不到的事他能編，他還能用自己的想像來鼓動其他人。簡單地説，認知革命時期有一些偉大的騙子出現，他用自己的騙術激勵很多周圍的人，跟他一塊兒去實現所謂的理想。

第二階段，農業革命。就是 1 萬年前，農業開始發展。人們常年聚集在一起，有了分工合作，有了多餘的食物，有一些人可以不幹活了。大多數人要從事更多勞動，不見得能比認知革命時期的人活得更舒服。農業革命讓有些人可以不勞而獲，也讓大家在相對固定的地理位置生活。

第三階段，人類的融合統一，使人類政治組織逐漸融合成幾個統一的「全球帝國」。1500 年之前，以歐亞大陸為主要載體，大家基本有一套共同的維繫體系，包括貨幣、宗教、國家，這麼一個帶引號的「全球帝國」。

第四階段，就是從 1500 年到現在，從哥倫布發現新大陸一直到現在，他定義為科學革命時代。科學革命一步步加速發展到今天，我們使用共同的科技，數據在以海量的方式積累，我們也在越來越多地理解人類的基因。人類往何處去，是現在我們所有人類面臨的最重要的議題之一。

尤瓦爾貢獻了一個角度：打破地域限制，沒有國家、民族的概念，不談具體的文化，把人類當成一個總體，在地球範圍內考慮人類共同體是從哪兒來，現在是甚麼狀態，要到哪兒去。這個人類共同體的角度是之前沒有人寫過的，而在現在又是非常切題的。到了21世紀，我們要面臨共同的困難、共同的科技發展，無論你在地球的甚麼地方，你多少會感受到。

角度重要，結論不重要；引發你思考重要，答案不重要。生命技術、計算機技術50年、100年、500年後是甚麼樣子？1,000年後人類還能不能存在？用甚麼方式存在？不一定要有標準答案。

解讀《人類簡史》核心概念

一、人類

早於歷史記錄之前，人類就存在了。250萬年前到200萬年前，就出現了類似你我這樣的「東西」或動物，然後他們世世代代繁衍。

那個時候，人類並沒有甚麼突出之處，數量不多，能力也一般。相對其他物種，人類更愛群居、聊天，更「事兒」。其他的猴子、猩猩、大象看人類，也沒有覺得這是萬物之靈、世界之長，世界的命運都掌握在你們手上，你們就是整個地球未來的王。

有幾種著名的人類，比如說智人，這是之後成為王者的。在歐洲和西亞有一種尼安德特人，他們更魁梧，更不怕冷。東方亞洲住的叫直立人。在印度尼西亞爪哇島，有一種矮人叫梭羅人。在西伯利亞洞穴裏發現的一種人，叫丹尼索瓦人。剛才說的都是「人屬」，都屬人類。在這些人種中，有的高大，有的矮小，有的會殘酷地捕殺，有的會溫和地採集；有的住在島上，有的住在洞穴裏，有的在大陸上遷移、共存，而且沒有線性發展關係。同時存在多種人，就有點像現在同時存在多種狗，我只是打一個比喻。

二、智人

我們都是智人的後代，智人的共同特徵就是有智慧、有腦子。雖然人種之間有諸多不同，但是有幾項共同的人類特徵，其中最重要的就是人類的大腦容量明顯大於其他動物的。

龐大的腦袋有個好處，會產生想像，可以激勵自己，也可以激勵別人。除編故事、想像之外，腦子還有一個作用，就是學習。腦子大了之後，就有很強的記憶能力。能學習，能記住，就不容易重複錯誤。

腦子的好處：會學習，會記憶，會瞎編；也有壞處：耗能巨大。腦子大了，佔體重的 2%-3%，耗能 25%。猴子、猿等，腦子的耗能只有 8%。

三、人類後天的可塑性

在所有地球生物裏，人類後天的可塑性是最大的。其他生物出生的時候，99.9% 都已經由基因決定論定了。為甚麼人類不能 99.9% 先天決定？

原因跟人類的大腦袋和人類適應大腦的過程相關。人類在平均 38 週孕期時生下孩子，到 39 週、40 週的時候，胎兒的腦袋發育太大，出現難產的可能性是巨大的。

人類按自然界的定義，基本上都是早產。其他動物基本上出生沒多長時間，就可以站立、行走，甚至跑跑跳跳。人呢，七坐八爬九扶站，就是七個月才能坐着，八個月才會爬，九個月才能扶着東西站起來。人類多麼「弱智」啊。為了避免難產，人類多數是早產，因此需要有漫長的時間去繼續發育。所以人的腦袋、人的身體的可塑性，比地球上的其他物種都要強。

如果周圍的人、父母能讓小孩培養出好的習慣和品性，是能夠在一定程度上彌補先天的不足的，所以人類教育還是有很大作用的。

四、人類最偉大的發現——火

人類歷史上最偉大的發現，我認為是火。吃的種類沒變，但火讓人類花在吃飯上的時間大幅減少。

大約在 30 萬年前，直立人、尼安德特人以及智人的祖先，用火已經是家常便飯了。火可以作為光源和熱源，可以作為武器，可以讓自己不再受凍。火對人類來說很重要。

火帶來的最大好處是能夠烹飪。有些食物處於自然形態的時候，無法被人類消化吸收，像小麥、水稻、馬鈴薯等，生的時候是不能吃的。但正因為有了烹飪技術，它們才能成為我們的主食。

火不只會讓食物起化學變化，還會讓其起生物變化。經過烹調，食物中的病菌、寄生蟲都會被殺死。此外，對人類來說，就算吃的還是以往的食物，比如那些捕獲到的動物等，煮熟後再吃，所需要的咀嚼和消化時間就能大幅減少。

黑猩猩咀嚼生肉，每天得花上五個小時。但人類吃的是熟食，每天花上一個小時就夠了。所以在不經意間，烹飪讓尼安德特人和智人走上了讓大腦更大的道路，我們有足夠的能量去供應大腦，我們有足夠的時間讓大腦快速運轉。

五、語言

認知革命，人類經歷的第一場革命，核心詞是語言文字。

在距今 7 萬年前的前後，智人發生了一次突飛猛進的變化，走出了非洲，不僅把其他遠親，包括尼安德特人和其他人類趕出了中東，還到了原來智人沒有到過的地方，越過海洋，去到澳大利亞大陸。智人發明了船、油燈、弓箭、車輪等，還有縫製禦寒衣物所不可缺少的針。他們還創造了藝術，第一次有了藝術品，有了珠寶。他們不僅會編瞎話，還會臭美了。這時也出現了宗教、商業和社會分層、社會分工。

用一句話總結：智人出現了想像的能力。智人某種關鍵的基因改變，給予了智人語言能力，這種語言能力又增強了智人想像的能力。

在認知革命之後，傳說、神話、神以及宗教也應運而生。無論是人類還是許多動物，都能大聲喊：「小心，有獅子！」但在認知革命之後，智人能說出「獅子是我們祖先的一部份，是我們的保護神」。「討論虛構的事物」，正是智人語言最獨特的功能。

「所以，究竟智人是怎麼跨過這個門檻值，最後創造出了有數萬居民的城市、有上億人口的帝國？這裏的秘密很可能在於虛構的故事。就算是大批互不相識的人，只要同樣相信某個故事，就能共同合作。」

智人如何把部落擴展成城市，一個可能就是：靠編故事。地球上第一撥「騙子」智人，實現了人類的大進步。

六、採集生活

智人絕大多數以採集為生。出去撿東西，跟大自然討到甚麼就吃甚麼。

採集生活是不是很悲慘？不一定。只挑比較適合生活的環境，競爭對手並不多，當然要躲開大的野獸。由於人並不多，所以稍稍採一點就好了。這還有一個好處，不用擔心過度肥胖。

採集者不只深深了解自己周遭的動物、植物和各種物品，包括風雨雷電，也很了解自己的身體和感官世界。他們可以聽到草叢中細微的聲響，知道裏邊是不是躲着一條蛇。他們會觀察樹木的枝葉，能找出果實、蜂巢、鳥巢。他們總是以最省力、最安靜的方法行動，也知道怎麼坐、怎麼走、怎麼跑才最靈活、最有效率。他們不斷地以各種方式活動自己的身體，讓他們像馬拉松選手一樣精瘦。就算現代人練習再多年的瑜伽或太極，也不可能像他們的身體一樣靈敏。

採集者的打工時間遠低於當代社會。反觀現在的富裕社會，平均每週的工作時間是40-45小時，像我是80-90小時，悲慘啊，悲慘！

七、農業革命

農業革命在1萬年前左右發生，產生的結果是人類數量極大增加，變成世界上最主要的物種之一，不是數目上，而是重要性上。因為人類「征服」了十種左右主要的物種，通過這些植物物種和動物物種，滿足了自己的基本營養需求，基本實現了衣食相對無憂，同時也造成：（1）人越來越多，能夠養活的人也越來越多；（2）有些人開始可以不勞而獲。這些不勞而獲的人在生理、心理上並不見得比10萬年前的智人更加能幹、更加了不起。但是因為他們能不勞而獲，同時又有智人騙人的能力，於是就開始生事。這種「無事生非」產生了之後的歷史，包括科技革命。

一個新東西的產生，並不意味着能夠讓世界變得更簡單一點，哪怕它的初衷是為了讓世界物質更多、效率更高、麻煩更少。但結果是物質更多、效率更高了，但是麻煩沒有更少。**人往往會自己給自己加戲，自己給自己添事。沒有的，他想像成有，有時候想像的竟然實現了，於是他更加得意，想要更多，然後就幹了更多莫名其妙的事，這就是人類。**

了解他人和自己的天賦

小説有時候比非虛構的故事更真實，因為它反映某個特定時代的人怎麼想、怎麼做、怎麼説，甚至比電影更真實。比如《飄》，小説裏男女主角沒那麼好看，莊園相對破爛，完全不像電影裏俊男美女、大莊園，小説更真實。如果大家想知道南北戰爭是甚麼樣子，應該讀小説《飄》，而不是看電影《亂世佳人》。

同理，如果你想了解一段歷史，建議去讀讀相關的小説。比如《芙蓉鎮》、《棋王》，還有王小波的《黃金時代》、《似水流年》、《革命時期的愛情》等，還有王朔的《動物兇猛》。

《棋王》的故事很有典型性，講了一個知青，由於特殊的時代原因，從大城市去到邊遠的雲南某鄉村，在那裏聽到的、遇到的、經歷的事情。讀完它，請你不要忘記我們苦難的民族經歷過那麼一段歲月。

好文字本身就有力量

阿城的文字功夫好，屬老天賞飯。在 20 世紀 80 年代，文學剛剛像春花一樣綻開的時候，活着的作家除了汪曾祺，就是阿城，文筆排名前二。對一個作家來説，文字好，寫啥都是好文章，文字本身就是非常強的力量。

> 車站是亂得不能再亂。成千上萬的人都在説話，誰也不去注意那條臨時掛起來的大紅布標語。這標語大約掛了不少次，字紙都折得有些壞。喇叭裏放着一首又一首的毛主席語錄歌兒，唱得大家心更慌。

在阿城的平鋪直敘下、簡單白描下，你能感覺到甚麼力量在湧動，一些事情在發生。

車廂裏靠站台一面的窗子已經擠滿各校的知青，都探出身去説笑哭泣。另一面的窗子朝南，冬日的陽光斜射進來，冷清清地照在北邊兒眾多的屁股上。

這就是「小説家之眼」。一堆人湧向送別的人群，屁股朝向車裏邊，腦袋朝向車外邊。阿城沒寫陽光照在學生身上，沒寫陽光照在他們的衣服上，阿城説的是「冬日的陽光斜射進來，冷清清地照在北邊兒眾多的屁股上」，與大家熱鬧的哭泣、道別形成對比。

兩邊兒行李架上塞滿了東西。我走動着找我的座位號，卻發現還有一個精瘦的學生孤坐着，手攏在袖管兒裏，隔窗望着車站南邊兒的空車皮。

注意，他「孤坐着」，孤孤單單坐着，但沒寫「孤孤單單」，只説「孤坐着」，只説「精瘦的學生孤坐着」。自己身邊也沒有人值得去説笑、哭泣，也不去看其他人説笑、哭泣，自己坐着，望着另外一側的冷清。

哪怕拉開時間長度，一兩千年，阿城的文筆都是好文筆。

觀察別人和自己的天賦

甚麼是天賦？怎麼知道自己有沒有天賦？天賦有多少呢？

我觀察自己，有兩方面天賦：一是我能把複雜的事情想清楚；二是我有寫作天賦，知道如何把詞、句子、段落、篇章安排妥當，就像一個造物者安排花朵、草木、禽獸，我知道如何安排那些文字。

阿城的《棋王》講了一個下棋的天才，有天賦的人在他筆下是這樣的。

> 那個學生瞄了我一下，眼裏突然放出光來，問：「下棋嗎？」倒嚇了我一跳，急忙擺手說：「不會！」他不相信地看着我說：「這麼細長的手指頭，就是個捏棋子兒的，你肯定會。來一盤吧，我帶着傢伙呢。」……我笑起來，說：「你沒人送嗎？這麼亂，下甚麼棋？」他一邊碼好最後一個棋子，一邊說：「我他媽要誰送？去的是有飯吃的地方，鬧得這麼哭哭啼啼的。來，你先走。」

在「他」的眼裏，只有棋，沒有外界，外界怎麼問，外人怎麼說，他只是說——下棋吧。

下面一段描寫吃的細節，堪稱經典：

> 列車上給我們這幾節知青車廂送飯時，他若心思不在下棋上，就稍稍有些不安。聽見前面大家拿飯時鋁盒的碰撞聲，他常常閉上眼，嘴巴緊緊收着，倒好像有些噁心。拿到飯後，馬上就開始吃，吃得很快，喉結一縮一縮的，臉上繃滿了筋。常常突然停下來，很小心地將嘴邊或下巴上的飯粒兒和湯水油花兒用整個兒食指抹進嘴裏。若飯粒兒落在衣服上，就馬上一按，拈進嘴裏。

若一個沒按住，飯粒兒由衣服上掉下地，他也立刻雙腳不再移動，轉了上身找。這時候他若碰上我的目光，就放慢速度。吃完以後，他把兩隻筷子舔了，拿水把飯盒沖滿，先將上面一層油花吸淨，然後就帶着安全抵岸的神色小口小口地呷。有一次，他在下棋，左手輕輕地叩茶几。一粒乾縮了的飯粒兒也輕輕跳着。他一下注意到了，就迅速將那個乾飯粒兒放進嘴裏，腮上立刻顯出筋絡。我知道這種乾飯粒兒很容易嵌到槽牙裏，巴在那兒，舌頭是趕它不出的。果然，待了一會兒，他就伸手到嘴裏去摳。終於嚼完，和着一大股口水，「咕」的一聲兒咽下去，喉結慢慢移下來，眼睛裏有了淚花。

這段描寫得太好。幾乎所有人都帶着童年的記憶活着，年紀再大，你跟童年的狀態也沒有太大變化。最初的記憶、最初的經歷，都在很長一段時間裏控制着我們的人生。我們小時候講浪費可恥，所以我長大之後，看到任何人浪費，心裏都很不舒服。我克服了很久很久。**小時候養成的習慣，到了大了不一定對；即使對，也不是你一定要堅持的事情。**

後來聽說呆子認為外省馬路棋手高手不多，不能長進，就託人找城裏名手邀戰。有個同學就帶他去見自己的父親，據說是國內名手。名手見了呆子，也不多說，只擺一副據傳是宋時留下的殘局，要呆子走。呆子看了半晌，一五一十道來，替古人贏了。名手很驚奇，要收呆子為徒。不料呆子卻問：「這殘局你可走通了？」名手沒反應過來，就說：「還未通。」呆子說：「那我為甚麼要做你的徒弟？」

然後這名手被氣瘋了，說：「你這個同學桀驁不馴，棋品連着人品，照這樣下去，棋品必劣。」

這裏我想說，祛魅。很多人因為時機好，因為運氣好，因為命好，有了他們的地位，有了他們的名頭，但是並不意味着這些人真的有智慧、有水平、有能力，他們可能能唬住一般人，但是他們唬不了自己以及真正有天賦的人。

我非常感激一個人，我北大的校友、師兄。他看完我寫的第一部小說《萬物生長》後跟我說：你記住，不要聽任何評論家怎麼評論你的文章。我說：為甚麼？您也是評論家，我請您來就是想聽聽您的意見，我應該如何寫得更好。他跟我說：一、評論你文章的人，他們寫不出來你能寫的東西。二、聽了你也不見得需要改，你做自己就好了。三、老天賞你這口飯，你就慢慢吃，不用着急，也不要放棄，但是這句話可能也是白說，老天賞飯，你不吃也得吃，老天不放棄，你就放棄不了。

這個人當了《人民文學》的主編，就是李敬澤。他的這番話，讓我受益匪淺。

李敬澤說的「評論家」，就像「棋王」遇上的「前輩」。遇上前輩，前輩願意教你，那已經是運氣了；前輩還能實事求是跟你講，就更是運氣了。有這種眼光和坦誠，也是一種天賦。

我們似乎總有一個傾向，這個人要麼必須是神，要麼就是跟你我一樣平凡、普通的人。其實有些人有天才的閃爍點，甚至在某些方面真的是天才，只是我們缺乏承認、認可，甚至缺乏對他閃光點的崇拜。直到這個人被所謂的官方認可，得了所謂的大獎，掙了大名，得了大錢，大家才說，他或許真的是天才。

阿城通過《棋王》告訴大家，其實我們身邊是存在天才的，我們要試着去發現他們，包括發現自己身上的天才屬性。進一步地說，去尊重他們，同時也尊重我們自己。

這個世界、這個地球，如果能有更多的天才被發現，那就像花園裏有更多的花朵開放，天空裏有更多的星星閃爍。

第六篇

專心，才對得起美好之物

生活家需要能養活自己

我總體上是個悲觀主義者，如果你問人生有沒有終極意義，我覺得沒有。但是我又是局部樂觀主義者，既然被一腳踢到地球上來，那就過好這一生。**生而為人真苦，如何在這一生裏過得有點人樣，活得開心一點，在苦中作樂，是個大問題。**

浮生若夢，為歡幾何

《浮生六記》成書於嘉慶十三年（1808 年），是清朝長洲人沈復撰寫的自傳體散文集。「浮生」這個詞，沈復不是第一個用的，卻是第一個打動我的。

「浮生」典出於李白的《春夜宴桃李園序》中「夫天地者，萬物之逆旅也；光陰者，百代之過客也。而浮生若夢，為歡幾何？古人秉燭夜遊，良有以也」。沈復想過理想的文藝生活，就像李白的《春夜宴桃李園序》裏描述的，喝酒、聊天、逗趣、寫詩。很可惜，他命不夠好，成事能力差，以及家境不夠富，沒能過上李白的日子。所以，沈復嘆浮生若夢，追古思今，淚如泉湧。

我堅定地認為，一個世道變壞，是從看不起文藝青年開始的。文藝青年如何在這慘淡的世界裏過好一生，獨自厲害，獨自快樂，獨自文藝，挺難的。

沈復沒有解決好這個問題，但是他提供了思路、經驗、教訓，而《浮生六記》就是現在文藝青年過好一生的養料和教科書。這本書是一部手抄本。我説過半部文學史都是靠手抄本支撐的，比如《紅樓夢》、《金瓶梅》，中國歷史上偉大的兩部小説都是手抄本。《浮生六記》本來不長，開始出版的時候已經只剩「四記」了，缺了三分之一。倒霉孩子。

所以這個故事告訴我們，要真實，真情實感，有感而發。如果你沒有真情實感，無病呻吟，你寫不出好東西。真是好東西，哪怕通過手抄本的形式寫出來，傳播出去，也不會被埋沒。

兩個「奇葩」的一生

沈復，字三白，號梅逸，乾隆二十八年（1763 年）十一月二十二日生於長洲（今江蘇蘇州）。他生逢盛世，生在江南富庶之地，中產人家，天時地利人和。但是沈復這個「二貨」未參加過科舉考試，他 19 歲入幕，就是當某些大官的幕僚。他不走尋常路，曾經靠賣畫維持生計，做過一些不靠譜的小生意。

他過着吃喝嫖賭抽的一生，竟然還找到了愛情。

這個愛情對象陳芸，不僅不阻止他嫖娼，還幫他籌劃納妾，很少見；兩人恩恩愛愛二十幾年，又很少見。然而，兩人結局很慘。沈復後來連兒子、閨女也養不起，兒子很早就死了。他去過琉球、看過釣魚島，走南闖北，各方遊歷，這番經歷在當時也算是少見了。

《浮生六記》是沈復 46 歲的時候寫的，在清朝的時候，46 歲差不多已經活得七七八八了，剩下的基本是等死的日子了。

二百年前的文青的悲慘愛情故事

《浮生六記》可以說是 200 年前的文青的悲慘愛情故事。

這是很小概率事件——在封建時代一個男生對人生充滿樂趣、充滿愛意，遇上一個女生，女生也不靠譜，充滿了對愛情的渴望、對玩樂的激情。這倆能遇上，還能對上眼，雙方父母竟然同意了兩人結婚，這又是很小概率事件。天生少見的「渣男」和天生少見的「渣女」，少見地遇到了而且少見地彼此相愛。再往後，他們倆竟然能夠恩恩愛愛、起起伏伏共度了 20 幾年，非常長了，這又是極小概率事件。「渣男」在「渣女」去世之後，還能寫下相關的文字，竟然還寫得非常好，竟然還能留下一部份，這又是極小概率事件。

所以，有些事就是天成。只要時間足夠長，地球足夠大，人口足夠多，有些小概率事件也會發生，這就是沈復的《浮生六記》。一個 200 年前文青悲摧的愛情故事，一個在封建社會自由戀愛、最後留下不朽文字的艱難故事。

愛情、玩樂、不靠譜

《浮生六記》現存四卷，原來六卷。

第一卷《閨房記樂》，記敘了沈復和他太太陳芸寄居滄浪亭畔，不理世俗。每當花開月上，夫妻對着吟詩，菜不好吃，喝酒；酒不好喝，多喝，總能喝好，總能爽，過着怡然自得的生活。當然老婆死得比他早，他陷入了對亡妻的深深懷念。

第二卷《閒情記趣》。沈復和他老婆都是苦中作樂的一把好手。生活在窮困之中，還能流連往返於文藝樂事之間，玩花、玩蟲、玩魚、玩傢具、玩石頭、玩日月，能夠憑着一顆玩耍之心、愛美之心，領略無處不在的天真樂趣。這種沒錢也窮造、沒錢也能爽的精神、能力，其實是值得現在的我們深思的。

第三卷《坎坷記愁》，講述了沈復和陳芸天性浪漫，也就是天性「二貨」，不容於封建大家庭，兩次遭逐。很奇葩的兩個人，做事都不是用心眼在想，非常性情，但是這種遭遇也是不可避免的。漂泊無依，窮困潦倒，顛沛流離中，他老婆死於他鄉。後來他兒子也死了，他自己只能到處流浪。

第四卷《浪遊記快》，記敘了沈復遍歷風景名勝，記下了各地的美麗風光，在他老婆還在的時候四處嫖娼，反映了當時的世態人情。這卷非常有史料價值。如果第四卷沒有留下，很難想像在康雍乾盛世，江南、廣東一帶的生活是甚麼樣子的。

沈復的文風很好，會用字少的形容詞，短句子，特別會利用對仗。對仗用得好是一條捷徑，能夠顯得文章生動有文采。但是學壞了就會變得浮於表面，浮於形容，不知所云，流為甜膩的「民國體」。

《浮生六記》如果讓我來總結，就是：愛情，玩樂，不靠譜。

真愛自古以來就少，形成婚姻又走得長久的，少而又少。過去的一些關於愛情的詩本來就不多，而且絕大多數是寫給情人的，寫給妻子、妾的都不多。大環境是不講愛情的，特別是婚內愛情。

「真愛不得好死」，因為這個世間就不是靠真愛運轉的。在油膩的世界，文藝青年往往「不靠譜」，雖然歌頌、嚮往真愛，但是真愛往往不容於世間。

沈復和他太太陳芸，芸娘，是表姐弟關係，兩小無猜，遂得訂婚，一往情深。有人說這是他婚姻的開始，也是他人生悲喜的主因。我不這麼認為。人生悲喜的主因，從來都是自己。因為你自己選擇了跟你搭幫結夥過日子的另一個人，賴不得別人，賴不得婚姻，到最後還是得從你自己身上找原因。

人生要事：情色與飲食

「余生乾隆癸未年冬十一月二十有二日，正值太平盛世，且在衣冠之家，居蘇州滄浪亭畔」，你看這句寫得坦誠精練，又抓住了重點。天時，太平盛世；地利，蘇州滄浪亭畔；人和，衣冠之家。所以他自己也承認，「天之厚我，可謂至矣」。

> 東坡云「事如春夢了無痕」，苟不記之筆墨，未免有辜彼蒼之厚。

人世間最重要的還是情色和飲食，説白了就是男女和玩樂。他把夫婦擱在第一卷《閨房記樂》裏，他説自己寫作最重要的原則，「不過記其實情實事而已」，實事、實情、真情實感。也就是説，那是他的角度，大家不要苛責，可能你會覺得他有偏頗，但那是他自己的想法。

也正因為他寫的是真情實感，所以我們現在讀來才感覺跟自己相關。如果他裝，我們為甚麼要看一個清朝乾隆年間的人裝呢？街面上裝的人不是比比皆是嗎？我何必呢？因為他真性情、真「渣」，真好玩，那我真的要看一看。

> 余年十三，隨母歸寧，兩小無嫌，得見所作。雖嘆其才思雋秀，竊恐其福澤不深，然心注不能釋，告母曰：「若為兒擇婦，非淑姊不娶。」

沈復 13 歲（虛歲）的時候，跟他媽回娘家，看到了芸娘，看到她寫的字、詩，覺得這女生有意思。雖然很怕這個女生因為太有意思，可能福份不大，但還是喜歡，心裏放不下。他就跟母親說：「如果您想幫我挑個媳婦，我就要她了。」

他媽還真聽他的，所以沈復至少是被他媽疼愛的人。

沈復在一窮二白的狀態下，遊天下，嫖天下，真是天下「渣男」中的「渣男」。「渣」成沈復這樣，是有性情的「渣」，也是可愛的「渣」。

你不能說沈復是一個好男人，但他體會到了愛情。很多所謂的好男人一輩子都沒有體會到愛情。沈復體會到了愛情，但是沒能讓愛情更甜一點。有了愛情不一定就有了幸福，也不一定能過好一生。

生活家要能自己養活自己

沈復和陳芸是苦中作樂的一流選手。

比如荷花茶的故事：

> 夏月，荷花初開時，晚含而曉放。芸用小紗囊撮茶葉少許，置花心，明早取出，烹天泉水泡之，香韻尤絕。

夏天荷花初開的時候，晚上花苞是含着的，白天花苞是開放的。芸娘用小的紗囊撮了一些茶葉包好，擱到荷花的花心裏，晚上花苞一合，早上再打開的時候取出來，然後煮天然礦泉水泡它，說：「太香了！真是好茶啊！」

第一，好茶還是壞茶，第一決定因素是茶葉本身，不是你放不放在荷花裏。第二，荷花不是香味濃的花，一晚上能不能進味很成問題。第三，茶葉可能會受到微生物的污染。

沈復、陳芸這倆奇葩玩的，不見得百分之百對，不見得沒有拉肚子風險，所以模仿須謹慎。

我見過很多會掙錢的人，但是沒見過能快樂地掙錢的人。人到中年，除了長肉，沒有甚麼其他容易的事了。我也很少見到會花錢的人。花錢是門功夫，甚至需要某種天賦，並不是隨便走進一家商店看最貴的就買就叫會花錢。花錢更深層的意思是會享受，會樂。

難得的是會花錢，更難得的是少花錢也能找樂，極為難得的是不花錢都能有樂子。

沈復、陳芸是真正的生活家。可惜他們還是文藝青年，而文藝青年往往不能抗擊風險，往往不能長期自己養活自己。作為生活家，需要一些天賦，但前提是要能自己養活自己。

我如果有機會跟沈復、陳芸兩人聊天喝酒，我可能憋不住要説，請二位天才在吃喝玩樂的同時，稍稍用 5%-10% 的時間和精力想想如何掙錢。只有自己能養活自己，才能讓愛情不受外界風霜的打擾；只有自己能養活自己，哪怕掙得不多，才能持續地享受清風朗月。

財務自由不是説有很多錢，而是能夠量入為出，過上自己能夠接受的水平的生活，降低自己的慾望，增加自己的收入，讓支出和收入能夠達到某種平衡。

所以，文藝青年們醒醒，早工作，早掙錢，早達到財務自由。

不以效率為原則，反而歡喜

有太多的書歌頌太陽、歌頌月亮，但是很少有書歌頌黑暗。我可以告訴你一個真相，所有的光明都有黑暗，有些塵世間的負面其實有正面的一面。這裏的黑暗並不是有破壞力的黑暗力量，不是那種破壞力，不是那種妒忌、恐懼等負能量。

《陰翳禮讚》是一本從馬桶講起、以馬桶結束的神奇的小書。它講述了一種生活態度，這種生活態度涉及古今、中西、人我的矛盾和統一。

《陰翳禮讚》是日本作家谷崎潤一郎的隨筆集，收了六篇隨筆：《陰翳禮讚》、《懶惰之說》、《戀愛及色情》、《厭客》、《旅行雜話》、《廁所種種》。

很多受推崇的文章，都是結構化很好的文章，就是你能知道要說甚麼，主要論點、論據是甚麼，不用自己再費力去思考、歸納、總結。我自己的雜文也呈現類似的特點，千字文，也是結構化思考和結構化表達。

陰影本身也是美的

谷崎潤一郎的《陰翳禮讚》是散的、沒頭沒尾的寫法，代表了另外一種好處：每個地方都是點，每個地方都有一些有意思的細節，就好像一樹樹的花開。

第一篇《陰翳禮讚》。「陰」，並不見得是陰暗、陰邪，而是指光、聲音，偏安靜的、昏暗的、角落的。「翳」，它是遮遮掩掩的、不透明的，是虛虛實實的、有很多層次的。

甚麼是陰翳之美？

第一，隱私之美。隱私是美的，因為我們都是人，尊重、保護別人和自己的隱私，不能用陽光之名剝奪人類的隱私之美。

第二，陰影之美。陰影是美的，就像陰天、雨天、雪天是美的；時間的痕跡是美的，舊的、保存得好的衣服是美的；器物長期被使用，手、歲月留下的痕跡、皮殼、包漿是美的。陰影本身也是美的。

第三，緩慢之美。一些喜歡的事情，慢慢做；一些時光，慢慢消磨；一些求不得的東西，慢慢等待；有些不能抓住的手，如果不能輕輕碰一下，就用眼睛慢慢看一下；不方便快行，那就坐一條慢船去。不以效率為原則，有時候內心是歡喜的。

所以直接用一句話説，三點陰翳之大美：隱私之美，陰影之美，緩慢、求不得之美。

第二篇《懶惰之説》，懶惰的生活也是美好的生活。你不用整天唱着《滿江紅》去街上逛蕩，不用每天都像打了雞血一樣去做事。

其他幾篇內容不總結了，大家自己去讀。從頭到尾都是具體的衣食住行小事情，其實花兩個小時就可以看完，然後請想想古與今、東與西、人與我的生活態度的不同，以及如何去對待才是好的平衡。

挽留一點失去的美好

《陰翳禮讚》是散點式的，我也用一種散點式的方式去解讀。

一、不方便之美

> 如今，講究家居的人，要建造純日本式的房子住，總是為安裝水電、煤氣而煞費苦心，想盡辦法使得這些設施能和日式房間互相適應起來。這種風氣，使得沒有蓋過房子的人，也時常留心去過的飯館和旅店等場所。……實際上，電燈之類，我們的眼睛早已適應，何必如此勉強，外頭加上一個老式的淺淺的乳白色的玻璃罩，使燈泡露出來，反而顯得自然、素樸。晚上，從火車車窗眺望田園景色，民間茅屋的格子門裏，看到裏頭吊着一盞落後於時代的戴着淺燈罩的電燈，感到實在風流得很。

谷崎寫這本書所處的年代，是日本走向西化的過程中，是不是西化都是好的？是不是方便的是最好呢？谷崎實際上在糾結。

所謂的「古代模式」，有可能電不充足，甚至會跳閘斷電；聲音屏蔽也沒那麼好，你聽着父母的嘮叨慢慢入睡，聽着小孩子或隔壁鄰居的吵鬧聲自然醒；甚至更慘的是，想燒飯時，發現煤氣、燃氣不足了。這是一種體會，也是一種生活。

《陰翳禮讚》告訴你：老式的生活有它好的一面。

我的院子裏有兩棵海棠，一棵是西府海棠，另一棵也是西府海棠。每年清明節前後會開花，小院子就變成一個花盆兒。你看着風來，花葉搖動，有些花瓣慢慢地飄落下來，落在地上，落在身上，落在心上。在花下，支張桌子，打一瓶冰好的酒，乾白、香檳都好。找倆仨，最多不要超過五個莫名其妙地跟自己結交了大半輩子的朋友瞎聊聊。不見得要聊甚麼，有的沒的，東一句西一句，一個下午晚上連吃帶喝過去，極其美好。

但是，這總有一個「但是」，花期最多持續兩禮拜，北京的風「咣嘰」一吹，「風流總被雨打風吹去」。然後它會結果，引來一群莫名其妙的鳥，你六點之前就會被鳥叫起來。秋天了，果子、葉子開始掉了，你都要掃。到了冬天你還要剪枝。你看兩週的花開，有可能要掃半年的院子，這就是不方便的實例。

有時候我想起那兩週的院子、兩週的花開，我認了。花開的時候，呼朋喚友在院子裏坐一下午，勝卻人間無數。這是不方便之美。

二、廁所

> 我每次到京都、奈良的寺院，看到那些掃除潔淨的古老而微暗的廁所，便深切感到日本建築的難能可貴。……這種地方必定遠離堂屋，建築在綠葉飄香、苔蘚流芳的林蔭深處。沿着廊子走去，蹲伏於薄暗的光線裏，承受着微茫的障子門窗的反射，沉浸在冥想之中。

廁所，脫了褲子，往下一蹲，陰暗；離房子挺遠，我也上過類似的廁所，不方便是肯定的。從另一個方面講，能聞見花香，能看見青草，你能感覺人其實有動物的一面，聞見自己排洩物的氣味和自然的氣味混在一起，其實挺美好。

三、舊物

> 我們一旦見到閃閃發光的東西就心神不安。西洋人的餐具也用銀製、鋼製和鎳製，打磨得鋥亮耀眼，但我們討

厭那種亮光。我們這裏，水壺、茶杯、酒銚，有的也用銀製，但不怎麼研磨。相反，我們喜愛那種光亮消失、有時代感、變得沉滯黯淡的東西。……中國人也愛玉石，那種經過幾百年古老空氣凝聚的石塊，溫潤瑩潔，深奧幽邃，魅力無限。這樣的感覺不正是我們東方人才有嗎？這種玉石既沒有紅寶石、綠寶石那樣的色彩，也沒有金剛石那樣的光輝，究竟愛的是甚麼呢？我們也弄不清楚。

陰翳之美除了廁所，還體現在其他一切東西上，比如餐具，比如玉石。中國一萬年用玉的歷史，比文字還要長一倍。在各個朝代，用玉的習慣沒有斷絕。

西方喜歡的是寶石、半寶石，是能閃爍的、有耀眼顏色的。中國人愛玉石，愛那種不發光的、柔柔的、內斂的、暗淡的、收起來的、不激昂的。其實，看日常生活，看普通的人和周圍的事物，如果你一半的日子過得像玉石一般，那也是很好的日子。

四、懶惰

第二篇《懶惰之説》，我只舉他引的一句詩，「借得小窗容吾懶，五更高枕聽春雷」。

懶惰在很多時候，都是一種不好的習慣。但是，如果人特別想犯懶的時候，一定要頂上，身體出意外的可能性會大很多。如果整個社會所有人都那麼勤奮，你本來是個懶人，非有人逼你去幹事，你幹不成的可能性是很大的。那投入的一切，就都浪費了。

其實，我哥跟我説過一句坦誠的話：我 40 歲退休，這 20 年雖然沒掙甚麼錢，但是，一、我沒給別人添麻煩；二、我沒有浪費錢。我覺得我哥是有大智慧的人。

由此可見：一、懶惰不見得對所有人都不適用；二、不是所有人都能夠很好地懶惰；三、懶惰的第一要義是不給別人添麻煩。不讓別人因為你的懶惰而變得更勤奮，你要懶惰，就自己懶惰，這種懶漢其實是懶漢中的好漢。

五、回到廁所

谷崎潤一郎從講廁所開始，第一篇叫《陰翳禮讚》，最後一篇叫《廁所種種》，對廁所念念不忘。

> 我至今仍常常想起我在廁所裏所獲得的最難忘的印象。……由於內逼，求人帶領來到一家內庭面臨吉野川河灘的廁所。那種沿河而居的人家，一到內宅，一般都是兩層樓高，下面還有一個地下室。麵條館也是這樣的建築，廁所設在二樓，跨臨之際向下窺伺，遙遠的下方令人目眩。可以清楚地看到土地、雜草，田裏盛開着菜花，蝴蝶飛舞，行人往來不絕。……我腳踩的木板下面，除了空氣再沒有其他任何東西。我肛門排洩的固體由幾丈高的空中降下來，掠過蝴蝶的翅膀和行人的腦袋，墜落在糞坑裏。從上面雖然可以看到墜落的情景，但既聽不到青蛙跳水的響聲，也沒有臭氣浮升上來。從高處俯視那塊溷濁不堪的糞坑，一點也不覺得有甚麼不潔之處。我想，在飛機上使用廁所也就是這種感覺吧？穢物降落之際，群蝶上下飛舞，下邊是一片油菜花田。再沒有比這更為風流瀟灑的廁所了。

真實，這種經歷我也有過。有一次從四川進西藏，路過一處實在是沒洗手間，吃了一碗麵之後我也內急。後邊有一個廁所，實際上就是田地的一角，有幾塊長長的木板。我那個時候還年輕，趁着身手矯健，完成了非凡的大便。下邊幾丈之內，只有空氣，我想我要掉下去，就不知道怎麼能從屎裏爬上來了。

我覺得廁所是個很神奇的地方，現代人花很多時間在裏面。我想起我很愛的另一個作家菲利普·羅斯，他寫過一篇很長的小說叫 *Portnoy's Complaint*（《波特諾的抱怨》），講的就是一家人爭奪廁所，他爸在裏邊老是不出來。

廁所雖然空間窄小，但是能給個人一個舒適的、獨處的小空間。這個空間小到只有我們自己，舒適到把門一鎖誰也進不來。隱秘的、陰翳的、不為人知的一段時間、一個環境，想起來就挺美好。

我們應該怎樣看待陰翳之美？

歷史車輪不可逆，現代方便的大趨勢很難因為個人的意志而扭轉，但消失的東西並不一定不好。陰翳的、不方便的、黑暗的、暗淡的、隱私的、低效的、緩慢的、不正能量的、懶的等，有美的、好的、值得留下的東西在。

即使沒有多少錢財，你一個人的努力也能夠挽留一點失去的美好，甚至把失去的美好，這點陰翳、暗淡、懶惰，變成你生活中很舒適的、很美的一部份。比如買一個茶盞喝茶，買一小塊古玉摸着，住幾年老宅子；比如放棄現代工藝，去擁抱一些民間傳統的、緩慢的、不完美的、有很多缺陷的藝術，去享受生活的不變，享受四季的變化；比如不要總是抱怨生活中的不便，停電了可以和愛的人點個蠟燭，看着月亮，就月亮分一瓶酒，也是一個非常值得記憶的夜晚。

你和美就在一米之間

藝術不應該是一小撮人在書房和美術館裏研究的東西，而應該跟紅酒、花一樣，進入普通人的日常生活。

為甚麼普通人需要藝術？因為人生苦短，我要賞心悅目。

想要自己的眼睛更舒服、內心更愉悅，就去欣賞藝術。**在人生的真、善、美中，藝術佔了很重要的比重。溫飽之後，藝術就跟你相關了。因為藝術，人間值得。**

在古代的中國，普通人是這麼生活的——文人四件雅事：焚香、泡茶、掛畫、插花。

西方畫家在早期有明確的工作：裝飾教堂，通過藝術的力量捕獲人心；裝飾宮殿，通過藝術的力量讓皇權得到鞏固；為貴族有錢人畫像，把他們房間裏空白的牆壁補上。

現代人也有住房，也想看能讓眼睛開心的東西，也希望有心靈的觸動。所以把藝術放到我們普通人的日常生活中，而不只局限於知識分子的書房。

審美是容易被低估、被忽視的價值。我們在美的事物中生活一輩子，是一輩子；在醜的事物中生活一輩子，也是一輩子。為甚麼不在美的事物中生活一輩子呢？如果你熟讀《唐詩三百首》，如果去十家好的博物館，你自己的家、自己的生活，也會變得更美好一點。

從藝術品中還可以獲得精神上的慰藉，這種撫慰讓抑鬱症、焦慮症、強迫症等得到適度舒緩。

我們非常缺乏美學教育。我們的理科、工科教育很強，文科教育相對弱一點，差的是常識教育：世界觀、人生觀、價值觀。比三觀教育更差的，是美學教育，讓你直接就明白一個東西是美的還是醜的。

通往藝術的小徑

2000 年，英美幾家雜誌用民意測驗的方式推選出影響人類思想的 20 世紀 100 部著作，藝術類的只入選了 1 部，是《藝術的故事》。英文版據説賣了 700 萬冊。這是世界範圍內評價非常高的美術通史著作。

作者貢布里希出生在維也納，一直從事藝術史領域的工作。

《藝術的故事》是以繪畫為主、以歐洲為中心的美學入門書。如果你喜歡藝術，喜歡看畫、雕塑，跟着這些藝術來了解整個歐洲的歷史，這本書會是一條興趣盎然的小徑。

作者貢布里希從古代講到現在，大脈絡是從人的視角出發——所知、所見、所感三個階段。

所知階段，是你畫的、描述的是你認為的知識，something you know（你知道的東西）。在古代，世界太複雜，人類太渺小。巫師、王認為世界是甚麼樣，就怎麼去刻畫。

所見（what you see）這個階段是從古希臘開始的，典型是生動、精準、完美的雕塑，比如説《大衛》、《擲鐵餅者》、《米洛斯的維納斯》等。

現在更多的繪畫、藝術想表達的是你如何感覺，所感佔據了主流，比如説莫奈的《睡蓮》、羅斯科的《無題》，就是大塊的色彩放在一起。有人看到傷心，有人看到不捨，有人甚至能夠看到一時的抑鬱。

跨越 5,000 年，人類在藝術上越來越感性，越來越寬容。

你和美就相隔在一米之間

藝術是人類對美的呈現，這是我總結的定義。呈現美的這個過程就是創造藝術；看到一個東西形成審美，產生愉悅，就是欣賞藝術。

我創造出一個我覺得美的東西，我可以叫它藝術；我看到一個東西，別人不覺得美，但是我覺得美，我也是在欣賞藝術。

有一個著名的公案說，有個藝術家看到雪地裏的一泡狗尿，說太美了，這個黃色實在太美了。這個藝術家是傻嗎？不是。這個藝術家這麼說沒有犯任何錯，但並不是說對於所有人來說，雪地裏的一泡狗尿就一定是藝術品。藝術是頗為個體、主觀的活動。

植物皆美，人不是。人創造出的藝術品有沒有高下之分？我的答案：有高下之分。我自己的劃分是四品：金線之上的藝術品、基本及格的藝術品、不及格的藝術品以及自娛自樂的遊戲。判斷依據有四點：

第一，是不是真實生動？

第二，技術是否能讓人產生愉悅或衝擊？

第三，是不是達到了打動人心的目的？

第四，最上品的藝術品，就是上天把藝術家當成媒介，傳遞上天之意。

普通人如何跟藝術發生關係

有四個方法，可以讓藝術品進入我們的生活。

第一，忍受麻煩，去博物館。去任何一個城市，一件必須做的事就是看它的博物館。管理完善的博物館，人也不多，逛起來舒服，你可能跟梵·高的《向日葵》、魯本斯的畫作就隔着一米，為甚麼不去？幾百年的時間立刻縮短，你和美就相隔在一米之間，你那邊就是美。

第二，多看畫冊。買幾本好的畫冊，經常翻翻，文字都不用細看。

第三，買有眼緣的、買得起的原作。原作承載了太多複製品沒有的原始信息和質地。買得起就是，如果有餘錢，你可以把餘錢的 10%-100% 去買藝術品。能買成名藝術家的成名作，當然好；如果買不起成名藝術家的成名作，就買成名藝術家的小幅作品，或買不成名的年輕藝術家的作品。買有眼緣的，就是買能夠看對眼的作品。

第四，如果是藝術的門外漢，最簡捷進入藝術的方法是四個「10」：10 個必看的博物館，10 本必看的藝術書，10 個必須了解的藝術家，10 個需要了解的藝術專業詞彙。

多買、多看、多讓它們沉浸在自己的生活之中，你的生活也就沉浸在藝術裏了。

錢和藝術是兩碼事

有沒有錢是一回事，能不能當個好藝術家，又是另外一回事，兩者都不可控。有錢並不等於能當好藝術家，好藝術家也並不等於有錢。

學藝術跟成為藝術家又是兩回事。藝術家很少，但是藝術工作者很多。你可以做設計，可以做服裝。學了藝術之後，你可以做很多跟藝術相關的事。如果你觀察日本、英國日常生活裏的櫥窗、街道、標誌、包裝等，到處是對藝術的需求，到處都需要從事藝術工作的專業人士。

我們可以把藝術和錢分開。你可以用別的、非藝術的方式去掙錢，同時追求藝術，不讓藝術跟錢發生必然聯繫。分開有分開的好處，你在追求藝術、滋養靈魂的時候可以不用考慮錢。當然也有分開的不好，不能全身心地投入到藝術中去。所以窮孩子可以做藝術，但是不一定用 100% 的時間去做藝術。

在藝術的山尖種自己的草

貢布里希《藝術的故事》第一版是在 1950 年出的，他堅持用淺顯易懂的語言，這裏我解讀幾句。

> 有些人濫用「科學的」語言，不是意在啟發讀者，而是要讀者對他們肅然起敬。難道不正是他們高高在上、坐在雲端向我們「垂教」嗎？

我特別同意。好多專家寫所謂的專著，心裏在想：看不懂吧？費勁吧？你看不懂説明：一、你傻；二、我是專家，你要對我肅然起敬。

但實際上，如果這些人不能把複雜的事説清楚，説明他自己不懂。你不應該難受，應該責備所謂的專家沒有吃透。如果他吃透了，還不用淺顯易懂的語言，那説明他的文字表達能力有限。

> 渴望獨出心裁也許不是藝術家的最高貴或最本質的要素，但是完全沒有這種要求的藝術家卻是絕無僅有。

如果藝術家只是重複他人要表達的主題、內容以及表達方式，甚至重複自己年輕的時候，那為甚麼還要創作？

> 把藝術的不斷變化天真地誤解為持續不斷的進步。每一個藝術家都確然覺得自己已經超越了上一代人，而且在他看來，他所取得的進展前所未有。

認為藝術跟科技一樣是進步的，一代比一代強，這是可笑的誤區。藝術像座山，自古以來就在那兒，只有極少數的藝術家爬到山尖兒，跟古往今來的偉大藝術家並肩，就已經不錯了，不可能再大範圍地超越。他爬上去之後，能做的是在山尖種下一棵自己的「草」。從山下到山上的過程，他可以走一條不尋常的路，也就到此了。

> 搭配一束花時，要摻雜、調換顏色，這裏添一些，那裏去一點兒，凡是做過這種事的人，都會有一種斟酌形狀和顏色的奇妙感受，但又無法準確地講述自己到底在追求甚麼樣的和諧。

這句話揭露了藝術的本質。和諧，是形狀、顏色、構圖、光線等這些主要因素的平衡。可能無法表達，但是有些作品就能呈現，這種和諧就是「金線」。

戀物是把生命變美的過程

松浦彌太郎被譽為「全日本最懂生活的男人」。他用非常樸素的語言寫了100件日常生活中的普通東西，每件東西都配了一張他自己拍的照片和兩三百字文字，合在一起就是《日日100》。

最懂生活的男人

蘇格拉底説，未經審視的生活是不值得過的。**我們多數人過的是渾渾噩噩的生活，沒有仔細看我們的生活是甚麼樣，沒有仔細想生活應該甚麼樣。**松浦彌太郎可能不是最聰明的人，可能不是審美最好的人，但他是最認真生活的人之一。因為這一點，他才會被人説是「全日本最懂生活的男人」。

松浦彌太郎，1965年出生在東京，他是日本最具個性的書店Cow Books的創始人，多本暢銷書的作者，日本殿堂級城市生活雜誌《生活手帖》的總編輯。他其實不是出身名門，也沒有出身名校，後天也是一路「晃蕩」，過的是我希望有的那類生活。

體會生活之美

人生都是苦海，生下來「哇」一聲哭，死的時候「啊」一閉眼。一生一死的過程中，我想沒有人會完全沒有體會過任何一點苦。哪怕你生在蜜罐子中，哪怕你富有全宇宙，沒用的，你一定體會過苦。

在普通人的世界裏，如何脱離苦海？松浦彌太郎給我們指出了一條明路，就是通過你每天的戀物，愛該愛的東西，常常愛，久久愛。日常生活中的 100 件東西，小到筆記本、鐵壺，大到一個屏幕，都可以是你快樂的源泉。所以，物慾不一定永遠是痛苦的，如果你能管理好自己的物慾，它有可能是你脫離苦海的一條捷徑。

《日日 100》還幫我克服了「劃痕症」這個心魔。

我是重度「劃痕症」患者。買全新的東西，我最擔心的不是花多少錢，不是能不能給我帶來快樂，而是怎樣避免劃痕。

我曾用三個方法試圖克服：

第一，「覺」，說服自己。告訴自己「天地皆殘，萬物必失」，天地間的一切東西都是殘缺的，天地之間所有的東西都會消失。

第二，所謂的時間治癒。一個東西出現劃痕、破損，我就把這個東西擱到看不見的地方，一段時間後再去看它，心裏就會舒服一點。這招我是跟金聖嘆學的。金聖嘆買古董碟子，如果不小心磕碰了，他就把碟子放到櫃子最深的角落，當它不存在，心裏就舒服一點了。

第三，如果前兩招都不好使，我實在又愛這東西，那就再買一個。

這三招多數時候還是管用的。但是，在看了松浦彌太郎的《日日 100》後，我徹底頓悟：劃痕是你和你的愛物之間的故事，是你跟它之間產生的時間關聯、愛恨情仇。劃痕越多，說明你們接觸越多，你們之間的關係越深。我就這樣克服了我的「劃痕症」。

怎麼做到「日日 100」

一、明確 100 件東西

松浦彌太郎介紹了 100 件他反覆思量後選出的心愛物品，比如漆碗、古董、直尺、橄欖油、眼鏡等。貴和不貴，沒有太大的差別，重要的是你喜歡這些物品，這些物品也讓你歡喜。

松浦彌太郎愛物的觀念，讓他十分重視清潔。東西不管新老，不管是完整還是殘缺，他希望它們是乾淨的。乾淨也可以給他人帶來快樂，不麻煩別人。

二、跟這 100 件東西產生愛與糾纏

松浦彌太郎會縱容自己一些小的、美好的想法。舉個例子，逛花店是松浦彌太郎很喜歡的日常活動。他說每個週末出去購物的時候，一定會繞到花店。如果有錢，買一大束；如果沒錢，買一枝小花。

用松浦彌太郎母親的話說：「週末擺一枝花在屋子裏，週一就會盛開。有漂亮的鮮花慶祝一週的開始，能讓人心情愉快起來。」

並不是說一定要砍掉自己的慾望，而是把最能帶給自己快樂的慾望留着，這樣一天就過得挺好。留着讓你快樂的慾望，過一輩子。

三、雖破尤美，把東西用起來

松浦彌太郎建議大家把東西用起來，劃痕也是一種你與物品的愛與糾纏。

他使用事物的原則就是要有感情，要愛。產生劃痕的時候，就像跟愛人吵架的時候一樣，要帶着愛去產生劃痕，帶着愛去吵。

和自己的愛物面對面凝視，就像追溯維繫彼此情感的紐帶，偶爾解開那條糾纏着的細線，彷彿隱藏許久的關係得到了確認。

這些物品能陪伴你很久，你愛不釋手，耳鬢廝磨，這是愛物。愛物不是一種罪，愛物是一條捷徑。

其實我收集古器物十幾年之後，東西越來越多，我就想怎麼斷捨離，就憑感覺：一個古器物，是不是愛不釋手，是不是之後要把它用起來，跟它耳鬢廝磨。有這種感覺，再去買它，價錢低、價錢高，我都不會後悔。

如何定制你的「日日 100」清單

第一步，定出你的物慾單子，把你日常的衣食住行中喜歡、用得上、離不開的那些物件列下來，10-100 件。少於 10 件你可以直接出家了；不要超過 1,000 件，多過 1,000 件，你可以直接去找我貪得無厭的老媽聊聊了。如果讓我媽列，我都要給她多買幾個本子，不然寫不下。

第二步，設兩個維度。一個維度是重要性，X 軸；另一個維度是可得性，Y 軸。重要性是從不重要到重要，可得性是從難到易。

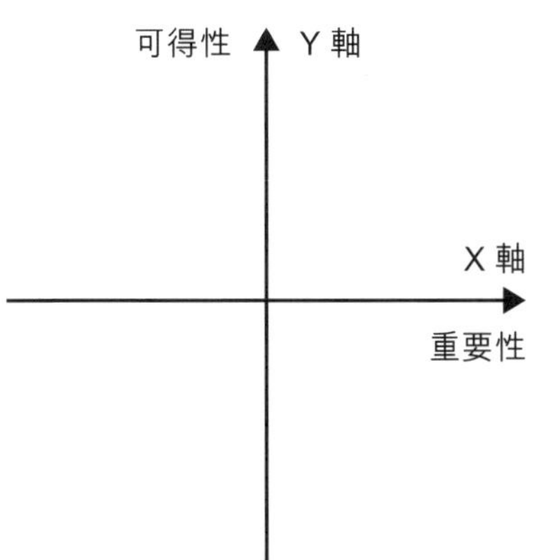

第三步，把你選出來的日常物品標記到這兩個維度上。

有些東西有可能重要性很低，可得性很差；有些東西可能重要性很高，可得性還挺好，那你走運了。

第四步，作出取捨。按照你個人的理解，不重要、可得性又差，捨掉；很重要又容易得，要珍視它們；容易得但是重要性不高，無所謂；很重要但是難得到，你自己取捨，有精力、有能量你就取一些，沒有你就捨掉。

如果你能搞明白這四步，説明你不僅有脱離苦海的慧根，而且有做管理諮詢的慧根。

戀物是把生命變美的過程

粗讀《日日 100》可能會有兩個誤解：第一個是誤以為講的是富人如何美好地生活。不是的，沒錢也一樣。

第二個誤解是《日日 100》提到那麼多品牌，是不是一本廣告書？我覺得不是。請你列 10 個你日日離不開的東西，你能告訴我你喜歡的品牌嗎？有意思的是，多數人説不出品牌來。

選品牌的好處，一是質量有保證；二是多數能保證供給，不用太擔心這個東西忽然就沒了，特別是一些消耗品。

你確定一個品類之後，要給自己足夠的思考：希望它有甚麼樣的品質。然後挑一個品牌，這是保證你生活質量的捷徑。

「日日 100」和「斷捨離」，從某種程度上來説，兩者是對立的。「斷捨離」合成一個字就是「扔」，但是「日日 100」強調的是愛不釋手、耳鬢廝磨、日久生情。

從另一個角度來説，兩者又是一回事。「斷捨離」並不是説讓人去「裸奔」，而是扔下所有能扔的東西，和剩下的東西好好過；「日日 100」的道理也是一樣，沒必要的東西不用太管，把你最喜歡、你覺得最重要的東西選出來。

「斷捨離」和「日日 100」實際上講的是一件事。從「日日 100」選品這個角度出發，你可以達到你的目的；從「斷捨離」的角度去做，你也有可能達到你的目的。

在戀物這件事上，我們要做減法。

第一，物慾的增加不能讓人幸福。有時候人會期望，如果有了這個就好了。你好好想想，你最快活的時候是獲得的時候嗎？不，你最大的快樂來自於期待。

第二，物慾的增加還能讓人不幸。樂高最大的缺點是甚麼？沒地方放。你要伺候它，收拾它，不用的時候，它會佔地兒。

第三，把錢花在刀刃上，花在真能給你歡喜、你真喜歡的事情上。錢的數量固定，但如果我們只關心 10-100 件事物，那我們在每件事物上可以花的錢就多很多，可以跟它花的時間和感情就要多很多。

東西在生命中的意義，就是你生命的意義。大家一定要有審美的意識，用物、用情、用時間，實際上也是把自己的生命變美的過程。

從愛物到惜物

> 越是不會示人的東西越要用好的，這會令我們的心靈更加豐富。

別人越看不到的東西，你越該用好的。因為東西不是給別人看的，還是要自己感到舒服，這是真正的「貴族」。也就是說，貼身衣物要穿好的；茶酒喝到肚子裏，特別是一人喝酒時，要喝點好的。不要光想面子，面子有可能是最沒用的。我自己撅着屁股寫稿子換的錢都換酒喝了，喝到肚子裏的有可能是最值的。

> 一週買一次花。我很重視在生活中擺放有生命而美麗的東西，並且愛惜它們。

就我個人來説，可能做不到一週買一次花，但一週跑兩三次公園還是有的。去公園看花草樹木，非常治癒。

> 不要養成根據價格來判斷價值的習慣，貴的東西自有貴的理由，便宜的也有便宜的道理。

便宜有便宜的價值。我舉個例子，我爸一輩子不積累任何東西，他走的那天，料理完後事，我想留個東西做紀念。我知道他喜歡做飯，他這輩子一直給我做吃的，我就去廚房看。他剩了十幾把刀，我就拿了一把刀，跟哥哥、姐姐、媽媽説，我只拿這把刀，這是我爸給我的一個紀念。這把刀並不貴，但是在我心中很重要。

> 對自己身邊的東西，都要當作是自己重要的朋友，認真對待。

這是從愛物到惜物。愛一個東西，無論它貴賤，對你重要與否，你愛它就要認真對待它，把它保存好，不要故意拿它撒氣。

任何東西都有壞的一天，我會選擇修繕後繼續使用，豐富而專注的人生會就此展開。

就像關係特別好的朋友待長了、待近了，難免會有磕磕絆絆，但是我的建議是不要絕交。大家再坦誠地聊一聊，求同存異，就着酒，牽着手，彼此相望，再過餘生。

越是年輕越應該花錢，不然到四五十歲時買到劣質品會被笑話。

你年輕的時候多花點錢，不要到老的時候再被笑話。

放下執念，尋求解脫

了解一個事物有效率的方式，是從「極端例子入手法」。了解人類的一條捷徑，是了解變態的人類。

三島由紀夫的《金閣寺》就是講述某種變態的人類的。三島由紀夫屬天才型作家，而且很真誠。他讓我明白，雖然小說都很誇張，所有的天才作品都必然更誇張，但誇張折射出了生而為人難受的、真實的一面。

美是讓人欲罷不能的惡之花

《金閣寺》是一個年輕和尚以金閣寺為至美，心中被金閣寺的美所震撼、所糾結擰巴，最後不得不自己尋找解脫，燒掉這座金閣寺，想自殺最後又沒自殺的故事。更簡潔地概括，就是年輕和尚愛上金閣寺，最後試圖解脫的故事。

這個主人公叫溝口，他爸是個偏僻地方的寺廟的住持。他自己生來體弱多病、口吃、性格內向。他爸說：瞧你那樣，你也幹不了甚麼，你媽又是一個好色之人，你就一輩子當和尚去吧。溝口未成年的時候，就通過他爸的安排進入了金閣寺。金閣寺的寺主是他爸的同學。

進入金閣寺之後，金閣寺的美時起時伏，一直糾纏着小溝口，讓他欲罷不能。

> 地面上再沒有比金閣更美的東西了。……每次看到遙遠的田野裏陽光閃耀，我就認為是未曾見過的金閣的投影。

……

我覺得金閣本身就是一艘渡過時間的大海駛來的美麗的航船。……

……

夏天裏我即使發現一朵小小的野花，看到那浥滿朝露、放出迷離光彩的樣子，就認為如金閣一般美麗。還有，當我看到山對面濃雲攢聚，雷聲滾滾，晦暗的邊緣金色閃亮的當兒，這種壯大的景象也使我聯想到金閣。到頭來，哪怕望一眼美人兒的姣好容顏，心中也會立時泛起「美如金閣」這樣的形容詞來。

金閣已經是力量、美、性，是世界所有最重要的事情，已經在溝口心中變成無時不在、無處不在的象徵。

第二次世界大戰快結束的時候，東京被空襲，京都被空襲似乎也不可避免。小溝口很快樂，他感到自己同金閣同時面臨戰火的威脅，但這個時候也是他和金閣最親密的時候，他最切實地在金閣面前感到了它無比的美。

但是一年之後，日本戰敗了。小溝口和金閣的密切關係也隨之結束了。金閣又恢復到它以前超然於塵世之外的姿態，似乎永遠存在於人世間，不為時間所動。它對「我」來說，成為一個「異己」的存在，冷漠而絕對。

這期間，溝口被金閣寺主人送到大谷大學預科學習。在這裏，他和另外一個天生有缺陷（內翻足）的柏木相識。在柏木的誘導下，溝口萌發了「行惡之習」，渴望進入世俗關係。

對於年輕男生來說，進入世俗生活最簡單的就是跟女人發生關係。溝口對金閣迷戀到在他即將得到宇宙大和諧、人生大圓滿的一瞬間，金閣出現了。金閣一出現，他就失敗了。

金閣總是橫在女人和「我」（指代溝口）以及人生和「我」之間。

金閣讓「我」不能接觸女生，不能實際地生活。總有這麼一個帶着美、真理、力量的巨大的東西擋在「我」和世界之間，連壞事都幹不了。你説溝口有多慘。

後來他遇上了更慘的事，他發現老師就是寺院主人，有不光彩的嫖妓行為，因此他跟老師的關係變得緊張。在極度壓抑之下，溝口私自出走，去了一趟中學修學旅行過的地方。承蒙大自然的啟發，他突然萌生一個念頭：既然我還想活，那我就燒掉金閣寺。他帶着這邪念走進了妓女一條街，這次他得到了宇宙大圓滿，金閣寺沒有出現。

於是在一個漆黑的夜晚，他終於點燃了燒毀金閣寺的木柴。在行動前，金閣寺通過某種奇異的方式顯示了他從來沒有看見過的「完美而細緻的姿態」，但是溝口還是燒了金閣寺。

最後一個轉折是溝口並沒有去自殺。溝口站在左大文字山頂，望着夜空下翻滾的煙霧與沖天的火光，決定：「我還是要活下去。」

世間最繁複、最陰沉、最消耗的糾纏

金閣在男主角溝口心中代表了很多東西，層次非常豐富，像世間最繁複、最陰沉、最消耗的某種糾纏。

金閣不僅是歷史文物，還象徵着歷史傳下來的精神和美。它本身象徵着一種標準、一條金線。它又涉及精神生活，也涉及非精神的物質生活，因為你肉身可以到金閣旁邊。

這本小說的主題，你可以簡單概括為對美的病態執着和病態解脱。更簡單地説，就是美和解脱。

小説不長，糾纏、擰巴、傷感，循環往復。我懷疑三島精神上有問題。

審美對象、美的附着點不是男人也不是女人，三島選了金閣寺，選了金閣寺上的鳳凰，沒有活過的鳳凰就不會死。

「南泉斬貓」與金閣之火

《金閣寺》裏有個重要的意象——貓。小說裏出現幾次「南泉斬貓」的公案。

金閣寺這麼美，你實在想不到應該如何對待它。敬畏它？珍惜它？觀看它？縈繞它？但到最後似乎總差了一層東西。**人心中多多少少有一種根深蒂固的黑暗力量，希望能夠破壞，就此了斷，一別兩寬，各自歡喜。**

「南泉斬貓」裏的南泉和尚是東西兩堂更上一層的主管。看東西兩堂爭一隻可愛的貓，南泉和尚看他們爭得厲害，就拎起貓説：「大眾，道得即救，道不得即斬卻也！」

雖然拈花微笑，禪宗不説，但是我逼你們説，你們説清楚，貓就得救；不説清楚，貓在我手，我一刀殺了它。東西堂都傻了，都沒説甚麼話，南泉就把貓殺了。

> 晚，趙州外歸，泉舉示州，州乃脱履安頭上而出。泉云：「子若在，即救得貓兒。」

晚上，趙州和尚回來了。趙州是南泉和尚的高徒，南泉把殺貓這件事告訴趙州和尚，説：如果是你，你會怎麼樣？趙州和尚把鞋戴到頭上，就出去了。南泉就説：你如果在，貓就能活了。

趙州和尚其實是不同意南泉的做法，南泉問趙州，是他心有不安。

我想説的是，你們幾個臭和尚，為了明白人性，幹嗎殺貓呢？一樣的道理，溝口這個變態為甚麼要燒掉金閣寺呢？

金閣寺讓你心裏產生了巨大的波瀾，這並不是金閣寺的問題，而是你的問題。金閣寺的美是所有人的美，不是你一個人的美，你為甚麼因為自己燒掉所有人的美？不要總想着自己，要想想自己之外的其他地球人。

在現實中毀於一旦的金閣寺

這部小説並不是純虛構的，而是一個真實的故事，跟三島由紀夫本人的心結產生了巨大的共鳴，讓他覺得這可能是個很好的小説內核。

從小説創作上講，第一是要有一個心結。也就是説，你有甚麼困擾、狂喜、悲哀，有甚麼揮之不去的東西。第二是要有一個核心人物。比如在金閣寺被燒毀這件事中，小和尚突然出現。第三是人物還需要一個活動地點，這個地點就是京都的金閣寺。

1950 年 7 月 2 日，天色未明，日本千年古都京都北區金閣寺方向，一柱火光直衝雲霄，瞬間位於鹿苑寺（金閣寺）內的金閣化為灰燼，一座具有 500 多年歷史的國寶級文物蕩然無存。

縱火者係金閣寺僧徒，大谷大學的學生林養賢。林養賢縱火之後逃到金閣寺後山自殺，經護林員發現，帶到京都特別搜查總部進行盤問，林對縱火事實供認不諱，但並不認為自己縱火是一種罪惡。

林養賢平時對寺廟和社會不滿，口吃內向，性格孤僻。他被收監之後，因患肺結核病和精神障礙被轉移到監獄醫院治療，後轉押京都監獄，1955 年獲釋，進入京都府立醫院繼續治療。1956 年 3 月 7 日病死，時年 27 歲。

《金閣寺》問世在 1956 年，就是金閣寺被焚事件中真實人物林養賢去世的那一年。

三島由紀夫在動筆之前，特地前往京都做了十分詳盡的採訪和實地體驗。從縱火者的經歷到金閣寺、警察局、法院的各種記錄，再到禪寺建築和宗教細節，他一概都不放過，調查了個遍。他甚至專程跑到林養賢的故鄉舞鶴，體驗海岸邊荒涼的風景，以便感知引發肇事者縱火的早年心像。

在三島的創作中，他還不曾有過如此精密細緻的採訪經歷。如他本人所述：「凡能看到的地方都看了，凡能找到的東西都做了筆記，凡能去的地方都去了，就像採集植物和昆蟲標本一樣。」

採風不只是吹吹風就好。如果真心要寫跟自己生活環境有一段距離的故事，充份地調查、閱讀、分析資料，甚至實地居住，對一個嚴肅的小説家來説都是必要的。

不自戀很難成為好作家

一些專家對三島由紀夫的評價很高，甚至高於川端康成、大江健三郎。

我的理解是，大眾可能喜歡那種徹底失控、入戲的作家，但是川端康成不是，大江健三郎更不是。川端康成自己控制節奏，包括自殺。

一個好小説家不能失控，失控就散了，就沒了魂兒了。好作家其實蠻難當的，又要體會最世俗的苦，又要控制某種的局。當然這裏有平衡，但是完全失控一定不是好作家。三島在後期就完全失控了。

早期三島由紀夫有多個標籤：貴族出身，被奶奶控制，有陰鬱的童年，沒見過甚麼好看的女生。所以，三島由紀夫對女性有些天然的抵觸，更傾向於獨自閱讀和沉浸在幻想中。

他早年多病，壯年他愛健身，一身肌肉，也是神奇。等他長到能體會到人的肉體之美的時候，就開始肉體崇拜，開始追求極致，最後他切腹自殺。他的一輩子是自己不斷給自己加戲的一輩子。

三島在小時候，沉迷於王爾德和安徒生童話中那些唯美的死亡情節，他經常篡改和模仿這些死亡情節。他不能接受童話中的王子被毒蟲蜇，被溺水、火燒、刀砍、石頭砸之後還能活，就私自把結局改成王子被龍咬死。他總是期望有一個結局。

他自己是這麼説自己的：作家如果不自戀很難成為一個好的作家。

三島由紀夫認為自己是「薄命的天才」、「日本美的最後一個年輕人」、「頹唐期的最後的皇帝」，以及「美的特工隊」。

他自己考慮到 30 歲就戰死，悄悄地把自己的每一部作品都當成遺作來寫，這樣可以非常真實、坦誠。王朔早期作品也是那樣的，後來發現自己死不了，就沒有這種態度了。這是另外一件事了。

三島拍了很多個人照片，要顯示出自己作為一個男人的身體有多美。

在 1970 年 11 月 25 日，經過長時間的準備，三島由紀夫決定在這一天開始實施自己醞釀已久的計劃。當天他交付了《豐饒之海》的最後一部《天人五衰》的最終章原稿，然後按照日本傳統儀式切腹自殺。

三島就這樣，帶着他一生的擰巴、執着，留下已經寫完的文字，走了。

浪費時間，玩耍一生

我艾丹老哥是一個很獨特的人，他的《宋金茶盞》是一本很獨特的書。

我選的書分三大類：第一類是生活美學，美有救贖的功能。第二類歷史管理，說的是善——人盡其才，物盡其用，是善；不犯傻，不動刀動槍，是善；好好總結歷史的經驗教訓，未來能避免重蹈覆轍，也是善。第三類是文學藝術，文學講的是真，我們要面對自己，面對我們自己的人性，面對自己的黑暗和光明，面對自己的渣賤，面對我們的文過飾非和不坦誠，面對我們的消極和脆弱，面對我們的變態和衝動等，正是這些優缺點在一起，形成了人性。

這三大類就構成了美、善、真。**人類如果沒有真、善、美支撐，很難一代一代地四季輪迴，可能一季就沒了。**

美是一個相對主觀的概念，但是相對主觀不意味着沒有共識，共識在很多時候相對客觀。比如很多人會認為宋代審美勝過明代，雍正審美強過乾隆，這幾乎是個共識。

我們從茶盞這一項來揭示宋代之美，理解一個似乎虛無縹緲但實際上有某種共識的東西——美，理解中國文化審美的終極——宋代審美。

難得的是能玩一輩子

作者艾丹代表了一種生活態度——玩。我寫過一篇文章〈難得的是當一輩子流氓〉，小時候誰都有過當「流氓」的心，拿板磚去拍個甚麼東西，離家出走，笑傲江湖。偶爾「流氓」，年輕的時候當一陣「流氓」，沒甚麼了不起。難得的是當一輩子「流氓」，難得的是能玩一輩子，玩得酸甜苦辣樂在其中，這樣的人非常少，艾丹就是玩得最精彩的一個。

我帶着某些演繹成份講講艾丹這個人。艾家出了幾個名人。詩人艾青，寫《大堰河，我的保姆》、「為甚麼我的眼裏常含淚水，因為我對這土地愛得深沉」的那個。艾端午，中國著名的玄學大師。艾軒，畫大油畫的。然後是艾丹。艾丹是這幾個裏最小的一個。艾丹在貪玩好色的表面，隱隱地一直有一抹淡淡的憂傷和不安，甚至一抹淡淡的不自信。

我總跟艾丹說，這股不自信要除掉，好文字很冷靜，不見得在現世能熱鬧。

每次艾丹請客，他都早到。他說：「我每天最大的事兒就是晚上跟大家喝這頓酒，我就提前點來，看看場子裏有甚麼需要照應的，把菜點了，把酒點了，大家來就可以喝起來。」

我說：「您沒覺得浪費時間嗎？」

艾丹說：「時間都是用來浪費的，有些浪費，效率很高，有些浪費，效率不高。我覺得我踏踏實實地坐在酒桌旁，看着夕陽，等着朋友們慢慢到來，喝着一杯涼啤酒，這是效率非常高、非常值得的浪費時間的一種方式。」

艾丹一輩子似乎只做過一份工作，就是他爸爸的秘書。他一直在玩，一直玩得挺瀟灑。他生在新疆，回到北京，去過紐約，在紐約還演過歌劇，飾演《圖蘭朵》裏邊的屠夫。他在紐約街頭賣過報紙，也待過伯克利，在伯克利學過英文；又回到北京，在草場地、東單、東城這一帶混。高中畢業，他自己主動選擇不高考，不上大學。他有過正經的報社工作，辭掉了，去遠方流浪。他非常能喝，三里屯十八條喝酒厲害的好漢，艾丹排第一。

艾丹是個極其聰明的人，聰明到接近智慧。很多事他都能想明白，世事洞明，人情練達，但是又知道自己喜歡甚麼，不喜歡甚麼，守着自己的風骨，不用世事洞明、人情練達去掙些錢和名。就是這樣，自己爽自己的，自己按照自己的智慧過日子。

《宋金茶盞》就是一本小而美的書。

這本書裏選的東西不見得是所謂最貴最「好」的大名品，但一定是經典的、開門的、對的東西。

茶事和茶人

茶事，茶人和茶物彼此糾纏，彼此發生關係，產生的那些事情。

艾丹提到茶聖陸羽。唐代皎然和尚與茶聖陸羽飲茶之後，皎然寫了一首詩：「九日山僧院，東籬菊也黃。俗人多泛酒，誰解助茶香。」就是說秋天了，菊花黃了，多數人只懂得喝酒，誰明白喝茶其實也不錯。皎然、陸羽、顏真卿是好朋友，常在一起喝茶賦詩。顏真卿出任湖州刺史之後，懷念這一君子之交，在湖州建了「三癸亭」。

唐之後是五代，雖然一片亂象，但是飲茶之風逆亂象而漲，大家喝酒反而喝得沒那麼多了。五代的瓷器，特別是茶器，燒得挺漂亮的，包括南方的越窰、北方的邢窰，這時候的製瓷工藝直接影響了北宋。

宋人追求安逸，崇尚雅趣，講究吃喝。茶事有了升級版，第一次有了皇家茶園，命名為「北苑」。

北苑在現在的福建建甌，離武夷山不遠，幫皇家養茶、收茶，包括採茶、蒸茶、研茶、焙茶……工序越來越精細，講究越來越多。比如要選清明時節的嫩葉，要讓女生而不是男生，用洗淨之後的指甲來摘取，以免受到體溫的影響。

我想人類因為承平已久，已經把享受、愛好推到了一個極端。指尖收的茶，跟用舌尖收的茶、指腹捻的茶，多少人能喝出區別？喝出這種區別，又能給人多大的享受？人真是讓他過好日子，就容易出精神病。

宋仁宗的時候有一個茶人叫蔡襄，蔡襄就是宋代書法四大家「蘇、黃、米、蔡」中的「蔡」。還有一種説法説這個「蔡」指蔡京。蔡襄撰寫〈茶錄〉一文，曾長期在北苑為皇家看茶。

蔡襄之後的偉大茶人就是蘇東坡。蘇東坡的茶偏市井，偏日常，反而讓他的文字跟我們有了更多的關係。

蘇東坡這首《水調歌頭》，「已過幾番雨，前夜一聲雷。旗槍爭戰建溪，春色佔先魁」，「旗槍」指茶葉。

「採取枝頭雀舌，帶露和煙搗碎，結就紫雲堆」，就是説取枝頭的像雀舌一樣的嫩芽嫩葉，和着露水，和早上的煙塵給它弄碎，弄成一堆。

「輕動黃金碾，飛起綠塵埃。老龍團，真鳳髓，點將來」，用碾子，不要帶那麼多塵土，只是讓茶葉末起來就好，弄成老龍團，弄成真鳳髓，將來我們可以點茶。

「兔毫盞裏，霎時滋味舌頭回」，用兔毫盞把茶點起來，不是燒火，是點茶，不是點火，是點茶。在一瞬間，舌頭尖都要回轉。

「喚醒青州從事，戰退睡魔百萬，夢不到陽台。兩腋清風起，我欲上蓬萊」，說的就是想起貶謫青州時渾渾噩噩的時日。

茶事裏涉及的最後一個茶人是陸游，這就已經到了南宋。陸游曾任福建常平茶鹽公事，「常平」，維護物價平穩。柴米油鹽醬醋茶，茶、鹽都是日常的公用之物。陸游有首關於茶的詩，古龍在他的武俠小說裏也多次引用，很有意境的一首詩：「小樓一夜聽春雨，深巷明朝賣杏花。矮紙斜行閒作草，晴窗細乳戲分茶。」我紙剩得不多了，拿點紙頭，拿點紙邊，寫點字，寫點草書。天不下雨了，晴了，陽光下來，做碗茶喝，大家分一分也是好的。江南雨後喝杯茶，一生似乎挺圓滿。

從茶盞到集盞的「不歸路」

沿着艾丹的思路，從茶事、茶人、茶具過渡到茶具裏最重要的東西——茶盞。

艾丹對茶盞的定義是口徑 10-15 厘米的盞。口徑 10 厘米以下的可能是喝酒的，口徑 15 厘米以上的可能是吃飯的，口徑 10-15 厘米的是喝茶的。

茶盞製藝的高峰當數建窰茶盞——建盞。最被宋代皇帝貴族推崇的是兔毫盞，之後被日本形成了另外一套體系——兔毫之上有油滴，油滴之上有曜變。被日本認可的曜變只有三隻，中國沒有一隻完整的。靜嘉堂一隻，藤田美術館一隻，龍光寺一隻。在中國，有半個曜變，是由 20 多個殘片組成的。有這半個曜變的老哥，也是我好朋友。

日本對這麼小眾的品類認真地建立了體系，堅持了 500 年。

艾丹從茶事講到茶盞，最後到集盞，就是他如何走上收藏茶盞這條不歸路的。

艾丹是怎麼喜歡上古物的？我想他是家傳，艾青就喜歡收集老東西，各式各樣的，不怕雜、不怕差、不怕殘。

艾丹說，其實就是想看看審美。通過這些器物，你知道古人把甚麼東西當成美，它的趣味在哪兒。從這個角度，我們神交古人。

艾丹在第三篇《集盞》導言的最後是這麼說的：

> 人們說宋瓷的品級很高，這與宋人的生活方式有關。南宋文人吳自牧在《夢粱錄》一書中描寫宋人有「燒香、點茶、掛畫、插花四般閒事」，市井的茶肆裏，用瓷盞漆托，陳列奇松異檜，樓上又是曲藝、清唱之所。盛會時，有排辦局、茶酒司、香藥局等專業人士鋪排佈置。
>
> 我所仰慕的幾位宋代文人，比如蘇東坡、陸游、范仲淹均好飲茶讚茶，收集那個時代茶盞子會有一種親切感。
>
> 收藏不僅僅是擁有古物，還收到了一份情感和寄託。

專心，才對得起美好之物

進入一個完全陌生的領域，「捷徑」是甚麼？世界上從來沒有絕對的捷徑，「捷徑」是説，你應該把功夫更多地花在甚麼方式和途徑上。

學習新的學科或學問，涉足新的行業，一個捷徑是掌握幾十個核心詞。我對於葡萄酒是外行，但我的確認識一些專業人士。我進入葡萄酒世界的過程，也是一個「投機取巧」走「捷徑」的過程。用 20 個左右的核心知識點，用最少的時間最快地進入美妙的葡萄酒世界，只需要葡萄酒界非常經典的一本書《世界葡萄酒地圖》。

葡萄酒的歷史

人類飲用葡萄酒的歷史可能比使用文字的歷史更長。在山洞裏、石板上、草紙上、墓室牆壁上，你都能看到古人飲酒的蛛絲馬跡。落到具體的考古發現，人們在美索不達米亞發現了明確的飲用葡萄酒的證據，距今 8,000 年。

到了 5,000 年前，腓尼基人開始有明確的喝葡萄酒的記錄。到了 4,000 年前，希臘人開始有飲用葡萄酒的記錄，這都圍着地中海。3,000 年前，意大利、法國、西班牙等國也出現了關於葡萄酒的記錄。

在公元 5 世紀，也就是大致在 1,500 年前，羅馬人就在歐洲完成了葡萄酒的基本佈局，這個佈局跟今天歐洲葡萄酒酒莊的佈局大差不差。

在 17 世紀之前，葡萄酒是唯一可存的飲料。那個時候水被認為是不安全的，你要燒開了喝，啤酒容易壞，基本沒有其他的飲料。17 世紀之後，開始有了大家現在耳熟能詳的飲料，比如咖啡、來自中國的茶。這些飲料在世界範圍內開始流行，都是 17 世紀之後的事情。

第一款有記錄的高質量酒，英文叫 reserve wine，可以長時間儲存的酒，來自奧比昂莊園。奧比昂莊園 1660 年在倫敦開了一家餐廳，目的是推廣他們的高檔酒。酒不再是抓起來就喝的東西，不再是 table wine，而成為要認真對待的、精心製作的東西。

葡萄酒的歷史就來到了現代，工業化和科學化讓葡萄酒「飛入尋常百姓家」。

現代還有一個里程碑，20 世紀 60 年代有一個神奇的發現，就是用法國橡木桶來儲存葡萄酒，對其口味有決定作用。

還有一個微妙的變化，就是在一個主觀的飲酒行業，市場營銷人員變得比造酒的人更重要。原來都是小農生產酒莊，造酒的説了算，他做甚麼你就喝甚麼，愛喝不喝。現在除非是小眾的、太高端的、太少見的酒，大多數供給大眾喝的酒，是市場營銷人員説了算，他們會給葡萄酒生產廠家建議，説哪些酒更好賣，就去生產哪些酒。

不要去買酒莊

現代人裝腔的重大舉措之一，就是買一個酒莊。

但是，哪怕你有很多錢，我都建議你不要買。一是因為酒是很難賣的東西，世界上有那麼多酒莊，有那麼多種酒。二是因為總是喝自己酒莊的酒，勸朋友喝自己酒莊的酒，很乏味，親媽、親生孩子你換不了，老婆/老公換起來很麻煩，為甚麼還要買酒莊，讓自己喝酒的選擇變得固定起來？

酒莊甚麼樣，無論是甚麼建築大師設計的，跟喝酒的關係並不密切。但是，酒莊最好好看一點，特別是名氣不那麼大的，和能不能照出漂亮照片關係很大。

一個酒莊會有幾個功能區，葡萄進來、輸出會有幾個工作區域，存儲區、展示區、喝酒區等。

如果你跟酒莊莊主很熟，還可以帶點吃的；如果跟莊主沒那麼熟，他會給你拿出幾款酒，同時還會配點芝士、麵包。有些酒莊漂亮，有些酒莊古樸，有些酒莊現代化，去逛逛是好事。

時間可以講故事

酒喝甚麼年份的合適？答案並不絕對。時間當然重要，時間可以講故事。最簡單的故事是生日酒，比如你有喜歡的女生，1991年的，你就買一瓶1991年的酒帶着，去跟她喝一口，比給她買一個莫名其妙的包更有心，她會更感動。

酒能存多長時間是因酒而異的，沒有一定的規則。一瓶好酒存較長的時間，口味可能變得更好，也可能變差，但一瓶差酒，擱再長時間，也是一瓶差酒。通常的規律是：越是大牌、越複雜的酒越經擱，時間是它們的朋友；越是便宜的酒就越應該盡快喝，20歐元、20美元以下的，商業化、工業化的酒就盡快喝掉，別超過3年。

如果你就是愛喝老酒的味道，放20年甚至25年之後再喝，也不是沒有道理。就好像寫文章，少年的時候不一定很成熟，但是他有少年氣、少年血，年輕的酒有那種青澀的勁、青澀的猛，挺好。老了，煙火氣消了，可能你會覺得荷爾蒙不夠，但是有溫潤的寶光，和酒一樣，少年、成熟期、老年都有不同的味道。

我自己是喜歡老酒的，個人的體驗，葡萄酒的少年狀態就是放 4-5 年，成熟期是放 10-15 年，老年是放 20-25 年。但是中間 5-10 年，有一段無趣的中年期，跟人有點像，無趣的中年期，這也是我個人的觀點。

葡萄酒裝腔指南

一、酒窖

第一，酒窖的大小要跟你的酒量相關，一天喝兩瓶，跟一年喝兩瓶，你需要存的酒的數量肯定是不一樣的。咱們就從普通酒量的人出發，自己的酒窖和商用的酒窖要分開。你可能買一些量比較大的酒，屋子裏擱不下，你可以放在外邊，由專業人士幫你打理，把自己最近幾年要喝的酒擱到家裏來。第二，酒窖最好是地下室，樓房帶地下室最好，別墅的話自己挖地下室，如果是山裏的別墅，那就更好，山裏相當於地下酒窖，潮濕，溫度不高，避光。如果山裏的別墅沒有地下室，你可以把不朝陽的房子留一間給酒，室溫控制在 7-18℃，酒沒那麼挑。如果特別講究，你可以把室溫設在 10-13℃，把酒平着放，這樣酒塞就不會乾，不會出現漏氣的可能。

二、喝酒

第一要點，專心。一杯酒擺在你面前，你要喝了，最重要的是專心。別吵，安靜，放空，別太想喝酒之外的事情，最好不要説話。專心，你才能夠喝出酒中的好處；專心，你才對得起這杯酒。並不是説你不能説笑，而是在喝的那一瞬間，看、聞、喝之後體會，給這口酒一兩分鐘的專有時間，它值得這一兩分鐘的專有時間。

第二要點，分享。如果是一瓶特別好的酒，一個人喝，這種孤獨和沮喪的程度要高於一個人去做手術。喝酒一個很大的樂趣是和誰喝。

第三要點，如果有四五瓶酒，你用甚麼順序喝？漸入佳境——由一般到好，由淡一點的到濃一點的，由白葡萄酒到紅葡萄酒。

喝酒喝多少合適？有一個基本規則，中飯少喝一點，晚飯可以多喝一點，節假日可以更多一點。依着各位的酒量來。750 毫升一瓶酒，倒 6-8 杯，中飯通常一個人 1-2 杯合適，微醺。中飯喝一喝聊點事，對得起酒，對得起事，對得起人。晚飯，平均一人半瓶到一瓶，合適。

我跟朋友喝小酒，大致就是人頭減一，四個人喝帶三瓶，五個人喝帶四瓶。如果有酒量非常好的，一種辦法是讓他先喝一頓再來。還有一種辦法是，找點餐酒，讓他先多喝一點，酒量大容易費錢。

三、品酒

動用你的四個感覺：視覺、嗅覺、味覺和總體的感覺。

先看顏色，看氣泡，有時候可以從顏色看出酒存了多長時間。接着聞一聞，深吸一口氣，讓味道充滿鼻腔。在葡萄酒品鑒上，鼻腔、鼻黏膜比口腔、口黏膜、舌頭的作用要大。然後喝一口，先在嘴裏咕嘟一陣，可以發一些小聲，還算禮貌。最後喝下去，安靜一陣，想想美事，而不是想煩心事，想想躺在花園裏，想想最想想的人。

品酒的訣竅，是爭取用自己的語言系統來描述酒。我有點投機取巧，引用了三類詞彙來描述酒，一類是關於植物的，一類是關於動物的，一類是關於人類的，我都儘量用詩的語言。

哪怕你具備了描述酒的語言，矜持一點，不管你描述酒的語言有多麼豐富和準確，畢竟是在比喻，比喻就意味着扭曲和偏差。讓別人先説，讓更專業的人先説，讓更愛裝腔的人先説。

好酒的標準，簡單地説，三個核心詞——平衡、複雜、持久：越平衡的酒越是好酒，酸度、力量、香氣都非常平衡；越複雜的酒越是好酒，能讓你聞到動物、植物、男人、女人；在你鼻腔、口腔留存得越持久的越是好酒。

我建議你建立個人的評分體系。比如我，對於有些酒，評分標準就比較簡單，只有 0-3 分：不能喝、能喝、好喝、特別好喝；對有些酒，評分標準就複雜一些，可以從 0-20 分。0-100 分是某種形式，我真切地認為正常人分不出 92 分和 93 分的區別，這是非常主觀的事。百分制評酒是個笑話，雖然它非常流行。

喝酒要當自己的主人。你花錢喝酒，你是主人，你別騙別人，更重要的是別騙自己。放空，專心，認真喝，讓酒在頭上開花、在口腔和鼻腔裏綻放，捫心自問：這個酒是好還是差？你想不想再喝？

《世界葡萄酒地圖》還講了不同地方的不同酒類。我強烈建議反覆看導言、介紹，不必看全。你更喜歡喝哪些產地的酒，比如法國、澳大利亞，或中國的葡萄酒產區寧夏，你就着重看哪部份。一邊看一邊喝，你會更好地享受葡萄酒。

第七篇

留不住時光，還有詩、酒、花

人生苦短，不要太多貪戀

劉義慶生於 403 年，東晉元興二年，於劉宋元嘉二十一年，也就是 444 年病逝，一共活了 41 歲。劉義慶招攬了各路人才來幫他收集、整理魏晉南北朝的段子，放到一本書裏，就是《世說新語》。

《世說新語》教會你我如何在油膩的世界裏詩意地棲居。你改變不了甚麼，但你可以活得不油膩，哪怕在魏晉南北朝時期。

三國、魏晉、南北朝是中國比較混亂的時代。《世說新語》從漢末到東晉，集中、真實地體現了當時人們的思想和言行，上到王公貴族，下到士人，能幫你了解大跨度的歷史和人性。

得天獨厚的劉義慶

劉義慶身份非常特殊，其實我覺得又是老天定的，讓他能夠弄出點好東西。

第一，皇親國戚。他是開國皇帝劉裕的姪子，在開國的過程中，他當過武將，也立過功。

第二，才華上出類拔萃。劉裕評價他「此吾家豐城也」，意思是劉義慶是我們家智慧和文學的結晶，可見劉裕對劉義慶的賞識和喜歡。

第三，劉義慶聚集的文人也是一時之選，就是當時的文人裏最能寫能編、有文采的人。劉義慶做人低調，能善待他們。

劉義慶活了 41 歲，所以我讀《世說新語》的時候總能感到一股少年氣，一股「雖千萬人吾往矣」的決絕。這種少年氣來自於他的年齡，當然也來自他的出身：我是皇族，有學問，年輕，我認為這個世界應該是甚麼樣，我應該活成甚麼樣，我就怎麼寫。

《世說新語》涉及儒家、道家、釋家，說明劉義慶招攬各路人才，只要文章好有巧思，咱們一塊兒聊一聊，聊一些小事，就形成了「世說新語體」，聊的都是段子。一共是 1,100 多條段子，形成了 200 多個成語。可以說，《世說新語》在很大程度上豐富和延伸了漢語。

你的人生七件事

我提供一個解讀《世說新語》的框架：一個人一生中最重要的幾件事是甚麼？然後從 1,100 多個段子中摘出最有意思的，讓你體會人生大事應該怎麼看，以及《世說新語》真實的三觀。人活在世上，有七個“W”。視角是男性視角，但是對女性一定也有參考作用。

第一個“W”是 woman，女性、女生、校花、婦女、女神。《世說新語》的背景是男權時代和環境，多數也是男性的故事。我會擴展一下概念，woman 是人對人的愛意。

第二個“W”是 wine，酒，包括一些能讓人上癮的東西，就是讓你覺得雙腳離地半尺，能夠貼地飛行的東西。

第三個“W”是 wealth，財富。錢是甚麼？錢是不是好東西？錢是多好的東西？錢有沒有不好？錢能幹甚麼？錢不能幹甚麼？

第四個“W”是 work，工作。《世說新語》非常「仙」，但是因為編輯者、創作者是皇親貴族，其實也涉及如何管理國家、社會、團隊和自己。work 講的是管理、成事。

第五個“W”是 work out，鍛煉。如果把概念擴張一點，是修煉，是一個人如何變得更好。

第六個“W”是wisdom，智慧。智慧在我心目中比錢更重要，有時候比女生更重要。

第七個“W”是watch，珍寶。我們如何看待自己的物慾，哪些是真正的物慾，哪些時候是走到了絕路？

這七個“W”你們不一定同意，我就權且當作一個講《世說新語》的結構。

Woman：愛女色，愛男色，愛人類

如果人都不好色，不喜歡人，這還是人嗎？《世說新語》裏的人味，是真誠，是真實，是真。在「真」的基礎上，善才能不是偽善，美才能是真美。

> 阮公鄰家婦，有美色，當壚酤酒。阮與王安豐常從婦飲酒，阮醉，便眠其婦側。夫始殊疑之，伺察，終無他意。

這境界是我喜歡的好色的境界。阮公指阮籍。他隔壁女鄰居長得漂亮，開了個酒吧或飯館。阮籍常和朋友去，有時候喝醉了，就躺在這個漂亮女人旁邊。美婦的老公開始充滿懷疑——阮籍到底想幹甚麼，他老婆是怎麼想的，有很多心理活動。「伺察，終無他意」，美婦的老公發現阮籍沒有其他意思，啥都沒幹。故事就是這樣的，很有意思。之後阮籍被殺了，美婦繼續賣酒。阮籍一定喜歡這個女人，為甚麼甚麼都沒做呢？

孫子荊以有才，少所推服，唯雅敬王武子。武子喪時，名士無不至者。子荊後來，臨屍慟哭，賓客莫不垂涕。哭畢，向靈床曰：「卿常好我作驢鳴，今我為卿作。」體似真聲，賓客皆笑。孫舉頭曰：「使君輩存，令此人死！」

孫子荊說：「你們這些人還活着，卻讓王武子這樣的妙人死了。老天真渾蛋。」最後這句是我加的。

其實有些感情是很難定義的。**人來世上一遭，能夠感受到各種各樣的感情，別怕，放開自己。自己不想怎麼做的時候，爭取不要那麼做；自己想怎麼做的時候，偶爾讓自己做一回。**哪怕是學回驢叫，為喜歡的、敬佩的人，不丟人，這就是孫子荊的精神。

Wine：給我一杯酒和一點自由

中年人在生活習慣上有兩個主題——一個是怎麼少喝酒，另一個是怎麼少吃飯，但是都挺難做到的。人到中年，能讓幹的事不多，能帶來快樂的事不多。喝酒是其中之一，狂吃東西是其中之一，但兩者對身體都不好。但如果都去掉，生活還有甚麼意思？

劉伶恆縱酒放達，或脫衣裸形在屋中，人見譏之。伶曰：「我以天地為棟宇，屋室為褌衣，諸君何為入我褌中？」

劉伶經常不加節制地喝酒，有時候脫光了衣服裸體待在屋裏，有人看見了就責備他。劉伶說：「天地是我的房子，屋室就是我的內褲，你們為甚麼要到我的褲衩裏？」

《世説新語》裏的竹林七賢，崇尚的是破除禮法，不要繁文縟節。世界已經亂成這樣，作為一個人我簡簡單單地找點樂子，怎麼了？你説我，我就會説：滾！

> 王孝伯言：「名士不必須奇才，但使常得無事，痛飲酒，熟讀《離騷》，便可稱名士。」

通常講，看穿不説穿，看破不揭破。但是王孝伯揭人揭短，打人打臉，可能跟我有類似的習慣和毛病，平視、求真、祛魅、成事。王孝伯説：「周圍都是甚麼名士啊！你不需要是奇才，只要整天無所事事，有閒暇，痛飲酒，熟讀《離騷》，就可説自己就是名士。」

其實我也常見到一些人，才氣有一點，整天無所事事，喝酒，讀點詩，《離騷》可能不會背，會背點唐詩宋詞，就覺得自己是個名士。

Wealth：人生苦短，不要太多貪戀

> 祖士少好財，阮遙集好屐，並恆自經營。同是一累，而未判其得失。人有詣祖，見料視財物。客至，屏當未盡，餘兩小簏着背後，傾身障之，意未能平。或有詣阮，見自吹火蠟屐，因嘆曰：「未知一生當着幾量屐？」神色閒暢。於是勝負始分。

祖士少喜歡錢，阮遙集喜歡鞋。有人去了祖士少家，看到祖士少

擋着自己兩籃子財物；有人去了阮遙集家，看到阮遙集拿着自己正在修的鞋說一輩子能穿幾雙鞋。經過比較，就知道誰是名士，誰是俗人。

第一層意思，好財的不一定是有名士風的，但好物的不一定沒有名士風。

第二層意思，人都會死的，為甚麼還要斂自己花不完的錢，攢自己用不了的東西？「未知一生當着幾量屐」，一輩子用不了多少，人生苦短，不要貪戀太多。

Work：亂世中的成事者

很多人以為《世說新語》是一本清閒、有風骨、特立獨行的書，其實其中沉澱着痛苦、絕望、掙扎、權衡等。

> 華歆、王朗俱乘船避難，有一人欲依附，歆輒難之。朗曰：「幸尚寬，何為不可？」後賊追至，王欲捨所攜人。歆曰：「本所以疑，正為此耳。既已納其自託，寧可以急相棄邪？」遂攜拯如初。世以此定華、王之優劣。

華歆跟王朗乘船去避難，有一個人想上他們的船，華歆不同意。王朗就說：「船裏還有地方，為甚麼不呢？」後來賊追了過來，王朗就想把他救的這個人趕走——你趕快自己逃命去吧。

華歆就說：「我當時之所以不想救他，就是因為怕出現現在這種狀態。既然人家已經把性命託付給了我們，怎麼能因為情況緊急就把他丟下呢？」於是他們接着帶着這個人往前走。人們因為這件事判定華歆比王朗強。

就好比現在我們招募團隊的時候，要盡量謹慎一些。多一個人就多一個想法，多好幾個人，甚至會產生公司政治。能少招一個人，就少招一個人。一旦把人招來了，就要對人家負責，不能因為公司面臨困難，就隨便丟棄人。華歆在這件事上表現出的風格是我認同的：慎始，敬終。

司馬景王東征，取上黨李喜，以為從事中郎。因問喜曰：「昔先公辟君，不就，今孤召君，何以來？」喜對曰：「先公以禮見待，故得以禮進退；明公以法見繩，喜畏法而至耳。」

司馬景王問李喜：「過去我爸招你當官，你不來；為甚麼今天我招你，你就來了呢？」司馬景王問這句，明顯是一種揚揚自得的心理：我比我爸強。

李喜的潛台詞就是：司馬景王同志您別沾沾自喜了，並不是你比你爸強，而是你比你爸狠。你用法治我，我害怕你殺我，害怕你讓我斷條胳膊缺條腿，所以只能來了。

從被治理的人的角度：你如果對我以禮，那我就從禮上說話；你拿法來壓我，我就根據法來做事。

從皇帝治理的角度，有句俗話：禮治君子，法治小人，鞭子趕驢。如果你治理的大部份人是君子，你可以用禮來治；如果你要治理的多數是小人，只能拿法去治；如果是壞人，只能拿鞭子去治。

Work out：我自有我的風骨

竺法深在簡文坐，劉尹問：「道人何以遊朱門？」答曰：「君自見其朱門，貧道如遊蓬户。」或云卞令。

竺法深去簡文那兒聊天，劉尹就問竺法深：「你一個道人為甚麼整天在權貴這兒混呢？」竺法深這麼説：「您看到我在權貴家，我卻覺得跟遊窮人家沒啥區別。」

在一個油膩的世界裏，想詩意地生活和工作，一個訣竅是不二，本一不二。見權貴如見平民，見朱門如見貧戶，不容易做到。

Wisdom：乘興而行，興盡而返，何必見戴

王子猷居山陰，夜大雪，眠覺，開室命酌酒。四望皎然，因起彷徨，詠左思《招隱》詩，忽憶戴安道。時戴在剡，即便夜乘小船就之。經宿方至，造門不前而返。人問其故，王曰：「吾本乘興而行，興盡而返，何必見戴？」

此處應該有掌聲。古今中外，裝腔第一；古今中外，文藝第一。這比李白「小時不識月，呼作白玉盤」的裝腔級別高太多了。

雖然是裝，但裏邊有真性情。一處是夜裏大雪，人醒了，睡不着，不逼自己一定要睡着。四下一看，內心腫脹，背了首詩，想起了朋友。多數人心説明天還有工作，還要送孩子上學。但是王子猷想起想見的朋友，今晚咱不睡了，咱在船上晃悠。到他們家門口，砸他們家玻璃去。

到了門口，最牛的是算了，回去，興盡了。真實面對自己的

性情，真實面對自己心情的存量，說沒興致，我走了。如果男的都能這麼性情，人間可能會多一些悲劇，但會有很多好事就此發生。

我想起一些愛情。你有愛情的時候，分分秒秒都想和這個人在一起。在一起的時候一切都對，不在一起的時候一切都不對。我把它定義成愛情，你也可以把它定義成激素。產生愛情不容易，但是不是要在一起，我想不一定。「雪中訪戴，乘興而行，興盡而返，何必見戴」。有愛情，為甚麼一定要在一起呢？

Watch：熱愛你的熱愛

Watch，直譯是手錶，廣義是各種珍玩和自己特別珍惜的事物，包括人。

> 王子猷嘗暫寄人空宅住，便令種竹。或問：「暫住何煩爾？」王嘯詠良久，直指竹曰：「何可一日無此君？」

人生是暫住的，不能因為住的時間太短，住的是臨建房、別人的房子，就不收拾到自己舒服的境地。人生要有自己的熱愛，比如衣、食、住、行，一定要有你不能缺少的東西，這可以幫你建立內心強大的內核。比如我穿，我一定要有件睡衣；比如我看，我一定要能看到花草；比如我行，五公里之內我只用腿；比如我吃，一週要吃一次滷煮，一個月要吃一次炒肝。這些都不是壞事。

拿得起，放得下，了不起

宋朝，中國文化的高峰時期。宋詞，又是宋朝文化的高峰。蘇東坡，站在宋詞高峰上的男人。蘇東坡有豪放有婉約，不僅有大男子的一面，也有小才子的一面；蘇東坡一生有痛苦有快樂，不招左派改革派待見，也不招右派保守派待見，一肚子不合時宜，一輩子被流放貶謫，但他一輩子保持樂觀精神。如果你想快樂地過一生，在逆境中依舊可以樂觀、積極、向上，就請進入蘇東坡的世界。

被嫌棄的蘇東坡的一生

蘇東坡，字子瞻，一字和仲，號鐵冠道人、東坡居士，世稱蘇東坡、蘇仙、坡仙，這有點像我們現在偶爾會換換網名、昵稱、頭像。

蘇東坡是北宋年間的人，1037 年 1 月 8 日生於四川眉山。他 2 歲的時候，他弟弟蘇轍出生了，兄弟二人這輩子建立了偉大的友誼。

蘇東坡 6 歲開始讀書，不能算早。18 歲，他娶了四川青神縣進士王方之女王弗。我去樂山師範學院講過一次課，在高速公路上看到一個巨大的廣告牌，寫着：歡迎來到蘇東坡初戀處。不得不說，很多四川人有一顆文藝的心，包括做路牌的這個人。

1057 年，蘇東坡年滿 20 歲，兄弟倆同時進士及第。蘇家父子仨名震京師。歐陽修坦誠地説「取讀軾書，不覺汗出，快哉快哉。老夫當避路，放他出一頭地也」——我拿蘇軾的書去讀，汗

「嘩嘩」地出，真是開心，老夫我應該避開蘇東坡的上升之路，讓他快馬加鞭地出人頭地到我之上。這一方面説明蘇東坡有才氣，另一方面説明歐陽修有胸懷。文無第一，武無第二，很難説文章誰比誰強。特別是有本事、有才氣、有地位的人，如果看到一個新人才氣極盛，他第一反應可能是不舒服；也可能甚麼話都不説，就讓他自生自滅。歐陽修大大方方地説他要迴避蘇東坡的鋒芒，讓人佩服。

蘇東坡在之後的二三十年反對王安石的新法，又反對司馬光的保守派，裏外不是人，一會兒被發配到一個地方，一會兒被召回京師，一會兒又被發配到另一個地方，又被召回，就這樣顛沛流離。

通常在官場，你跟個老大，站個隊，一輩子就會隨着老大起伏。為了名利、安穩，也有沒有風骨的人，誰得勢就去跟隨誰，跳來跳去。但是像蘇東坡這樣，誰得勢都要質疑：「這樣太激進了」、「你這樣有欠平衡的地方」。一肚子不合時宜，所以他一輩子有風骨。

古代被貶謫，除了見不着摯愛親朋，還帶不走自己的多數東西，一路車馬勞頓，甚至可能顛簸而死。即便到了地方，也可能因水土不服而死，再之後可能寂寞抑鬱而死……基本是九死一生，但蘇東坡還是撐過去了。

1101 年 8 月 24 日，蘇東坡去世，活了不到 65 歲。雖生活坎坷，但活得還算長壽了。

「弟弟控」的蘇東坡

蘇東坡的詩詞就合在一起講，我最喜歡的幾句是：

心似已灰之木，身如不繫之舟。
問汝平生功業，黃州惠州儋州。

這句有一種大涅槃的感覺，就是：宇宙、人生說到底沒意義，對於當權者，我沒有辦法，我只會被安排得幾起幾落，在大地上遊蕩。但是我保持個人的風骨，還能幹出有意思的事情：修出蘇堤，做出東坡肉，留下千古文章。這幾句詩有正確的對待失敗的態度，我非常喜歡。

蘇東坡也是某種「控」，不是「酒精控」、「顏控」這些。看似灑脫的蘇東坡，實際上「控」他弟弟，非常喜歡和依賴蘇轍。他能過得那麼瀟灑，在很大程度上依賴他弟弟蘇轍給他「擦屁股」。當然他弟弟也喜歡他，看到他們為彼此寫的詩詞，我會有淚目的感覺。

人間值得，既然來了，那就好好過一場。除了自己要有強大的內核，還要跟另外一個人建立某種羈絆，比如在心理、生理、生活、工作上長期依賴某個人。我不知道這種依賴關係甚麼樣，但是我能感覺到這種依賴關係的美好和某些時候的心碎。

蘇東坡第一次出外當官，是他和蘇轍生平第一次離別。蘇東坡看着弟弟在鄭州西門外的雪地上騎上一匹瘦馬，慢慢遠去，路面有些起伏，他弟弟的頭一起一落，終於消失在視線之外。不知道甚麼時候再見面，不知道再見面之前弟弟能不能把日子過好。

不飲胡為醉兀兀，此心已逐歸鞍發。
歸人猶自念庭闈，今我何以慰寂寞。
登高回首坡壟隔，惟見烏帽出復沒。

苦寒念爾衣裳薄，獨騎瘦馬踏殘月。
路人行歌居人樂，僮僕怪我苦淒惻。
亦知人生要有別，但恐歲月去飄忽。
寒燈相對記疇昔，夜雨何時聽蕭瑟。
君知此意不可忘，慎勿苦愛高官職。

最後一句尤其讓人感動：弟弟啊，這種感情難得，不要貪戀甚麼高官，甚麼厚祿。

蘇東坡何以成為大宋頂流

在講蘇東坡的詞之前，先說說詞牌。詞牌我感觸最多的是這些名字：《臨江仙》，臨着一條江水的神仙；《蝶戀花》，戀戀不捨，因為一朵花而產生愛情的一隻蝴蝶；《望江南》，江南看不見，從心裏眺望一下；《西江月》，西面的江上，月亮升起來，又落下去。仔細想想，好美。

《定風波》

莫聽穿林打葉聲，何妨吟嘯且徐行。
竹杖芒鞋輕勝馬，誰怕？一蓑煙雨任平生。
料峭春風吹酒醒，微冷，山頭斜照卻相迎。
回首向來蕭瑟處，歸去，也無風雨也無晴。

這首詞我體會到幾個核心詞：一是樂觀——不着急、不害怕、「不要臉」；二是淡定——風吹起來了，我的酒也醒了，微微冷；三是涅槃——也無風雨也無晴，歸於寂靜。

這首詞也可以用於解讀愛情。想想十幾歲、二十幾歲那個時候，抓耳撓腮，一定要見到某個人，一定要跟她在一起，一定要問她到底愛不愛我……現在想起來，唉，人哪……「歸去，也無風雨也無晴」。

蘇東坡有豪放、樂觀、看淡的一面，也有深情的一面。他最深情的一首詞叫《江城子》。

《江城子》

十年生死兩茫茫。不思量，自難忘。

千里孤墳，無處話淒涼。

縱使相逢應不識，塵滿面，鬢如霜。

夜來幽夢忽還鄉。小軒窗，正梳妝。

相顧無言，惟有淚千行。

料得年年腸斷處，明月夜，短松岡。

人走了那麼久了，彼此無處見、無處說，為甚麼忘不掉呢？墳在千里之外，沒法到墳旁去說說話，那就靠夢吧。駕着夢還鄉，看到你正梳妝，時間太久了，也沒甚麼話要講，那就哭吧。再過到明年、後年、大後年，咱們就還這樣，夢裏見，夢裏哭，夢醒之後，推開窗是明月夜，是短松岡。

《西江月・平山堂》

三過平山堂下，半生彈指聲中。

十年不見老仙翁，壁上龍蛇飛動。

欲弔文章太守，仍歌楊柳春風。

休言萬事轉頭空，未轉頭時皆夢。

最後一句太妙。總説涅槃寂靜，諸漏皆苦、諸法無我、諸行無常，這個道理大家都懂，但是即使懂，也改變不了我們對一切可眷戀之處、可眷戀之人的眷戀，對一切小情大愛的難捨之情。

《臨江仙·送錢穆父》

一別都門三改火，天涯踏盡紅塵。

依然一笑作春温。無波真古井，有節是秋筠。

惆悵孤帆連夜發，送行淡月微雲。

樽前不用翠眉顰。人生如逆旅，我亦是行人。

人生真的像在酒店入住，睡一晚再結賬離開，你會留下一些記錄，付房費或者欠房費。但無論怎樣，你是行人，我也是行人，你是旅人，我也是旅人。

蘇東坡了解佛學、道教、人性、人情，了解自己，也有同理心去了解別人。在蘇東坡 300 首左右的詩詞裏，我能體會到一顆積極的、痛苦的、細膩的、豪放的、明白的心，有智慧、有擔當、有決斷，拿得起、放得下、了不起。

開心地過是一種過法，噘着嘴過也是一種過法，我自己傾向於和蘇東坡的態度一樣，我們不噘着嘴過，我們開心地過。

雖然我活着的時候不能跟你喝了，但希望在另外一個空間，我能敬你一杯酒。明月幾時有，今晚喝杯酒。

蘇東坡做過的最牛的事

我在幾年前給蘇東坡寫過一封公開信，問過蘇東坡一個問題：你至今做過最牛的一件事是甚麼？你為甚麼這麼認為？

因為蘇東坡已經回答不了，所以我只能替蘇東坡回答。

我覺得他做得最牛的一件事是修了一條路，叫「蘇堤」。我曾經在白天、晚上、風裏、雨裏都走過這條路。如果我有錢有閒，每年一定要去中國幾個地方——昆明、玉溪、武夷山，還有杭州。去杭州，我一定要走一趟蘇堤。

跟我有類似想法的其中一個人叫乾隆。他在玉泉山旁，在頤和園裏，也建了跟蘇堤很像的一條路，叫「西堤」，非常可愛。

一線路，兩面水，幾座橋，數點山，現在蘇堤被公認為杭州乃至全國最美的一條路。在蘇東坡生前身後，有多少人在這裏凝神、傷心、愛戀、釋懷、嘆息。每個人每走一次，有意識無意識地都會敬蘇東坡一次。比起掙了無數的錢，但樓蓋得跟迷宮一樣、動線安排得跟腦殘一樣、去一次都忍不住罵一次的房地產商，蘇東坡的福德非常多。

蘇東坡還很牛的是，寫了好幾十首流傳至今的詩詞。「明月幾時有，把酒問青天」，很簡單的意思，甚至有點傻裏傻氣的氣質浮現，很文藝也很「二」。但是每個夜晚都有很多人拿起酒，其中就有些人會問天：明月幾時有，甚麼時候可以活捉嫦娥？

除了蘇堤，除了詩詞，蘇東坡還牛的是寫了一手自己的字。「我書意造本無法，點畫信手煩推求」，他就按照自己的理解自由自在地寫了，《寒食帖》也被書法體系中的人評為「天下第三行書」。

除了蘇堤，除了詩詞，除了毛筆字，蘇東坡還有一個很牛的地方，他創了一道菜，叫「東坡肉」。當然，可能就像端午節吃糭子一樣，糭子不是屈原創的，是別人創的。「東坡肉」可能也不是蘇東坡創的，而是佩服他的後人創的，既借他的名多賣幾道，也用這種方式表達尊敬。

「竹外桃花三兩枝，春江水暖鴨先知。蔞蒿滿地蘆芽短，正是河豚欲上時。」從這首詩裏，我聽見了蘇東坡的心裏話：春天終於來了，筍可以吃了，鴨子可以吃了，河豚也可以吃了，好開心。春風十里，不如吃你。

四季依然在輪迴，每年春天都會來，每天少吃一頓都會餓。蘇東坡已經離開很久，但是每天還會有很多人懷念「東坡肉」。

不愛美人，如何看到其他美好

通過一本書就能了解我們的祖先在這塊大地上怎麼生活，怎麼戀愛，怎麼心煩和狂喜，你要不要讀？

先民的性與情

早年我們沒有文字，但是有文化，比如紅山文化、齊家文化、龍山文化、良渚文化。往後，到了商周，開始有了文字記載，呈現的形式是龜甲、獸骨占卜用的詞。但占卜往往涉及打仗、祭祀、王公貴族的生老病死，跟我們的日常生活離得相對會遠一些。還有一類早年的文字記錄，民間占卜。

《詩經》是我國第一部詩歌總集，是很多人寫的，可能包括兩三千年前的路人甲、路人乙、隔壁老王、村口寡婦，包括那個時候的史官、文臣、皇親國戚、專門的文人為了祭祀、典禮等正式用途寫出來一些詩。所以，《詩經》的好處是既有街頭、田頭、牀頭，又有廟堂上、宮殿裏和祭台旁；有《風》、《雅》，有《頌》。其時間跨度約有 500 年，涉及方方面面，從兇殺到情感，從征戰到哀怨，啥都有，太珍貴了。

有一種説法，説各地收集的詩大概有 3,000 多首，孔子下手選了 300 餘首。如果《詩經》真是孔子編的，孔子因這一件事就應該享受世世代代、無窮無盡的崇拜。

讀詩要不求甚解

在講《詩經》內容之前，我不得不強調如何讀《詩經》，有兩個要點。

第一個要點，不求甚解，「模模糊糊打十環」。

《詩經》語言跟今天的語言習慣相差太大，而且詩本身在意義表達上就有多指性和不確定性，詩人用盡了全身的力氣，用最少的詞暗示最豐富的意思。你非讓它有個官方答案、標準答案，這真是焚琴煮鶴，不要這麼做。

詩本身就是一個模糊的東西，幾千年的流傳又造成模糊，所以讀《詩經》的方式就是不求甚解，這或許反而能更好地理解《詩經》想要表達的詩意。

打槍的一個訣竅叫「模模糊糊打十環」，在你呼吸起起伏伏、莫名其妙、慢慢悠悠、感覺似有似無時，很自然地把那槍打出去——十環！讀詩也是這樣。

開一瓶酒，一邊讀詩，一邊得過且過，讓這些詩自己能理解的部份進入腦海、心田。酒助詩意，模模糊糊地體會到感動就好了，不求甚解。

第二個要點，放開道德律，看到真實的人性。

後人闡釋《詩經》，包括儒學強調的「君君臣臣父父子子」，基本都不對。《詩經》講的是一個人看到花草、走獸、美女，出征了，受傷了，凱旋了，失敗了，心裏的真情實感，跟道德律、統治術沒有關係。孔子說「一言以蔽之，思無邪」就對了。無論是字面意思還是真實意思，似乎有些不道德，但是「思無邪」，是正常人類的想法。

走近《詩經》的四個關鍵詞

類型——風、雅、頌。《詩經》按風、雅、頌分為三類。「風」

是指音樂曲調，「國」是地區、方域之義，「國風」即各地的曲調。「雅」就是正，是指朝廷，西周王畿的樂調，就是國王居住地的樂曲、樂調。「頌」是指宗廟祭祀之樂，很多都是舞曲，音樂相對舒緩。可惜這些古樂今天已經失傳，我們已經無法了解風、雅、頌各自在音樂上的特色了。

手法——賦、比、興。《詩經》主要就三個手法：賦、比、興。

賦，平鋪直敍，講究的是細節之生動。比，對比，比如你像電線杆子一樣高，你像烏鴉一樣黑，你像狐狸一樣狡猾。有一方面像就可以作為比。興，是賦、比、興中最神的一個，簡單地説，是更高級的比喻。

「春水初生，春林初盛，春風十里不如你」，就是興。

天氣暖和了，水慢慢滲出來。草木被初生的春水滋潤，漸漸茂盛。在春花裏、在春光裏、在春色裏，走了舒服的幾里路，都不如比這一切春色、春光路上更美好的你。

結構——重章疊句。《詩經》結構裏用了很多雙聲疊韻、重章疊句，簡單地説，就是重複言語。比如：「昔我往矣，楊柳依依。今我來思，雨雪霏霏。」

有時候換詞，還不如重複，有時候重複比變化更有力量，有迴旋往復之感。與其讓我用八種方式説你漂亮，還不如用一種最好的方式説你漂亮八遍。在這點上《詩經》深深教育了我。

韻律——琅琅上口。押韻，是詩人最重要的武器，如果一首詩歌不押韻，那它的威力就少了小一半。實在不能押韻了，《詩經》就加一個語助詞，這個語助詞彼此能押韻。

光耀千古的詩篇

下邊解讀《詩經》中我最喜歡的一些詩。

《周南．桃夭》：新婚之喜，洞房花燭

《周南．桃夭》

桃之夭夭，灼灼其華。

之子于歸，宜其室家。

桃之夭夭，有蕡其實。

之子于歸，宜其家室。

桃之夭夭，其葉蓁蓁。

之子于歸，宜其家人。

這首詩寫得喜慶。大意是：小姑娘可漂亮了，就像桃花開放一樣，又鮮，又艷，又美，又熱情。這個姑娘要嫁到我這兒了，闔家快樂，太好了！

這首詩充份體現了《詩經》的特點——真情實感。娶了一個漂亮姑娘，一塊兒生孩子，過日子，照顧老人。聽上去挺好的。之後難免有煩心的地方，但那是之後的事。

押韻，「華」、「家」、「實」、「室」、「蓁」、「人」押韻。疊字，「夭夭」、「灼灼」、「蓁蓁」。

結構類似，甚至有重複，「桃之夭夭」，桃花很美麗，重複三次。

「桃之夭夭」比「之子于歸」，桃花很漂亮，我要娶的姑娘也很漂亮，就像桃花一樣好看。比喻是很神奇的一件事，桃花跟

女生到底哪點像？顏色？可愛勁兒？生氣？或許，但更多的是整體的感覺，桃花那種怒放，那種張揚，那種天真爛漫，那種自然，就和好年紀的女生一模一樣。

《秦風．蒹葭》：求而不得，內心荒涼

《秦風．蒹葭》

蒹葭蒼蒼，白露為霜。所謂伊人，在水一方。

溯洄從之，道阻且長。溯游從之，宛在水中央。

蒹葭淒淒，白露未晞。所謂伊人，在水之湄。

溯洄從之，道阻且躋。溯游從之，宛在水中坻。

蒹葭采采，白露未已。所謂伊人，在水之涘。

溯洄從之，道阻且右。溯游從之，宛在水中沚。

《詩經》裏很有名的一首，最重要的八個字就是「所謂伊人，在水一方」，它的詩境詩意也出自這八個字。我們或多或少都有喜歡的人，那個人莫名其妙地如此之美好，但是在水的另一方，我們就是沒有那條船，沒有那個槳，不能到她 / 他身旁。

除了這八個字，還有「氣氛組」——賦、比、興用得特別好。如果你單看「蒹葭蒼蒼，白露為霜」，就是賦，就是平鋪直敍，蘆葦蒼蒼，沾着露水變成的霜。但是，如果你細想後邊的句子，它就是比。「蒹葭蒼蒼，白露為霜。所謂伊人，在水一方。」我想到在遙遠彼岸的美人的心情，我的心上長滿了蘆葦，蘆葦上結滿了白白的霜。

「溯洄從之，道阻且長。溯游從之，宛在水中央」，我逆流去找她，道路又彎又長。我順流去找她，也沒找着，但是她似乎

在水中間，不在岸上。離我似乎近了一點，但為甚麼我還是碰不到她的腳尖兒？

這麼短短的一首詩，求而不得，內心荒涼。這也是我為甚麼喜歡詩，喜歡當個詩人。詩歌是語言王冠上的明珠。

《衛風 · 木瓜》：美女與「顏控」的戀情

《衛風 · 木瓜》

投我以木瓜，報之以瓊琚。匪報也，永以為好也。

投我以木桃，報之以瓊瑤。匪報也，永以為好也。

投我以木李，報之以瓊玖。匪報也，永以為好也。

這女生長得好就是有優勢，容易被人愛。你給他一個木瓜、桃子、李子，他能給你一塊玉，不是為了等價交換，而是為了跟你一直要好。

這首詩告訴我們，長得好還是重要的，人有趣也是重要的，另外還要有所交換。你哪怕長得好，哪怕人有趣，你還要準備點木瓜、木桃、木李，給人做頓好吃的，切個水果，還是要有點儀式感，不能啥都不給。

《周南 · 關雎》：我想你想得睡不着覺

《周南 · 關雎》

關關雎鳩，在河之洲。窈窕淑女，君子好逑。

參差荇菜，左右流之。窈窕淑女，寤寐求之。

求之不得，寤寐思服。悠哉悠哉，輾轉反側。

參差荇菜，左右采之。窈窕淑女，琴瑟友之。

參差荇菜，左右芼之。窈窕淑女，鐘鼓樂之。

講的是鳳求凰，用的是賦、比、興，特別是興。

「關關雎鳩」，一隻鳥在河中的小洲叫來叫去，有個如此美好的女子在我周圍晃蕩，讓我內心蕩漾。

「求之不得，寤寐思服」，窈窕淑女不像船邊的菜呀，我沒辦法摸到她，我也不能總摸水裏的草啊，怎麼辦呢？

「窈窕淑女，琴瑟友之」，我給她彈個琴，奏個曲兒，唱個歌兒，她是不是就能像這個水草一樣，至少讓我摸摸她的頭髮，摸摸她的手指甲？

「窈窕淑女，鐘鼓樂之」，這個美女，如果我再敲起鼓來打起鑼，我是不是能夠讓她快活呢？希望如此吧！

這首《關雎》激素水平相當高。

《召南．野有死麕》：《詩經》情色「擔當」

挑一首《詩經》裏相對情色一些的，看看「思無邪」能到甚麼程度。

《召南．野有死麕》

野有死麕，白茅包之。有女懷春，吉士誘之。

林有樸樕，野有死鹿，白茅純束。有女如玉。

舒而脫脫兮！無感我帨兮！無使尨也吠！

我稍稍翻譯一下：

野地裏有個被打死的獐子，用白茅草包着它。有個很美好的姑娘動了春心，那長得很帥的哥哥在引誘她。在那個林子裏，有個死鹿，死鹿被白茅草包着。這個美好的女生，像玉一樣美麗。女生説：帥哥呀，你慢一點呀，不要碰亂我的裙子，不要碰得狗也叫。

用賦、比、興都不足以來説這首詩的好。在野地裏，在樹林裏，在死了的鹿旁邊，有個很帥的獵人，有個像玉一樣的女子，他們做了春雨對大地做的事，做了春風對花朵做的事。

這個男生有動作，但是沒太多的話。他打死了鹿、獐子，這個女生是下一個「獵物」嗎？是女生「獵」他，還是他「獵」這個女生？

這個女生沒有太多的行動，但是有態度。有女懷春，但還是心慌，説你慢慢的，你不要弄亂我的衣服，你不要讓狗莫名其妙地叫。

留不住時光，還有詩、酒、花

李白，1,300 多年前的詩人，留下幾十首人們耳熟能詳的詩，太了不起了！

李白是地球上有人類以來最偉大的詩人，無論古今中外，沒有之一。

更神奇的是，李白他很會使劍。愛喝酒，又會耍劍，聽起來就讓人開心。

他又是一個無法被學習的詩人。有一種説法，杜甫可以學，李白學不了。你可以從杜甫身上學怎麼用典、用句、用韻；對於李白，你只能知道他好，但是你無法學習。

李白不可學之處，恰恰是詩歌最神奇、最吸引人、最神秘的地方。

地球上有人類以來最偉大的詩人

李白作為一個詩人，他的生平是比較簡單的，只有幾件事：旅遊、耍劍、喝酒、寫詩。想當官，沒當成，60 多歲就死了。紅了 1,000 多年，很可能再紅幾千年、上萬年。

李陽冰的《草堂集序》是這麼寫的：

> 李白，字太白，隴西成紀人。涼武昭王暠九世孫。蟬聯珪組，世為顯著。中葉非罪，謫居條支，易姓與名。然自窮蟬至舜，五世為庶，累世不大曜，亦可嘆焉。

李白寫詩說自己的遠祖是李廣。有沒有說實話？很難講。

我媽是純蒙古人，她總號稱自己是孝莊皇后那一支過來的。沒有族譜證明，我無法證真，也無法證偽。但是以我對我媽的了解，95% 以上的可能是在吹牛。

郭沫若在《李白與杜甫》一書中考證，認為李白在 701 年出生於中亞細亞的碎葉城。他認為李白一定是漢人，不是西域胡人，但這個事兒是有爭議的。

一個作家需要敏感，他的敏感來自於見過輪迴，見過高低起落，見過熱鬧繁華，見過窮苦寂靜，這種反差能造就出好的作家。

李白經歷過時代的變化，從開元天寶到後來的安史之亂，翻天覆地的變化；經歷過家庭的變故，可能是一個混血的家庭，從碎葉城遷到蜀地，小時候家裏非常富裕，出來遊歷之後，就窮了。

這種反差的優勢，無論是時代、家庭還是個人造成的，對他的成長都是件好事。

李白是如假包換的富二代。他爸爸、兄弟都經商，對他都還不錯。他拿劍、把酒，丁零噹啷地逛了 40 年。

但是天寶年間，有錢不見得有地位。所以李白有雙重擰巴：一方面有錢、有名、接地氣，在江湖上混；另一方面又非常想當官，想走仕途，把自己所謂武昭王九世孫的傳說續上。

他一會兒糞土萬戶侯，一會兒好想當王侯。是官迷，有時候又看不起官；既庸俗，又灑脫，可能這就是李白吧。

李白人生的十個關鍵詞

一、長生：留不住時光，但我還有詩、酒、花

「仙人撫我頂，結髮受長生。」雖然李白有寫佛教的詩，也

有寫寺廟的詩，但他骨子裏最大的愛好還是道教。李白非常嚮往長生，希望能得道升天。

李白關於長生的幾首小詩，都不長，我都很喜歡。

《秋浦歌・其十五》

白髮三千丈，緣愁似個長。

不知明鏡裏，何處得秋霜。

不知道為甚麼，照着鏡子，人就老了。頭髮為甚麼變白了？眉毛為甚麼變白了？為甚麼人不能不老？為甚麼花不能常開，人不能常在？為甚麼美人不能一直美，才子不能一直有才？

《山中與幽人對酌》

兩人對酌山花開，一杯一杯復一杯。

我醉欲眠卿且去，明朝有意抱琴來。

在山裏和一個好玩的人一塊兒喝酒，可以真的聊聊天，不聊甚麼也不會冷場。真是美好，而且山花還開了。

因為意境太美好了，下邊這句就變得看似鹵莽、直白簡單，但是也想不出更好的安排方式了。「兩人對酌山花開，一杯一杯復一杯。」真好，都在酒裏了。

喝多了，想睡覺了，直接説明天你還想喝、還想聊的話，就抱着琴過來。

人這一輩子，遇上你想跟他分一瓶酒的人不多，遇上你老想跟他分一瓶酒的人就更少。

二、好色：如果不愛美人，你要如何看到其他美好

魏晉南北朝的時候，有人問：「如何做名士？」當時有的名士說：「痛讀《離騷》，痛飲酒，就可以做個名士，就可以做個好詩人。」

我加一條，還要好色。如果人不能沉迷於人，人在美好的人身上看不到美好和美，他怎麼能看到其他美好？

李白是非常典型的閱讀量大，好喝酒，而且好色。

《長相思・其一》
長相思，在長安。
絡緯秋啼金井闌，微霜淒淒簟色寒。
孤燈不明思欲絕，卷帷望月空長嘆。
美人如花隔雲端！
上有青冥之高天，下有淥水之波瀾。
天長路遠魂飛苦，夢魂不到關山難。
長相思，摧心肝！

就是寫「我想你」，但搖搖擺擺，起起伏伏，高高低低，淒淒慘慘戚戚。有些人對另外一些人念念不忘，對另外一些人毫無解藥；有時候，事情過去好多年了，恩怨也說不太清了，但是每當我想起你，還是真難過呀。

三、飲酒：李白和酒是分不開的

李白的一生，如果簡而又簡，就是「人生不過詩酒」。

人生得意須盡歡，莫使金樽空對月。

在我看來，李白最好的詩是講飲酒的，李白最好的詩是樂府詩。樂府就是當時的自由體、自由詩。不用講究具體有多少句，不用太講究平仄、韻調。作為一個詩人，只要你覺得舒服的時候，你就有權利轉韻。

李白很愛請客，賣馬、賣玉、賣貂換酒，有股少年氣，男兒至死是少年。

五陵年少金市東，銀鞍白馬度春風。
落花踏盡遊何處，笑入胡姬酒肆中。

五陵年少，就是城市裏的幾個浪蕩子。他們騎着馬逛來逛去，春風拂面，花落當街，玩得開心了，餓了就去找好看的老闆娘喝酒。

四、旅遊：李白的一生都在路上

李白生在碎葉城，5歲的時候回到蜀地。後來出四川，進長安；出長安，到江南；又回長安，又到江南，幾乎把唐朝主要的地方都轉遍了，主要的人都見遍，主要的餐館都吃遍。有錢真好。

《渡荊門送別》是李白的少年遊，二十四五歲出蜀。

《渡荊門送別》
渡遠荊門外，來從楚國遊。
山隨平野盡，江入大荒流。
月下飛天鏡，雲生結海樓。
仍憐故鄉水，萬里送行舟。

山遠遠地看，慢慢就淡了、遠了、沒了；一條大江，到遠方的荒野裏也就消失了；月過來，就好像天上的鏡子一樣；雲氣上升，就像樓一樣。

「仍憐故鄉水，萬里送行舟」是點睛之筆，是「有我之境」。故鄉水不認識他，他認識故鄉水，但他反過來說故鄉水愛他，送他一直去荊門。所謂多情不過如此。

五、朋友：我醉君復樂，陶然共忘機

李白喜歡交朋友，也有很多好朋友。喝酒往往是跟朋友喝，寫詩很大一部份是為懷念或送別朋友寫的，或者應別人要求給別人寫的。

我最喜歡《下終南山過斛斯山人宿置酒》，他下了終南山，經過斛斯山人的家，在那兒又喝又睡。

《下終南山過斛斯山人宿置酒》

暮從碧山下，山月隨人歸。

卻顧所來徑，蒼蒼橫翠微。

相攜及田家，童稚開荊扉。

綠竹入幽徑，青蘿拂行衣。

歡言得所憩，美酒聊共揮。

長歌吟松風，曲盡河星稀。

我醉君復樂，陶然共忘機。

「山月隨人歸」，我特別喜歡李白的「有我之境」。萬物與我同生，而天地與我為一，就是我跟自然、跟周圍美好的事物是在一起的。所以我自作多情，覺得萬物有情，所以山月它或許不認識我，但是跟着我從碧山下來，一路回家。

我曾經套用意境寫過一首現代詩：

醉鬼，
醉歸，
明月隨我，
一去無回。

其實李白也有忘機的時候。喝多的時候，他就忘記了當官，忘記了家族的期望，就變成了他自己。

六、氣勢：李白的才氣配得上他的自大

李白的詩的妙處，除了真切，除了內心的擰巴和苦，除了神來的比喻，除了字詞句聲音的搭配，還有氣勢。可能喝多了，可能破罐子破摔了，可能志向得不到實現，就徹底放棄了。

《宣州謝朓樓餞別校書叔雲》
棄我去者，昨日之日不可留；
亂我心者，今日之日多煩憂。
長風萬里送秋雁，對此可以酣高樓。
蓬萊文章建安骨，中間小謝又清發。
俱懷逸興壯思飛，欲上青天覽明月。
抽刀斷水水更流，舉杯消愁愁更愁。
人生在世不稱意，明朝散髮弄扁舟。

李白是一個 ego（自我）很大的人，但是神奇的地方就是他的才氣配得上他的自我。他對自己的認識，能夠跟天賦相匹配。所以他的「有我之境」真實、大氣，但你又不覺得難受。

蘇軾在流放的路上還寫過一首詩表現李白的厲害，也是借着表現自己厲害，「李白當年流夜郎，中原無復漢文章」，這個評價挺囂張、挺可愛的。

李白，包括後來的杜甫、蘇軾，對自己的文學地位、詩歌地位有非常高的自覺：我的詩意在這兒，作品在這兒，我就在這兒。

七、官迷：得不到的永遠在騷動

天寶元年（742 年）夏季，道士吳筠受到唐玄宗的召見。吳筠是李白的好朋友，也被李白的才氣所感動，由他直接推薦面見唐玄宗。賀知章和玉真公主也間接支持。

李太白同學喜出望外，進京去長安，認為皇上見到他肯定會驚為天人。他寫了一首詩叫《南陵別兒童入京》，意思是哥們兒進京了，皇帝要見我。

《南陵別兒童入京》

白酒新熟山中歸，黃雞啄黍秋正肥。

呼童烹雞酌白酒，兒女嬉笑牽人衣。

高歌取醉欲自慰，起舞落日爭光輝。

遊說萬乘苦不早，着鞭跨馬涉遠道。

會稽愚婦輕買臣，余亦辭家西入秦。

仰天大笑出門去，我輩豈是蓬蒿人。

李白在這首詩裏寫小孩、寫做飯喝酒，依舊讓人入迷。你想「白酒新熟山中歸」，在山中爬山，一身大汗，身體裏充滿內啡肽、多巴胺，可高興了，回去喝頓白酒。「黃雞啄黍秋正肥」，黃雞吃着地上的小米，走地雞，正肥着呢。「呼童烹雞酌白酒」，叫來小童把這個雞燉上。「兒女嬉笑牽人衣」，小孩跟大人玩，抓着衣服怪叫，好玩不好玩笑得都比成人歡。「高歌取醉欲自慰」，一邊唱，一邊喝，一邊安慰自己。「仰天大笑出門去，我輩豈是蓬蒿人」，這種日子不能天天過，我要進京了，我要牛去了。

真是不知道説他甚麼好。

李白雖説號稱「謫仙人」，但是一輩子都沒有脱離「當官最重要」這個心理陰影。因為沒有當成正經的大官，所以很多時候想起這件事，又喝了口酒，會噴出特別好的厭倦官場的詩句。

如果你不對一個東西渴望，這種渴望又得不到，你就很難用特別神奇的語言來描述這種求而不得。

八、狂誕：李白的狂，讓他還能做自己

李白雖然希望得到皇帝的賞識，謀個高官去做一做，爽一下，也可能是想造福老百姓，但是，他畢竟是李白，還會做出一些與他的目的背道而馳的事情，可以定義成狂誕。

李白通過朋友直接和間接的引薦，好不容易見了皇上、楊貴妃、高力士。他幹了甚麼？皇帝敬他酒，楊貴妃給他研墨，高力士給他脱鞋，他表現了自己的風骨。

李白如果沒有這種狂誕，可能就是一個普通官迷。因為他有一種怪誕，哪怕是面對皇上、面對第一太監、面對第一美女，他仍舊能夠做自己。

《醉後答丁十八以詩譏余捶碎黃鶴樓》

黃鶴高樓已捶碎，黃鶴仙人無所依。
黃鶴上天訴玉帝，卻放黃鶴江南歸。
神明太守再雕飾，新圖粉壁還芳菲。
一州笑我為狂客，少年往往來相譏。
君平簾下誰家子，雲是遼東丁令威。
作詩調我驚逸興，白雲繞筆窗前飛。
待取明朝酒醒罷，與君爛漫尋春暉。

無論是真的還是假的，我把黃鶴樓捶碎了，又能咋地？挺好。

九、智慧：清醒的李白

李白最聰明的地方，就是反戰。李白善使劍，又想揚名立萬，但是他在詩裏明確地表達：仗沒甚麼可打的，回家喝酒，那些仗實在是無聊。

有詩為證：

《關山月》

明月出天山，蒼茫雲海間。
長風幾萬里，吹度玉門關。
漢下白登道，胡窺青海灣。
由來征戰地，不見有人還。
戍客望邊邑，思歸多苦顏。
高樓當此夜，嘆息未應閒。

有些男生喜歡戰爭，愛講戰爭。可是別說「一將功成萬骨枯」了，剁自己一根手指、插自己一刀，你受得了嗎？何況你身邊逐漸死人，沒的吃、沒的救，看不到明天，不知道自己甚麼時候能夠回去。那個時候，你還有征戰的動力和雄心嗎？

無論是一個士兵，還是一個將軍，在戰爭面前只是一個卒子。所以在你說喜歡打仗、崇尚軍旅之前，先餓自己兩三天，戳自己幾刀再說。李白是有這個意識的。

十、自由：人生貴痛快，何況寫詩

李白不寫格律，留下的很多近體詩不符合當時的韻律。韻律從南北朝開始到了唐代，變得非常繁複而僵硬。李白的近體詩有近 300 首，其中接近一半韻律不及格，特別是七律八首，只有兩首合律。

他對韻律並不是太重視，這是李白可愛之處。何必精心？人生貴痛快，何況寫詩？

李白在《草書歌行》裏寫懷素的草書：

少年上人號懷素，草書天下稱獨步。
墨池飛出北溟魚，筆鋒殺盡中山兔。
……
王逸少，張伯英，古來幾許浪得名。
張顛老死不足數，我師此義不師古。
古來萬事貴天生，何必要公孫大娘渾脫舞。

表面說的是懷素寫得好，不按規矩，只按自己的天賦來，實際上寫的是自己。有些人，規矩就不是為他們定的，他們就是石頭縫裏蹦出來的。

寫毛筆字是這樣，寫詩也是這樣。

嚐盡人生苦後的一點甜

苦不苦，想想杜甫。**杜甫這一輩子太慘了，每當我心情低落的時候就重讀杜甫，就多了一點安全感。有時候人的快樂是建立在別人的痛苦之上**，不好意思，杜甫，但是還是謝謝你！

杜甫一輩子生活在邊緣。一直想做官，一直做不成。一輩子顛沛流離，靠賣中藥、吃閒飯生活，過了小 60 年。小兒子餓死，最後自己也在江上又窮、又餓、又冷、又病，然後死了。

他一直表達在當下，寫的都是他觀察、經歷的東西和真情實感，真到詩歌可以作為「詩史」，有史料價值。

杜甫的詩又稱得上「文心雕龍」，「為人性僻耽佳句，語不驚人死不休」。遣詞、煉句能力，從古至今不能說第一，但一定能排前十。而且他並沒有為了新而新，為了怪而怪，為了出奇而出奇，是很舒服地做到了最好、最合適。

杜甫早期的豪邁和浪漫

有天賦的詩人，在天時地利人和下，寫出了優美的詩篇。但是這不是一個必然關係，有很多機緣巧合，有很多造化於神功。

杜甫和時代相互成就，沒有那樣的時代，很有可能出不了杜甫這樣的詩人。

杜甫早年的詩流傳得非常少，有一首相對經典的叫《望嶽》：

《望嶽》

岱宗夫如何？齊魯青未了。

造化鍾神秀，陰陽割昏曉。

蕩胸生曾雲，決眥入歸鳥。

會當凌絕頂，一覽眾山小。

李白寫了很多古體詩、自由詩，而杜甫在前人的基礎上，把律詩做了非常好的歸納、整理，甚至經典化。

「會當凌絕頂，一覽眾山小」，等我登上山頂，一看這些山，都太小意思了，都在我腳下。

看這個轉化，他是望嶽，站在一個地方，沒有到山頂的時候去望這個嶽，就好像望自己的未來。從無我之境到有我、到我甚至站在了山頂，把山都比下去，都看下去。男兒了不起。

杜甫另一首早年的詩，《房兵曹胡馬詩》。胡馬是塞北或西域馬，「（大宛）多善馬，馬汗血，其先天馬子也」。

《房兵曹胡馬詩》

胡馬大宛名，鋒棱瘦骨成。

竹批雙耳峻，風入四蹄輕。

所向無空闊，真堪託死生。

驍騰有如此，萬里可橫行。

這就是杜甫早期詩的態度，「萬里可橫行」、「會當凌絕頂，一覽眾山小」。

就像李鴻章當年寫的「一萬年來誰著史？三千里外欲封侯」——這一萬年來誰在歷史上留下了名字，即使離家三千里，我也要揚名立萬成為王侯。

年輕人都有一股狗血，少年氣、少年血，少年當自強，少年該吹牛。當陽光燦爛，就該歌唱；當春風吹起，就該夢想。

他還有一首相對早期的詩——《夜宴左氏莊》，我非常喜歡。

杜甫的一生是靠賣中藥、蹭閒飯生活的，賣藥都市，寄食友朋。而《夜宴左氏莊》，説的就是他在蹭吃、蹭喝過程中的感受。

《夜宴左氏莊》

林風纖月落，衣露淨琴張。

暗水流花徑，春星帶草堂。

檢書燒燭短，看劍引杯長。

詩罷聞吳詠，扁舟意不忘。

林裏有一絲絲微風，細細的初月落下去，像漂亮姑娘細細彎彎的眼睛閉上了。衣裳沾上了露水，琴聲雅靜，慢慢地鋪開。杜甫是動詞之王，「衣露淨琴張」，這個「張」字用得好，像水樣瀰漫開。

花旁邊的一條小徑，暗暗的水流從旁流過。春天的星星，小小的星星，能看見草堂的樣子。「流」顯不出多高明，但是有「流」的鋪墊，「帶草堂」的「帶」字就顯得太棒了。

看看書，不知不覺蠟燭已經快燒完了。拿起一把寶劍比畫，看着劍，嘆口氣，內心腫脹，喝口酒。

我讀讀詩，寫寫詩，聽到了吳國的口音，想起了范蠡。他離開了權力場，離開了油膩之地，離開了是非之鄉，駕着一葉扁舟，帶着西施，帶着錢袋子，然後就消失在江湖之中。看上去我在江湖，但是江湖中只有我的傳説，不再有我的新事發生，而那些打打殺殺跟我已經毫無關係了。想的是挺美。

杜甫：李白是神仙

杜甫最愛誰？愛他老婆嗎？可能愛，但是給她寫的詩非常少。

杜甫流傳至今的1,400多首詩裏，寫給誰的最多？毫無疑問，就是寫給另外一位大詩人，比他年長十歲多一點的李白！

這是杜甫贈李白的第一首：

《贈李白・二年客東都》

二年客東都，所歷厭機巧。

野人對腥羶，蔬食常不飽。

豈無青精飯，使我顏色好。

苦乏大藥資，山林跡如掃。

李侯金閨彥，脫身事幽討。

亦有梁宋遊，方期拾瑤草。

這首詩基本把杜甫的心情、生活狀態都交代清楚了。他在東都洛陽已經晃蕩了兩年，見到的都是一些油膩的人和事。平常他看着別人家吃腥羶的魚肉，但是自己沒的吃，連蔬菜和米飯都吃不飽。青精飯是道家常見的飯，但他也吃不到，所以臉色不太好。想採藥，但是沒錢，所以山林去得也少了。您李白如果不想幹了，不是您才能不高，而是想求仙訪藥。咱們約一次，到梁宋（「梁宋」在現在的河南開封、商丘一帶，離洛陽並不遠）去玩一趟，希望跟您一塊兒去撿點好仙藥。

又是一首《贈李白》：

秋來相顧尚飄蓬，未就丹砂愧葛洪。

痛飲狂歌空度日，飛揚跋扈為誰雄？

秋天咱又相見了，咱倆還在天地之間飄着，也沒有像葛洪一樣煉丹求長生。咱們就是整天痛飲狂歌，白白地過日子。最後一句我喜歡。「飛揚跋扈為誰雄？」誰在主宰乾坤？誰在吹牛？誰能在歷史上留下痕跡？如果不是你我，那是誰呢？

杜甫青壯年時期寫的《飲中八仙歌》，當然八個人裏也有李白。他們喝酒、聊天、談詩，互贈詩歌，這是唐朝頂尖文藝活動。

直書戰亂，飽含憂患和悲憫

杜甫關於打仗的詩，描寫得就比較慘了。

比如《兵車行》，背景涉及幾場大戰，其中最廣為流傳的詩句是「君不見，青海頭，古來白骨無人收」。

下面一首《月夜》也是講戰亂的，背景是天寶十五年（756年）六月，安祿山叛軍陷潼關，杜甫攜家眷逃難至鄜州。到了七月，玄宗退位，肅宗在靈武即位，杜甫隻身投奔。他在投奔途中被叛軍所俘，當了俘虜。他被帶到長安，對着月亮，想起老婆孩子，寫了這首詩。

《月夜》

今夜鄜州月，閨中只獨看。

遙憐小兒女，未解憶長安。

香霧雲鬟濕，清輝玉臂寒。

何時倚虛幌，雙照淚痕乾。

大意是：我望着月亮，不知道老婆跟孩子在哪兒，但他們也會看月亮。小孩子還不懂甚麼是思念，雖然老婆懂，但是又有甚麼辦法呢？

著名的慘詩《春望》：

《春望》

國破山河在，城春草木深。

感時花濺淚，恨別鳥驚心。

烽火連三月，家書抵萬金。

白頭搔更短，渾欲不勝簪。

大意是：國破了，大地還在，春天擋不住，草木還是長得挺好。但是看花的時候覺得花也在落淚，聽鳥叫的時候覺得鳥也在傷心。連天的戰火已經持續三個月了，沒有一點家裏的音信，我現在頭髮全白了。

讀《贈衛八處士》，能體會一下人生之苦。

《贈衛八處士》

人生不相見，動如參與商。今夕復何夕，共此燈燭光。

少壯能幾時，鬢髮各已蒼。訪舊半為鬼，驚呼熱中腸。

焉知二十載，重上君子堂。昔別君未婚，兒女忽成行。

怡然敬父執，問我來何方。問答乃未已，驅兒羅酒漿。

夜雨剪春韭，新炊間黃粱。主稱會面難，一舉累十觴。

十觴亦不醉，感子故意長。明日隔山嶽，世事兩茫茫。

杜甫生活的時代戰亂頻仍，大家就像不同的星星一樣，碰不到一起。忽然能見了，感覺時間過得可真快，20 年一眨眼就過去了。上次見你的時候，你還是個少年。這次見你的時候，你已多了一行兒女，人生真是神奇。他們問我從哪裏來，還能給我斟酒。咱們終於見面了，吃點好的。夜裏下雨，在園子裏剪點春韭，炒點雞蛋，真好。多喝一杯吧，明天再分手，今生有可能就再也見不了了。

經歷過不尋常，才明白尋常的幸福

杜甫號稱晉代名家杜預的十三代孫，其降生以後，家族的聲勢漸漸地衰落到底。杜甫在詩裏經常推崇杜預和杜審言——杜預能打，杜審言能寫詩。雖然這樣，但十三代，基因都不知道稀釋成啥樣了，簡單地說就是個破落戶。

而杜審言的詩比杜甫的差遠了，但杜甫很推崇他的爺爺杜審言。他在他兒子生日的時候吹牛說「詩是吾家事」——詩是我們杜家人的事。他經常吹牛、自戀，屈原、賈誼、曹植、劉楨這些人，他都不看在眼裏。我覺得杜甫有一半是實事求是，跟曹植、劉楨、賈誼比起來，他確實強出了好大一塊。

青年：沒寫甚麼詩，也沒多少心事

杜甫在 20 歲到 29 歲期間有過兩次長期漫遊，基本上都是在吳越和齊趙，基本上都是交朋友、喝酒和寫詩，可惜只留下了兩三首詩。其中有一句是「從來多古意，臨眺獨躊躇」（《登兗州城樓》），意思是：我向來以古為師，古人聖賢的智慧都在我心胸裏。

他這近十年雖然玩得開心，但沒考上進士，沒交上甚麼有用、有名的朋友，基本上就是「鬼混」去了。

杜甫 30 來歲的時候，他爹死了。本來他爹還能給他一些生活費，而此後，他就開始了這一生的主題——討飯。文人討飯，要講點風骨，不能叫討飯，而是説去拜會那些貴族。貴族總得活得有點情調，需要文人、樂工、書家、畫師，作為生活的點綴。他們點綴你的生活、裝飾了你的夢，你就給人一口飯吃——就是這麼一種生活環境。

中年：賣藥都市，寄食友朋

杜甫這口飯吃得並不好，可能因為杜甫的身段不夠柔軟，可能因為杜甫就是一個不招人喜歡的人。那時候的文人比現在慘多了，現在我的讀者還能給我口飯吃，那個時候讀者能背你的詩，就是對你最大的支持。

在那段時間裏，他有了一個大的副業——採藥，「賣藥都市，寄食友朋」。

但可惜了，他如果真在賣藥上好好發展，比如杜甫大補丸、杜甫消氣丸、杜甫神仙散、杜甫銷魂丹⋯⋯文案一通寫，往藥丸上一貼，一賣，就不用「寄食友朋」了。

我從做生意的角度講，杜甫被他祖上當官的傳統害了。他如果跳出來不做官迷，就「賣藥都市」，認真做也挺好。

漂泊、亂世、死亡

杜甫在 40 歲前寫的詩歌留下的不多，而《兵車行》的出現是個標誌性的事件——他開始把目光放到基層，放到身邊，放到他自己熟悉的、心中不滿的事情上。

杜甫 45 歲時，國破了，舊日的朋友不是跟皇上跑了，就是被弄死了，不是被俘虜到洛陽去了，就是投降了。杜甫開始了 14

年的流亡生涯。在這 14 年中，他寫了很多非常接地氣、除了慘就是苦的詩歌，比如《月夜》、《春望》、「三吏」、「三別」等。這期間，他還是靠賣中藥和吃閒飯這兩種主業過活。

在草堂：嚐盡苦藥後的一點甜

再後來，杜甫到了成都，找到了他的好朋友嚴武。成都是天下富庶之地，杜甫在 50 歲左右，終於迎來了他這輩子最快活的時光。他在當地地方官嚴武的幫助下，建了座自己的草堂，終於可以不用流離失所，能有個自己落腳的地方。

他的有些詩寫得非常舒服，比如說《春夜喜雨》：

《春夜喜雨》

好雨知時節，當春乃發生。

隨風潛入夜，潤物細無聲。

野徑雲俱黑，江船火獨明。

曉看紅溼處，花重錦官城。

到了 765 年，他 53 歲的時候，嚴武去世，杜甫離開了成都，開始往家走。他停在了夔州，也就是四川奉節這個地方。由於山太險，地太偏，又沒人，又沒樂，交流基本靠吼，交通基本靠走。他寫了好多跟當地生活有關的詩歌，而且寫了好多有關回憶的詩歌。他身體時好時壞，各種老年病開始纏繞着他，瘧疾、肺病、風痹、糖尿病等，最後牙齒掉了一半，耳朵也聾了，成為一個風燭殘年的老人。在這種情況下，他兩年裏寫了 430 餘首詩，這是他一輩子創作最旺盛的時期。

一葉孤舟，人生落幕

兩年之後，杜甫離開夔州，走到了湖南，也走到了他人生的盡頭。他登上了岳陽樓，想到自己晚年漂泊無定，國家多災多難，不禁感慨萬千，寫下了《登岳陽樓》：

《登岳陽樓》

昔聞洞庭水，今上岳陽樓。

吳楚東南坼，乾坤日夜浮。

親朋無一字，老病有孤舟。

戎馬關山北，憑軒涕泗流。

最後這兩三年，他一路奔波，沒家、沒房子、沒錢、沒朋友，大部份的歲月都是在船上度過的，船成了他的家。

他在生命的最後一年，在湘江遇上大水，停在一處，在船上五天五夜沒有吃的。我想他當時一定想起了他那個不滿週歲就被餓死的幼子。

在 770 年的冬天，杜甫在湘江的船上，離開了地球。這是鬱鬱不得志的一輩子，只有過四五年好日子的一輩子，寫了 1,400 多首詩歌的一輩子，是最終在江上小船上死了的一輩子。

人生的路不止一條

《瓦爾登湖》是迄今為止美國最受歡迎的非虛構作品。這是一本關於放下的書，是斷捨離的鼻祖；這是一本安靜的書，告訴我們面對生活，也可以不走其他人走的路，簡樸生活也是一種選擇；這是一本講不同的書，世界上的路不止一條，人生的路也不止一條。

作者亨利．戴維．梭羅是 19 世紀影響世界最大的哲學家之一，1817 年 7 月 12 日出生，1862 年 5 月 6 日去世。梭羅是作家、哲學家，和他的恩師愛默生都是超驗主義代表人物。他還是一位廢奴主義者及自然主義者，有無政府主義傾向，曾任土地測量員。我們了解作者的生平，可以方便理解其作品為甚麼那麼寫，以及怎麼寫。

基於我對愛默生和梭羅他們作品的了解，稍稍解釋下甚麼是超驗主義：主張人能夠超越感覺和理性而直接認識真理。超驗主義有三個主要思想觀點：第一，強調存在超靈，強調精神；第二，強調個人與個體的重要性，不要認為你只是社會的螺絲釘，你像一滴水、一朵花一樣，一滴水裏也有萬物，一朵花裏也有宇宙；第三，自然是美好和神奇的。

1845 年，梭羅 28 歲，他在離康科德鎮兩英里遠的瓦爾登湖畔，親手搭建了一間小木屋。那裏是愛默生家的土地，他在那裏待了兩年多，寫了兩部作品。

1862 年 5 月 6 日，梭羅因為肺結核不幸去世，不到 45 歲。他在生前一直默默無聞，並未被同時代人所認識。20 歲從哈佛大學畢業，在美國高速和平發展的時期，梭羅沒有去做能掙錢的事。他沒有任何職業，沒有結過婚，獨自居住。他從來不去教堂，從來不參加選舉，拒絕向政府納税，甚至因為不納税被抓起來過。他不吃肉、不喝酒，沒有吸過煙。雖然是個自然學家，但是不抓動物、不打動物，他寧願做思想上和肉體上的獨身漢。

與眾不同地生活到底可不可以

《瓦爾登湖》這本書的細節離我們的生活有點遠。重要的是它構建出來的精神，一種在大家都這麼選擇的時候，你可以不這麼選擇的態度，反而對我們更有用。

我讀《瓦爾登湖》時腦海裏蹦出了五個問題：

一、面對生活，我們真的有選擇嗎？

二、如果有選擇，我們是主動選擇，還是聽天由命？

三、我們怎麼去選擇？

四、如果想做到這樣去選擇，我們應該有甚麼樣的能力？

五、在做前、做中、做之後，我們需要避免哪些誤區？

與眾不同的生活到底可不可以選擇？把你推向生活主流的力量，自身的慾望、別人的壓力等，有可能像抽刀斷水水更流一樣，推着你往回去，讓你不能輕易地享受與眾不同的生活。

我訪談了身邊真正過着與眾不同的生活的朋友來兄，他只比我小兩歲，跟我完全是一代人。他在北大唸到第三年，忽然覺得非常無聊，就去廟裏待了一年。老師讓他回來再考試拿畢業證，來兄拒絕了，説沒必要。

圍繞這五個問題，來兄的觀點我總結如下：

人的生活是有選擇的，所以當然，別人有選擇你和不選擇你的權利。但是你也有選擇的權利，跟誰不跟誰，做甚麼工作，甚至到人生的最後都有選擇，比如積極治療還是不積極治療。人的每一步，都是在做選擇。

多數人沒有能力做選擇，往往是無意識地在選擇。但無意識的選擇，聽爸媽的、老師的、老婆的、老朋友的、老闆的、社會的召喚，都是選擇。任何個體都要明白，歸根結底，責任都是要自己承擔的，其他人都不能用你的肉體和心靈替你做事情。

我們如果要選擇不隨主流，在選擇面前就要建立自己的原則。首先要有意識，「我可以過與眾不同的生活」。**多數普通人就像羊群馬群一樣，容易隨大溜，跟隨所謂的意見領袖、個性和人格強的人。要小心，要獨立問問題，從自己出發，做自己的選擇，給自己以答案，否則很容易在極端影響下走偏。**

其次需要具備三種能力：**第一種，要有道德底線。**包括個人的道德，不偷、不搶、不坑、不騙；包括人在社會中的道德，不作惡、不配合作惡、不服從作惡的命令。

第二種，要能夠享受自己，要有豐富的個人生活。多數人只有工作和家庭，沒有個人的空間和時間。不要全身投入，你要維持自己。

第三種，要有思考複雜問題的能力。有獨立思考、自由精神、欣賞美的能力，才能不隨大溜，戰略篤定。

與眾不同地生活，要避開哪些常見誤區？第一點，生活不能複雜，過簡單生活。如果你生活很複雜、很挑剔，在做重大選擇時，就無法有足夠的自由度；第二點，不要二元思維，非黑即白，特別是社會輿論如此容易走極端，用你的腦子想想，是不是真的像輿論說的那樣。

解讀《瓦爾登湖》金句

> 我覺得一個人若生活得誠懇，他一定是生活在一個遙遠的地方了。

可見在現在的世界裏，保持真誠、有趣、乾淨有多難。誠實、真實是生活的底線，哪怕因為誠實、真實，你受到一些不便甚至損失，你可以去調整生活，但是不真實、不誠實的生活是要不得的。

瓦爾登湖可以是那個瓦爾登湖，也可以是你能去的另外一個地方，還可以是你的一個愛好、小夢想、小習慣。你每天在不被打擾的狀態下喝一杯茶、一杯酒，那這茶、酒也可以是你的瓦爾登湖。

> 清醒健康的人都知道，太陽終古常新。拋棄我們的偏見，是永遠不會來不及的。無論如何古老的思想與行為，除非有確證，便不可以輕信。在今天人人附和或以為不妨默認的真理，很可能在明天變成虛無縹緲的氤氳。

很多年很多人都說過的，不一定是真理。人還是要具備思辨的能力，雖然培養這種能力比較難，但是你有腦子，要學會用它，腦子是個好東西。

> 我們被迫生活得這樣周到和認真，崇奉自己的生活，而否定變革的可能。……可是從圓心可以畫出多少條半徑來，而生活方式就有這樣的多。一切變革，都是值得

思考的奇蹟。……當一個人把他想像的事實提煉為他的理論之時，我預見到，一切人最後都要在這樣的基礎上建築起他們的生活來。

多數人給自己設限制，哪些可以、哪些不可以。但他們沒有仔細想：真的不可以嗎？真的可以嗎？你如果列成單子，仔細想過，那麼這個單子可以很短。

要知道，美的趣味最好在露天培育，在那裏既沒有房屋，也沒有管家。

相信露天，相信天然，不要把所有能加上個頂兒的地方，都加上一個頂兒。比如說陽台就要讓你能去抽根煙，能拿一杯酒，看見雲飄過去，而不是把陽台給封起來。

一個人要在世間謀生，如果生活得比較單純而且聰明，那並不是苦事，而且還是一種消遣；……我希望世界上的人，越不相同越好；但是我願意每一個人都能謹慎地找出並堅持他自己的合適方式，而不要採用他父親的，或母親的，或鄰居的方式。

我希望我周圍的怪人越多越好，怪人越不同越好。一個生態系統的穩定性，取決於生態系統裏生物的多樣性，越多樣的世界、越多樣的人群越有意思。

> 讀得好書，就是說，在真實的精神中讀真實的書，是一種崇高的訓練，這花費一個人的力氣，超過舉世公認的種種訓練。

當腦力被訓練得很好，就像一把刀，能夠幫你披荊斬棘。把讀書當成一種鍛煉，當成去健身房，也是一種值得培養的愛好。讀好書，讀實至名歸、金線之上的書，讀得筋疲力盡，獲得一天的安眠。

> 我並不比湖中高聲大笑的潛水鳥更孤獨，我並不比瓦爾登湖更寂寞。我倒要問問這孤獨的湖有誰做伴？然而在它的蔚藍的水波上，卻有着不是藍色的魔鬼，而是藍色的天使呢。

有時候我們的在場感是虛假的。所有的人、事物都是孤獨的。真正戰勝孤獨的方式並不是和別人時時刻刻在一起，並不是做多數人認可的事情。

> 如果一個人跟不上他的伴侶們，那也許是因為他聽的是另一種鼓聲。讓他踏着他聽到的音樂節拍而走路，不管那拍子如何，或者在多遠的地方。他應否像一株蘋果樹或橡樹那樣快地成熟，並不是重要的。

一個人可以有他自己的節奏，不見得他要跟別人完全一樣。

> 不論你的生命如何卑賤，你要面對它，生活它；不要躲避它，更別用惡言咒罵它。它不像你那樣壞。你最富的時候，倒是最窮。愛找缺點的人就是到天堂裏也找得到缺點。儘管貧窮，你要愛你的生活。甚至在一個濟貧院裏，你也還是有愉快，高興，光榮的時辰。夕陽反射在濟貧院的窗上，像射在富户人家窗上一樣光亮；在那門前，積雪同在早春融化。我只看到，一個安心的人，在那裏也像皇宮中一樣，生活得心滿意足而富有愉快的思想。

清風朗月，不用一錢買。但是，你上一次看見星空、看見朗月、享受清風，是甚麼時候？

> 不必給我愛，不必給我錢，不必給我名譽，給我真理吧。

追求真理、智慧，是有滿足感、有意思的，但多數人想反了。

善待自己心裏的小孩

青春期似乎是一個過渡，你似乎不該靠父母，父母似乎該放手了，但是你似乎又不能主導命運，完全按自己的想法去做。那青春該怎麼過？

塞林格提供了一個視角：青春之苦，青春之快樂。簡單地總結歸納，就是塞林格提供了一個青春版本，一個少年憤怒不爽的青春，給我們一代一代的年輕人好的參照視角。

這本書真的打敗了時間。有人在閱讀的過程中知道了青春應該怎麼過，如何當一個成人。但也有很多人因為閱讀它感到更大的困擾，更大的不確定，更不知道漫漫的人生路應該怎麼走。

青春值得閱讀

文學裏的青春，在塞林格的《麥田裏的守望者》之前有狄更斯的《大衛．科波菲爾》這類作品。《大衛．科波菲爾》是窮孩子努力、勇敢、奮鬥、獲得成功的青春，反映了那個時代的中產階級從無到有，發展壯大。《大衛．科波菲爾》呈現的三觀，構成了中產階級的教化。中產階級希望他們的孩子讀《大衛．科波菲爾》這類書，像他們小時候經歷的一樣，努力、勇敢、成功，或者從成功走向成功，從增長走向增長，花開不敗，一代一代。

但是《麥田裏的守望者》橫空出世，完全逆轉了中產階級這種教化。《麥田裏的守望者》中的男主角家境優渥，不需要再奮鬥。他看到了奮鬥中的無聊，看到了中產階級教化中的虛偽、庸俗之處，奮鬥成功忽然變得毫無意義。

在《麥田裏的守望者》裏，大人、老師反覆教導孩子們的就是「人生是場比賽」，按照規則，你足夠努力，加上一點點天賦，就可以贏。

如果全世界的孩子都發足狂奔，那是多麼無聊的一件事。為甚麼就不能有個人說我不想比賽，為甚麼要比賽，贏的意義是甚麼？於是塞林格橫空出世，寫了《麥田裏的守望者》，告訴大家其實人生可以不是場比賽，我也可以拒絕長大。

和《麥田裏的守望者》類似的反叛作品還有凱魯亞克的《在路上》，主要講「二貨」青年的遊蕩。這兩本書對第二次世界大戰之後的文學和文化產生了重大的影響。

《麥田裏的守望者》裏的男主角離家出走，離校出走，各處亂逛，試圖從他的角度進入成年人的世界。但他看到的都是他不喜歡的，最後他選擇了「回去」，對自己作出了妥協，人生可能就是這麼無奈。

似乎每個人在青春的時候都有過憤怒，極個別的人用他們的方式跟世界斷絕關係。即使是老老實實地接受成人世界主流規則的大多數人，誰能說心裏就沒有一絲絲殘留的反叛？誰能說年輕時做出的事都是荒唐可笑的？

我們在父母的教誨下拚命地成長、唸書、考試、進好公司、幹活，拚命地在一條規定的路上發足狂奔。轉眼人生最好的一半已經過去了，很多美好的事情，甚至不能說忘記，因為都沒有體驗體會過，青春就呼嘯而過了。

無論我們想過順從的青春還是反叛的青春，塞林格的《麥田裏的守望者》都值得參考。

天才作家的一生

J. D. 塞林格，1919年1月1日出生，2010年1月27日逝世，活了91歲。

塞林格出生在紐約一個猶太富商家庭，成長過程中衣食無憂，父母對他有相當高的要求，但是他一直經歷失敗。

第二次世界大戰爆發，塞林格中斷了他的寫作。1942年，就是他23歲的時候，塞林格加入美軍陸軍第四步兵師，參加過諾曼底登陸。後來又碰到海明威，海明威還稱讚過他的作品。1944年，他在歐洲戰場轉調任，從事反間諜工作。你會發現不少作家跟間諜、反間諜工作有一些關係，包括海明威、勞倫斯。

1946年，塞林格退伍，戰爭讓他恐懼，他後來的一些關於戰爭題材的短篇小說寫得相當好，比如《九個故事》。他回到紐約後開始專心創作，第一本長篇小說《麥田裏的守望者》在1951年出版。1951年，他32歲，因《麥田裏的守望者》一舉成名，這本書一直暢銷，讓他衣食無憂，成為少有的幸運的作家。

一本讓人感到被治癒的書

《麥田裏的守望者》的英文名叫 *The Catcher in the Rye*，又翻譯成《麥田捕手》，它講述了一個簡單的故事：以霍爾頓為第一人稱講述了他被學校開除之後，在紐約城遊蕩兩晝夜，試圖進入成年人的世界，試圖逃開他自己的境況去追求所謂的純潔真理和真相，但是最後失敗了——經歷一系列大大小小的失敗，最後又回家了。

霍爾頓，是當代美國文學中最早出現的反英雄形象之一。反英雄形象成為主角，不僅不會讓你煩，還能讓你看到生活之美、人性之美，這不容易。

讀積極上進的小說，有時候你會覺得挺累的。讀壞孩子的反叛故事，心裏其實有一種莫名其妙的放鬆感，這種放鬆感來自不努力也是一種生活。在主人翁試圖往下走、亂混的過程中，你能體會到人性的溫柔、善良、美好、光明。所以，它有種莫名其妙的治癒力，會讓你看到少見的光明，甚至少見的智慧。

一個屢屢失敗的少年

霍爾頓上的是當地最好的預科學校，正和對手進行橄欖球比賽。霍爾頓的故事就從這裏開始。可是霍爾頓一上來就不走運，就是失敗。他誤了比賽賽點，而且作為擊劍隊領隊，他把運動裝備落在了紐約地鐵裏，比賽被迫取消。然後他又得知，因為在學校成績多科不及格，被學校開除，責令在聖誕節之後離開學校，而聖誕節從週三開始。

霍爾頓前往歷史老師斯潘塞先生家，想和他道個別。因為希望不給老師添麻煩，讓老師不要因為給他歷史課打不及格而自責。霍爾頓想告訴歷史老師，自己退學並不是因為他。

後來霍爾頓跑到紐約，去了厄尼夜總會，回到旅館後，他叫了一個妓女，叫桑妮。霍爾頓在燈光下發現女孩跟自己年齡相仿，當女孩脫去上衣時，霍爾頓不知所措。他告訴女孩，他就想跟別人聊天。

女孩很生氣，雖然霍爾頓按時付費，但女孩仍舊帶着老鴇回來向他要更多的錢，桑妮從錢包裏又拿走了 5 美元，而老鴇莫里斯給了他一頓拳打腳踢。

霍爾頓在青春持續失敗的狀態下，一直在想的是懸崖就在那裏，潛在的失敗就在那裏，他希望做一個「麥田裏的守望者」，希望所有的孩子不要掉進懸崖，可以有小的失敗，但是不要掉進懸崖。

他的英文老師安托利尼教給他一個觀點，是「大衛．科波菲爾」們崇尚的精神，是一個名句：「一個不成熟的人的標誌是他願意為了某個理由而轟轟烈烈地死去，而一個成熟的人的標誌是他願意為了某個理由而謙恭地活下去。」

這句話是《麥田裏的守望者》裏的名句，但霍爾頓並不完全認同。

人多多少少都會有童年陰影或不良經歷，有可能跟人一輩子。在成長過程中，特別是在青春期，我們也可能放大一些事。在我們的荷爾蒙作用下，我們把一些事看得很重、很壓抑、很黑暗。這些事跟父母、好朋友談談，必要的時候，尋求專業人士的幫助，還是應該的。

而一些成年人會把自己不妥的行為習慣歸咎於童年陰影，因此心安理得。過去的事情可以是你的陰影，可以是你的理由。如果換一個角度，你也可以把藉口拋開，讓它成為你未來的動力。

附錄：馮唐推薦閱讀清單

（按文章刊出先後排序）

書名	作者
1.《活着》	余華
2.《動物兇猛》	王朔
3.《金瓶梅》	蘭陵笑笑生
4.《查泰萊夫人的情人》	D. H. 勞倫斯
5.《隨園食單》	袁枚
6.《北回歸線》	亨利・米勒
7.《黃金時代》	王小波
8.《論語》	孔子
9.《資治通鑒》	司馬光（編）
10.《曾文正公嘉言鈔》	梁啟超（編）
11.《老人與海》	海明威
12.《沉思錄》	馬可・奧勒留
13.《自我的基因》	理查德・道金斯
14.《天龍八部》	金庸
15.《萬曆十五年》	黃仁宇
16.《傲慢與偏見》	簡・奧斯汀
17.《圍城》	錢鍾書
18.《千代》、《雪國》	川端康成
19.《羅密歐與茱麗葉》	威廉・莎士比亞
20.《包法利夫人》	古斯塔夫・福樓拜
21.《人間失格》	太宰治
22.《邊城》	沈從文
23.《傾城之戀》	張愛玲
24.《紅樓夢》	曹雪芹

書名	作者
25.《了不起的蓋茨比》	菲茨傑拉德
26.《呼嘯山莊》	艾米莉・勃朗特
27.《飄》	瑪格麗特・米切爾
28.《長物志》	文震亨
29.《閒情偶寄》	李漁
30.《蒙元入侵前夜的中國日常生活》	謝和耐
31.《道德經》	老子
32.《莊子》	莊子
33.《傳習錄》	王守仁
34.《六祖壇經》	惠能
35.《人類簡史》	尤瓦爾・赫拉利
36.《棋王》	阿城
37.《浮生六記》	沈復
38.《陰翳禮讚》	谷崎潤一郎
39.《藝術的故事》	貢布里希
40.《日日 100》	松浦彌太郎
41.《金閣寺》	三島由紀夫
42.《宋金茶盞》	艾丹
43.《世界葡萄酒地圖》	休・約翰遜、傑西斯・羅賓遜
44.《世説新語》	劉義慶
45. 宋詞	蘇東坡
46.《詩經》	佚名
47. 唐詩	李白
48. 唐詩	杜甫
49.《瓦爾登湖》	亨利・戴維・梭羅
50.《麥田裏的守望者》	塞林格

書　　名　了不起

作　　者　馮　唐

責任編輯　張宇程

美術編輯　郭志民

出　　版　天地圖書有限公司
香港黃竹坑道46號
新興工業大廈11樓（總寫字樓）
電話：2528 3671　傳真：2865 2609
香港灣仔莊士敦道30號地庫（門市部）
電話：2865 0708　傳真：2861 1541

印　　刷　美雅印刷製本有限公司
香港九龍觀塘榮業街 6 號海濱工業大廈4字樓A室
電話：2342 0109　傳真：2790 3614

發　　行　聯合新零售（香港）有限公司
香港新界荃灣德士古道220-248號荃灣工業中心16樓
電話：2150 2100　傳真：2407 3062

出版日期　2022年12月 / 初版

ISBN：978-988-8550-51-7